THE MISSING PIECE

消失的碎片

[美] 莎伦 · 萨拉 著 李静滢 鄢海燕 译

中国友谊出版公司

图书在版编目（CIP）数据

消失的碎片 / (美) 莎伦·萨拉著 ；李静滢，鄢海燕译. — 北京 ：中国友谊出版公司，2021.9

书名原文：The Missing Piece

ISBN 978-7-5057-5279-5

Ⅰ. ①消… Ⅱ. ①莎… ②李… ③鄢… Ⅲ. ①长篇小说－美国－现代 Ⅳ. ①I712.45

中国版本图书馆CIP数据核字(2021)第168884号

著作权合同登记号 图字：01-2021-4319

书名　消失的碎片

作者　[美]莎伦·萨拉

译者　李静滢　鄢海燕

出版　中国友谊出版公司

发行　中国友谊出版公司

经销　新华书店

印刷　唐山富达印务有限公司

规格　880×1230毫米　32开

　　　10印张　220千字

版次　2022年4月第1版

印次　2022年4月第1次印刷

书号　ISBN 978-7-5057-5279-5

定价　42.00元

地址　北京市朝阳区西坝河南里17号楼

邮编　100028

电话　(010) 64678009

谨以此书

献给所有对生命永不放弃的人们

致凯西

为你顽强活下去的坚定意志，

我笔下每位坚强的女主人公，都以你为原型。

致艾里斯

她与命运抗争了 98 载，
在生命的最后 14 年里，她饱受失智症的折磨。
她的肉体离开了这个世界，但她不屈的精神长存。

致我的博比

他离开了尘世，但从未离开过我。

一

早高峰时段，在达拉斯市的环城高速路上跟在半挂车后面开车，可不是胆小鬼能做的事。更何况这还是个雨天，简直就像是盲人开车，完全看不清路况。查理·道奇开着吉普车，车前的雨刷器难以应付前面卡车轮胎溅起的水花。这种情况他虽然见得多了，但还是开得很艰难。

查理心里不舒服，这跟天气不好倒没什么关系。他心情不好，完全是因为他今天本来定好了要去阿尔茨海默病颐养院看望妻子，但计划落空了，埃里克让他先来办公室一趟。

埃里克这女人又专横又古怪，查理到现在都没想明白，自己当初怎么会同意让她当经理的，但她现在已经站稳脚跟了，说什么都晚了。埃里克身高超过六七英尺，瘦得像根杆，总是打扮得像个女飞贼。埃里克与癌症进行第一回合的决斗时他们还没认识，她取得了胜利，幸存下来，但是病魔在她身上留下了印记。

只要一想到自己永远不会再有头发了，埃里克就会觉得恶心，而且，她也没有睫毛、没有眉毛、没有乳房——没有乳房是因为她拒绝了乳房再造，这完全是她自己的选择，或许是变相地抗争再也长不出头发的命运吧。既然相貌怪异已然不可避免，那她宁愿这是自己的主动选择。

查理曾在军中服役，这样的经历让他变得波澜不惊，因此他可以毫不在意埃里克的模样。埃里克是个技术天才，门萨俱乐部*的成员，空手道比查理更胜一筹。她考取了飞行员执照，开的是奔驰车。

查理觉得埃里克无所不能，无所不专。埃里克一直忠心耿耿，兢兢业业，一心铸就查理公司的辉煌。她清楚查理一直支持自己，因此她总是毫不留情地指出查理的过失，而查理对此也能接受。

查理终于看到了通往达拉斯市中心的 I-35 高速公路出口，于是加速驶入弯道。转弯时电话响了。想到这可能是埃里克打电话问自己在哪个鬼地方，查理就带着怒气接了电话。

“什么事？”

“您是查理·道奇吗？”

查理皱了皱眉。电话不是埃里克打来的。

“对，您是哪位？怎么会有我的电话号码？”

“我是丹佛邓利维家族的杰森·邓利维。我想让您来帮我工作。”

这名字听起来耳熟，查理努力回忆着自己什么时候听过这个名字，语气中也透露出他的犹疑。“你怎么会有我的电话号码？”他又问了一遍。

“是泰德·邓利维给我的。”

* 门萨（Mensa）是 1946 年成立于英国牛津的以高智商作为入会标准的俱乐部，入会者需要通过门萨的智商测试。门萨成立以来一直坚持中立和非政治、非营利的原则。——译者注

“邓利维先生给了你我的私人号码?”

“也不完全是。我可能没经过他同意就从他手机里得到了您的联系方式，但他的确向我推荐过您，这可太好了……”

查理没等对方说完就挂了电话，专心开车。

他习惯性地把车开到了办公室所在的大楼，车辆驶入停车场后，他的焦虑感稍稍缓解了一些。他关掉雨刷器，把车开到六楼，在专用停车位停好，然后下了车。

膝盖已经麻木了，查理站了几分钟，缓了缓，才又迈开步。哗啦啦的雨声盖过了他的脚步声，让他感到不安。他要是连自己的脚步声都听不见，那也就听不到其他人的脚步声了。走进通往邻座大楼的入口时，他左右瞥了好几眼，刷卡进入大楼后，他的呼吸才稍微放松一些。

不知道究竟是什么文件如此重要，需要埃里克让他赶过来签字，于是他加快脚步走向办公室。

他一进去就嗅到了檀香蜡烛的幽香，这蜡烛是埃里克悄悄放到休息室的。他看见埃里克从休息室出来，向她的办公桌走去，查理尽量表现出对她的穿着不在意的样子。

她穿着长筒靴，黑色紧身裤裹在靴子里，黑色高领毛衣外面套着黑色飞行夹克。黑色眼线和紫色眼影是她对女性特征唯一的妥协。乍看起来她身高远不止实际的六英尺，眼睛再一瞪，简直吓人。

“早上好。”埃里克向查理打了个招呼。

“好不好还说不准呢,”查理嘟囔道,“你让我签字的是什么文件?”

埃里克当着查理的面翻开一份文件夹，把几张纸平推到他面前，上面贴着需要签字的标签，接着又递给他一支钢笔。

查理刚要浏览文件内容，这时办公室的门开了。保险代理行的秘书和两名职员带着公证人印章穿过大厅，进了办公室。

“他们来这儿做什么？”查理问道。

埃里克指了指这份文件，说道：“要是文件没什么问题的话，我们需要让他们进行公证。”

查理的目光又落回到文件上，问道：“我在这儿看的究竟是什么文件？”

“是你之前要我起草的文件，内容就是，万一你出了什么事，怎么解决照顾安妮的问题。”

“噢。”

查理从头到尾浏览了一遍，然后停了下来。

“文件里怎么没提我堂妹劳拉？我之前要求过的。”

“因为我调查她的背景时，发现她在接受康复治疗，戒赌瘾。我得补充一下，这已经是第三次了。我猜你是不会让她来支配照顾安妮的费用的。”

查理眨了眨眼。“刻板保守的劳拉，赌博？”

埃里克指了指自己办公桌上的另一份文件。“事实都摆在这里。”

查理把手上的文件放到一边。

“那就没什么要签的，等到……”

“看第三页，仔细看看A部分第1项。”埃里克坚持说道。

查理翻到了这部分文件，开始阅读。突然，他停了下来，抬头看着埃里克。“你？”

“在你找到其他人之前，我是合情合理的替代人选。我不需要钱，我敬佩的是你对妻子的爱。等你找到了其他更合适的家庭成员后，这一项可以更改。这只是在你找到其他人选前保护安妮。”

查理盯着埃里克，目光首先落到她紫色的眼影上，又落到她近乎黑色的口红上。他意识到自己每天都把生活托付给埃里克，所以也可以把安妮的生活托付给她。

“谢谢你。”他粗声粗气地说。他在文件上签了字，递给了公证人，公证人接着告知见证人在哪里签字。公证人盖了章，签了字，把文件递给埃里克，离开了办公室。

埃里克站起身来，复印文件，此时查理仍然对堂妹在戒赌瘾这件事感到吃惊，一句话也说不出来。

埃里克把原件给了查理，一份复印件归了档，最后一份放在了自己的办公桌上。

“我会把这份文件寄给你的律师，让他存档。”

查理点点头，问道：“那我在这儿没别的事了吧？”

“嗯，除非你想……”

“不管你想说什么，我的回答都是，不。我要去看安妮了。别打电话来烦我。不管有什么事，都发短信给我。”

查理停下来，等着埃里克说她明白了。查理眯起眼睛。

“真可恨，埃里克，你听见我说的话了吗？”

埃里克正在一个信封上写下他律师的姓名和地址，甚至都没有抬头看他一眼。

“我当然听见你说的话了。我没乳房，但是有耳朵。别再啰里啰嗦讨人厌了，去看你妻子吧。”

“谁是这间办公室的老板啊？”查理抬高了声调。

这时埃里克才抬起头，像往常一样用她深不见底的目光盯着他，一言不发。

查理瞪了回去，决心不要先移开视线，却注意到了埃里克左眼角正在抽搐的面肌。

“好吧。”他咕哝道，转身准备离开。这时他听到奔跑的脚步声，一个男人冲进了办公室，“砰”的一声关上了背后的门。

这男人已到中年，但身材匀称，穿着古驰牌西装，这证明他要么花钱大方，要么就是真的有钱。他一脸慌乱地望着查理，从口袋里掏出手巾，开始擦眉毛，然后整了整领结。

“您是查理·道奇吗？”他问道。

查理觉得这人就像是演员小罗伯特·唐尼的中年版，就连那一小撮黑胡子都很像。

“我是，”查理说，“你是谁？”

“我是安森·斯蒂勒。我需要您的帮助。有人要杀我。”

查理还没来得及回应，外面的大厅就又响起一串脚步声。步子很大，脚步声很沉重。查理望着斯蒂勒，斯蒂勒看起来简直就要晕倒了，门猛地打开了，斯蒂勒尖声叫了起来。

“就是他！就是他要杀我！”

闯入的男子看到斯蒂勒，攥紧了拳头，愤怒地咆哮着朝他走来。

查理准备拦下这男子，这时埃里克从桌边站起身，用泰瑟枪*击中了男子。男子浑身抽搐，手指乱抓，像公牛一样倒下了。

---

* 泰瑟枪，也有人根据其原理称其为“电休克枪”。泰瑟枪没有子弹，是靠发射带电“飞镖”制服目标的。——译者注

斯蒂勒晕头转向，难以置信地望着六英尺高的埃里克，感觉自己看到了古希腊的女战士。

查理怒目而视。“真该死，埃里克，我已经花钱把它修好了。”

“上次你在这儿打架，把我桌子弄坏了。”埃里克说。

“好吧。”查理盯着仍在承受电击剧痛的男子，说道，“报警。我来给他戴上手铐。”

趁他还没恢复知觉，查理从这个魁梧男子胸膛猛地抽出泰瑟枪的飞镖，把飞镖卷了起来，把男子铐住了。

斯蒂勒吃惊地张大了嘴。

查理指着这个男人，问道：“你说有人要杀你，就是他吗？”

斯蒂勒点了点头。

“那我认为你的问题已经解决了。处理简单业务，我至少收 5000 美元。接受支票或者信用卡支付。埃里克会给你开收据。”

斯蒂勒拿钱包的时候皱了皱眉。

“我好奇的是，他为什么想杀你？”查理问道。

斯蒂勒一边耸了耸肩，一边抽出一张金色信用卡，递了过去。

“我们之前有暧昧关系。”

“那和他有什么关系？”

“他是和我有关系的那个人，”斯蒂勒说道，“今早我结束了和他的这段关系。对此他不太能接受。”

查理听到了警笛声，这很好。几分钟后，传来了更多的脚步声。查理走到门口，朝着走过大厅的三名警官挥了挥手。

“在这儿。”他喊道。

达拉斯警局的三名警官进了办公室。

“嘿，道奇，出什么事了？”其中一名警官问道。

查理指着斯蒂勒。

“他会把来龙去脉都告诉你的。现在你需要知道的就是，戴着手铐的人据说想谋杀穿古驰西装的人。我有约在身，现在已经迟到了。你如果有其他需要了解的，就找埃里克，是她把这个戴手铐的男人击倒的。”

警官们很了解查理·道奇的这位助理。查理知道埃里克让警员们感到紧张，但证人就是证人，事实没法改变。查理走出门，警官们走向埃里克的办公桌。还没走到停车场，查理就开始想安妮了。

到今年5月，他们结婚就有23年了，安妮被诊断为患有早发性阿尔茨海默病也有3年了。诊断后没过多久，她的头脑就不再清醒，出于对她人身安全的考虑，查理不得不让她住进了晨曦颐养院。这是家记忆保健中心，离查理位于达拉斯市区的家有20分钟车程。现在安妮由颐养院的护理员照料，他自己却只是她生活中的访客，这让查理的每根神经都躁动不安。

查理把车开出停车场，回到雨中，他很紧张，像要上战场一样。他一周没见到安妮了。安妮不想他，可他想安妮，想得身上都觉得痛。

查理不清楚警官们是不是已经离开了他的办公室，但他并不担忧。埃里克自己能处理，大多数情况下埃里克都会直接处理他的事务，尽管应该是她向他负责。毕竟，他才是老板。

查理其实也知道，自己的确要向她负责。她认真经营查理的私人侦探公司，就好像这是家《财富》世界500强企业，可是她对待查理的态度，就好像他是个从来不打扫角落的清洁工一样。在她面前，查理常常要忍气吞声。

红灯亮了，查理踩下了刹车，刹车时他看到面前有一辆车冲过十字路口，被一辆厢式送货车拦腰撞上了。两辆车的司机都下了车，冲进雨中。一个叫嚷着，另一个挥舞着胳膊。一个攻击，另一个躲闪，打斗在持续。

交通灯一变绿，查理就开车绕过他们，沿着街道继续行驶。穿过几个街区后，他开到了通向颐养院的路口，拐弯时，一辆警车从另外一个方向开过来，飞驰而去。警车亮着警灯，拉着警笛。更能惊动警车的，应该是司机的打斗，而不是交通事故。

查理把车开进晨曦颐养院的停车场时，看到了大楼前的急救车。他皱了皱眉。可以肯定的是，如果急救车和安妮有关系，院方肯定会通知他的。查理赶紧查看手机。确定自己没有错过任何来电后，他的心情才稍微轻松一些。

查理尽可能把车停在靠近入口的地方，然后跑进大楼，身上一路滴着雨水。和往日一样，他一跨过门槛就感到自己失去了平衡，和住在颐养院的病人差不多。

接待员是个叫平克的中年妇女，她看着查理朝她走去。查理可以看得出，平克正试图揣摩他的心情。然而，他们的关系并不算友好，所以平克很快就移开了视线。她之前有一次惹恼过查理，她显然不想让那天的情形再次上演。

没有笑容。

目光冷酷。

下巴棱角分明。

查理清楚自己害怕平克出言不逊。

“早上好，道奇先生。”

“救护车是来接谁的?”

“不是来接你妻子的,”平克说,“她在日光浴室。”

查理登记了名字,然后大步走过登记处,身上的雨水还在往下滴。他停在门口,等待放行,一听到放行的嘀嗒声,就走了进去。他从那些在大厅游逛的病人身旁走过,既不去看他们的眼神,也不去理睬瘫坐在轮椅上萎靡不振的人们。与那个在大厅哭泣的女人擦身而过时,他忍不住低声骂了一句。

他以前问过这个女人怎么了,别人告诉他,这个女人只要不睡觉就会哭,因为她只记得怎么哭。查理无法想象,安妮要是这种状态会成什么样子,但他也清楚,安妮早晚会变成这个样子,只是时间问题。

因为雨天的缘故,日光浴室的光照不像往常一样充足。透过窗户,可以看到深红色的紫薇花,枝条上的花垂得低低的,花瓣上滚动着雨水。今天,上天在为安妮哭泣,在为与安妮有相似遭遇的人哭泣;明天,紫薇花会把花丛下的土地装点成红色,会以疗养人的名义为它涂上一抹血红。

一位老人悄悄走到查理身边,聚精会神地盯着他的脸看。

“你是马尔蒂吗?”老人问。

“不,我不是马尔蒂。”查理答道。

“你是马尔蒂吗?”老人又问了一遍。

查理还没来得及回答,一名助手就从老人身后赶过来,把老人带走了。

查理咽了咽口水,喉结滚动了一下,他讨厌在这里遇到这种事。扫视房间时,他的心怦怦乱跳,直到看见安妮坐在一张长桌子边,面对着一堆拼图碎片，他的心情才平复下来。

查理朝她走过去，心里非常安宁，他自己都没察觉到心情的变化。他一边走一边想，她后脖颈的曲线还是那样精致。她的头发还是初次见面时的浅金色，她穿着蓝色的衣服，蓝色是她最钟爱的颜色。

查理经常做一个关于她的梦。

梦里她在椅子上转身，朝他微笑。

梦里她笑靥如花，手臂环住他的脖子。

这是怎样的梦啊！

他凝视的目光从安妮身上流转到桌子上。

安妮喜欢拼图，至少以前喜欢拼。今天她正在捡起拼图碎片，把它们放在桌子另外一个地方，或者放在自己腿上，她一片片地拿起，又一片片地放下，一遍遍重复着这个动作，却不记得接下来该用它们做什么。

查理悄悄坐到安妮旁边，这时他想俯身亲吻安妮的耳后，以前他这样做总会让安妮发出轻叹。但他没有这么做，而是挑出能拼出拼图边缘的碎片，把它们放到一起。

“我认识你吗？”安妮问。

她经常这么问查理，查理每次听到这个问题，都觉得心要被挖出来了，只是不见血。

“你以前认识。”查理回答。

安妮从腿上那堆拼图碎片中拿起一块，递给了查理，但是眼睛没看他。

查理接过碎片，什么也没说，只是把它放在一边，继续寻找要放到拼图边缘的碎片。他拼好的越多，安妮递给他的也越多，直到递给查理拼图边缘的最后一块碎片时，她才停了下来。

安妮身子向前倾了倾，专心地看着拼图，看着还没有拼好的地方，然后望着查理，露出了微笑。

“拼对了。”她说。

查理望着她的双眼，竭力想留住她眼中那瞬间闪现的清明，但是这个眼神已经消失了。她已经忘了拼图，就像已经忘了查理。此时，她正透过窗户，望向花园。

查理的手机响了，他向下扫了一眼，看到来电显示的是自己的办公电话。该死！他已经告诉过埃里克不要打电话了。他没接电话。

片刻之后，查理收到了一条短信。

你他妈的接电话。我们有事。

查理回了一条短信。

我和安妮在一起。

对面大楼着火了，我们大楼的煤气泄漏了。你最想抢救什么，电脑还是文件打印件？

“该死。”查理咕哝着，回了一条短信。

电脑。我这就回去。

安妮仍然望着窗外，查理站起身，犹豫了一会儿，在她耳边轻声说道：“我还记得我们。”

查理走出去时，连呼吸都觉得困难，他尽量把注意力转移到别的地方。

查理大步经过接待处的办公桌前面，平克抬头看了看他。

“你还没有签字离开！”平克喊道。

查理没停留，自顾自地继续往前走，走到离车不远时，他跑了过去。他开车朝办公室驶去，虽然雨还在下，但他已经能够看到达拉斯市上空翻腾起的浓烟。

埃里克忙着从办公室往外搬东西，已经搬了三四趟了。查理把车开进停车场，在埃里克的车位旁停好时，埃里克正把电脑设备搬到她的奔驰车上。

查理并不是第一次好奇埃里克怎么买得起这样一辆奔驰车。这款车起步价是 11.5 万美元，车速从零升到每小时 60 英里只需 5.3 秒，发动机有 536 马力，扭矩可达 560 磅。他知道得这么清楚，是因为他一时好奇，在谷歌上搜索过。这款车的内置配件十分丰富，可以与 007 系列电影里詹姆斯 · 邦德驾驶的汽车相媲美。

查理开的是辆吉普。

查理下车时，埃里克喊道："我要再跑一趟去搬电脑，打印件已经装在箱子里了。你去拿。"接着她又跑向大楼。

埃里克声音里流露出的急切感让查理动容，查理迈开大步，跟在埃里克身后跑进了大楼。

"我还以为我们要把这些打印件都留在这里呢。"查理说。

"电脑和打印件我都要。"

"大家都去哪里了？"查理盯着办公室全都半开着的门，问道。

"你走后不久，大家就开始撤离了。"埃里克回答。

查理皱着眉，把两箱文件堆在一起。"那你还留在这里干什么？"他问道。

"和你在这里要干的事一样，"埃里克不悦地答道，"快点。既然你在，我们再有两趟就能搬完了。”

查理不假思索，抱着箱子拔腿就跑，他把箱子扔进吉普车后座，又往回跑。这时煤气公司派来的工程队来了，把车停在了停车场。他们跟着查理和埃里克一起进了大楼，进去时还嚷嚷着：“你们不该在这里！”

查理扛着另一堆箱子出来了。

“跟她说！”查理喊了一嗓子，继续跑着。

他听到了埃里克尖锐的嗓音，但是听不到她和工程队的人说了什么。查理转身时，工程队的人已经走了，埃里克抱着最后一箱文件。查理从埃里克手中把箱子接过来，扔进吉普车，指了指那辆奔驰车。

“赶紧坐进这精美坐骑，离开这里。”

“你想让我把这堆东西带到哪儿去？”埃里克问。

“我会给你打电话，”查理说，“先离开这鬼地方。”

他们匆匆忙忙把车开出停车场，很快汇入了移动的车流。查理头脑一恢复清醒，就给埃里克打了电话。

“去我市区的房子。我们到了再商量。”

离家还有 10 分钟路程时，查理听到了爆炸声。爆炸的威力太强了，吉普车和车外的整条街道都在震动。他从后视镜中看到了火球，随后是又一团巨大的黑烟。办公室要正式关门了。

这时他的电话响了，是埃里克打来的。

“怎么了？”

“办公大楼没了。”

“你是怎么知道的？”查理问道。

“我有熟人。”说完，埃里克挂了电话。

查理把电话放回支架，想到了办公大楼隔壁咖啡店的老板，还有那条街上的烘焙店，不知道要过多久才能清理完现场，也不知道要过多久，这些小店被毁的老板才能在其他地方重新开张。

电话又响了。查理以为还是埃里克打来的，于是直截了当地说：“喂，现在情况怎么样？”

“道奇先生！还是我，科罗拉多州的杰森·邓利维，我今早给您打过电话了。请您不要挂电话。我为侵犯您的私人空间道歉，但是邓利维家族需要您的帮助，酬金不成问题。”

查理皱了皱眉。这个叫邓利维的家伙锲而不舍，而且说出了那个诱人的词。查理决定给他一个机会。

“哎，我现在有事，晚上再打这个号码，我们聊一下。”查理说。

“谢谢您！真的太谢谢了！”杰森说完挂了电话。

查理把手机放进口袋，把车开进住宅大楼的停车场。他到家了。

埃里克跟着查理一起进了停车场，在查理旁的来客车位停好，下了车，和查理讲起话来。

“我先暂时把电脑设备放在你的餐桌上，我们可以先把这些文件放在箱子里。如果需要什么文件，我会自己翻出来的。”

“你知道科罗拉多州丹佛市的邓利维家族吗？”查理抱着一摞箱子问道。

埃里克瞪大了眼睛。“你真的不知道吗？卡特·邓利维，邓科工业，极邓雪橇，邓星工作室，还要我继续往下说吗？”

“噢，这个邓利维呀。”查理咕哝道。

“你不知道他是谁，对吗？”

“我想我的下一个问题是，你怎么会知道他？”

听到查理的这句话，埃里克沉默地拿起一块电脑显示屏。

“我们把这东西拆下来吧。”她说。在等查理抱来别的箱子时，她又说道：“你肯定知道卡特·邓利维失踪了，对吧？有人推断说他已经死了，因为谁都没接到索要赎金的来电。现在我不得不相信你偶尔会看看国内新闻了。”

查理听出了埃里克语气中的嘲讽，但是并没有理会。

“你可能还记得，上周我在休斯敦唐人街有监视任务。看国内新闻，不是我的首要任务。”查理说。不过这时，事情已经让他感兴趣了。

“推断死亡”和“发现遗体”是两回事。查理想知道卡特·邓利维到底有多少继承人，谁会继承什么遗产。

查理向电梯走去，埃里克跟在他身后。

“他是怎么失踪的？”查理一边问，一边按下自己公寓的楼层按钮。

“他离开办公室去参加一个会议，就再也没露过面。还没有人发现他的车，也没有人接到过索要赎金的电话。你问这干什么？”

“有个叫杰森·邓利维的人想雇我。”

“雇你做什么事？”

“我不知道。他第一次打电话过来时，我挂断了电话，他刚才又打电话来，说酬金不成问题，我的态度温和了一些。”

埃里克丝毫没有掩饰她的惊讶。

“你需要一个助理。”

“我有一个了。”查理咕哝着走出了电梯，埃里克紧跟着他。

等到埃里克离开公寓回家时，查理承受的压力已经到了极点，而此时的餐桌成了他们办公室内办公桌的复制品，相当体面。装文件的箱子沿着餐厅的三面墙堆放着，看起来就像是为圣诞节准备的礼物，只不过这些箱子没有封好，而且这里没有圣诞树，现在也才8月。

查理给自己做了烤牛肉三明治，往里面涂了辣根酱，夹了生菜和蒜味莳萝腌黄瓜，又在碟子另一边倒了一堆薯片。走到客厅时，他从冰箱里拿出一瓶黑啤酒，想边吃边看电视。

仿佛是命中注定，查理赶上了邓利维失踪案的最新报道的最后一点内容，还有15秒关于杰森·邓利维的新闻片段：杰森说，凡能提供线索，帮助他找到舅舅者，均奖励5万美金。

“从我接到的电话来看，这家人已经认为他死了，他们想要的仅仅是找到他的尸体来下葬，这就是我要着手做的事情。”查理皱着眉头，自言自语。

他已经养成了自言自语的习惯。

查理喝了一大口啤酒，伴着酒咽下最后一口三明治，然后把碟子放回厨房。他砰的一声关上橱柜的门，想找一块士力架巧克力，他总是把巧克力藏起来，不想让自己轻易拿到。这时电话响了。他瞟了一眼时钟，差不多晚上8点了。

“真是时候。”查理自言自语。去接电话时，他又瞪着客厅镜子中的自己，说道，“不要再自言自语了，该死的。你要变成絮絮叨叨的老姑娘了。”

查理抓起电话。“我是道奇”。

“道奇先生，我是杰森·邓利维。”

“嗯，我在听。”

“我舅舅卡特·邓利维失踪了，我们现在都觉得他可能已经不在了。没有索要赎金的电话，他也没和我们联系，这样都已经两周了。他没有妻子，没有孩子，只有一个多年前失明的哥哥，还有一个住在达拉斯市的弟弟，是您妻子的医生，还有一个姐姐，就是我的母亲。我也姓邓利维，因为我是这一代唯一的继承人。舅舅本来要去丹佛市另一边参加会议，但他没到会场。

没有紧急电话。没有任何迹象表明他碰到了麻烦。他手机关机了，从他失踪之前这个手机就再没拨出过电话。警方找到了他赶赴会议途中的监控。监控的最后一个画面就是，他正在等红绿灯，然后就什么都没有了。当然，我们都很悲伤，但是还有比我们个人的悲伤更重要的问题。我舅舅有很多公司，成千上万的人生计岌岌可危。我们要找到他，或者找到他的遗体，这样才能合法处理后事，保全家族财产。警方还在收集线索，但到目前为止仍一无所获。”

“我直接说吧。你想要我去找整个丹佛警局都找不到的人？”

“拜托了，道奇先生。泰德舅舅，就是您妻子的医生，向我担保说，您是这个行业里最出色的。”

查理叹了口气。他听出了杰森·邓利维语气中的歉疚。正是因为提到了安妮，他才决定接下这单业务，当然查理并不会告诉杰森这一点。

“你要花不少钱。你要为我租一辆车，日租金你付，我可能还需要其他车，租金也要你付。一天付我 5000 美元，开始找人之前，要付我 25000 美元的定金。还有，如果我找到了卡特·邓利维，你要为此额外支付 10 万美元。如果我找不到他，上述那些费用就够了。”

“成交。”

“好，那么我的第一个问题是，你舅舅有没有仇人？家里有谁与他不和吗？”

“大多数和他做生意的人都可以视为他的仇人，”杰森说，“一涉及做生意，我舅舅就变得冷酷无情。”

“那家里呢？有谁对他恨之入骨吗？”

杰森犹豫了片刻，然后回答说：“没人恨卡特舅舅。他并不小气，只是冷酷，也正是因为这一点，他才成了出色的商人。”

“按他的遗嘱，你们中谁会受益？”

这次，查理听出了杰森话语中流露出的不悦。“我们所有的人都会……平等受益，我会成为首席执行官，从我 21 岁起他就一直在往这个方向培养我。哎，道奇先生，我让您找我舅舅，并不是把这件事变成妙探寻凶 * 的游戏，把家里所有的人都当作嫌疑人。”

“噢，严格说来，你们都是嫌疑人，相信我，丹佛警局也是从这个角度着手的。如果你不喜欢我的方式，那就另请他人。”查理不耐烦地说。

“不，不，您让我吃了一惊，仅此而已。”杰森解释说。

“我需要查看卡特的私人电脑。”查理说道。

“您需要什么就可以做什么。只要能找到他。”

“他的办公室在哪儿？我要从办公室着手。”

“在丹佛市。我会告诉您地址和联系人。”

“我会联系的。”查理回答说，而后挂了电话。

* * *

埃里克开车回家时全身酸疼。她需要多锻炼身体，集中锻炼上

---

* 妙探寻凶（Clue），一种始于 1948 年的图版游戏，游戏背景是英国的一幢大厦，图板是一幅房间位置平面图。玩家扮演大厦的客人，大厦的主人遭人杀害，客人均是嫌疑犯，最先找出凶手、凶器及行凶房间的玩家可以胜出。该游戏于 2008 年推出了电脑版。——译者注

身力量。大楼突然爆炸令人遗憾。只有上帝才知道市区爆炸范围有多大。要花好几个月才能清理干净。

她开车从街道拐进她的车库，开到第五层，心里想着邓利维家族的事情。

她把格洛克手枪和钥匙放进口袋，然后下了车，把手机塞进皮质长裤的后口袋，朝电梯走去。

埃里克的步子很大，靴子后跟发出咔咔声，在车库里回响着，让她有一种被人跟踪的错觉。这种错觉经常产生，而她并不喜欢这种错觉。好在从停车场走到电梯用不了多久，坐电梯到她的住处楼层需要的时间更短。

她的门上有一张便条，是住在楼道对面的女人拉鲁留的。

今天有你的包裹。我签收了。敲门来拿。

埃里克有点想笑，拉鲁是个好人。

埃里克敲了敲门，等着门打开。

门开了。拉鲁眯着眼看了看埃里克，然后递给她一个用马尼拉纸做的信封。

“我喜欢你理的发型。”拉鲁说道。

拉鲁当着她面关上门时，埃里克揉了揉自己光秃秃的头。埃里克喜欢拉鲁这个老女人，因为她不会忽视显而易见的东西。

埃里克进了自己的公寓，把钥匙和信封扔到厨房柜台上，像往常一样开始检查每个房间和窗户，确认没有人进过房子才停下来。她又走回厨房，那封来信让她感到好奇。

信上没有回信地址，也没有邮戳显示邮寄服务商，她把信翻过来调过去看了三次，才确定拆开信不会有危险，而后她用一把小刀沿着信封盖裁开，把信封倒了过来。

里面的东西滑了出来。

首先映入眼帘的是一张旧照片。照片上有一个穿着白色褶皱长裙的小女孩。抱着这个女孩的男人叫赛勒斯·帕克斯，而这个小女孩就是埃里克自己。赛勒斯·帕克斯是通用原理公司的老板，埃里克过去在这家公司工作。赛勒斯自称是埃里克的父亲。但是埃里克现在心知肚明，他只是贡献了精子，让抚养埃里克长大的珍妮特·伯奇的卵细胞受精而已。埃里克展开信的时候，心一直在怦怦跳。信上写道：

> 我在你的旧书桌抽屉里找到了我们这张合影，我想你会想拿回这张照片。你准备好回来工作就打电话。你战胜了病魔，我们很激动。我们正在研究你以前的众多理论之一。你或许会想参与其中。

一派胡言。这男人算不上她的父亲。埃里克生病时，这家公司把她踢了出去，没有别的借口，只是说对埃里克不符合他们的期望表示遗憾。埃里克愚弄了他们所有的人，她比他们想象的棒得多，现在他们想让她重返岗位，于是就来拍她的马屁了。

至于工作邀约，请她回去做自己原来的项目是个笑话，但凡这些人能有一点进展，能去申请专利，他们就会气疯了。埃里克已经改变了项目进程，完成了之前半途中断的所有工作，并拥有了所有专利。

但这封信就已经表明这伙人来过埃里克的住宅了。这家公司的员工，或者是受雇于这家公司的人，曾站在她门外的走廊，与拉鲁说过话。他们糟蹋了她现在的住所。

“这些杂种！”埃里克咕哝道，然后转身，朝卧室走去。

她从步入式衣帽间拖出两个行李箱，开始打包行李。这将是她过去两年在这个城市里第三次搬家。这次搬家很糟糕，简直是耻辱，因为她喜欢这个公寓，不过事实上，这个公寓只有一个屋顶和四面墙而已。埃里克从衣帽间拖出密码箱，把它放在一只行李袋里，从床上扯下被单塞进行李袋，接着开始把衣服装进两个行李箱。

一个小时不到，她就已经把想带的东西都带上了，只是为这一周准备的生活用品不能都带走，这让她有点恼火。

这间公寓转租了两次，埃里克一边跑去厨房拿信封，一边发短信给公寓主人。她把照片和信一起塞回信封，放进行李袋的一个口袋，把行李拖到走廊，然后又敲了敲邻居的门。

门开了。拉鲁看到几个行李箱，挑了挑眉毛。

“是因为我说了什么吗？”

埃里克把公寓的钥匙扔到这个老女人手里。“有人明天会来拿钥匙的。”埃里克说。

“所以我现在是你的秘书？”

埃里克握住行李箱拉杆，开始拖着箱子朝电梯走去。

“后会有期，宝贝！”拉鲁喊着，挥了挥钥匙。

埃里克等电梯时听到了邻居的关门声，她按下了带有下降箭头的电梯按钮。

拉鲁，后会有期。

几分钟后，埃里克开车离开了停车场，朝城市另一边一个地方开去。

二

埃里克开着奔驰车，沿着伍德奥罗杰斯高速公路行驶，像一架喷气式飞机穿过化装游行的队伍，在昂首阔步的人群、鼓手和长号演奏者中，迂回前进。

在她和查理一起经历了这一天后，她没想过要这样度过这个晚上。她并不是在躲躲藏藏，她只是想按自己的想法生活，然而在一个地方停留太久，会让她难以如愿。

她开车时一直留意后视镜的情况，她知道自己可能被跟踪了。她看着后面那辆车时髦的前灯，皱了皱眉头。那辆车至少跟着她行驶了 3 英里，没有减速，没有变道，也没有加速行驶。就一直在后面，跟着埃里克，仿佛埃里克是指引回家方向的灯塔。

杂种。

埃里克猛踩油门，以 45 度斜打方向飞快越过四条车道，驶进匝道。摆脱了尾随者，又回到了一个人开车的自由状态，埃里克很满意。她绕了个圈，回到刚才离开的高速公路，一直把车开到 I–35 高速公路出口，进入了达拉斯市东部老区。

埃里克最初搬到达拉斯市时来过这儿，但是那伙人发现了这个地方，她只好放弃到这里住的打算。但是她很有把握，不提前打招呼就突然出现在她要去的地方时，她会受到欢迎。

埃里克离开大街，沿着通向一座典雅大楼的车道行驶，大楼的样子有些没落。已经快 9 点 15 分了，大楼周围的安全灯戏弄了夜晚的飞虫。冷白色的光晕下，飞蛾蜂拥而至。她把车开过去时，运动感应灯亮了，把三层楼照得犹如圣诞节时的教堂。埃里克在楼前停好车，熄火下车。她一脸严肃，按响了门铃。

门开了，一位老人出现在门前，看样子是吓了一跳。老人眯着眼看着埃里克，好像要从她古怪的样子中认出一个人来。

埃里克叹了一口气。

“是我，梅林。”

梅林泪汪汪的眼睛瞪大了，显然是大吃一惊。“埃里克？”

“没错。”

梅林倒吸一口气。“亲爱的上帝啊！啊！这是个多棒的惊喜啊！你消失得太突然了，我们都很担心你。快进来，快进来！”

“谢谢你，但我不进去了。我不是专程来拜访的。我想问你个问题。”埃里克说道。

“问吧。”

“你地下室还有空房吗？”

“怎么了，还有……你要找地方住？”

“我要找地方住。”

梅林笑了笑，露出一整口明显的假牙。

“那空房就归你了！”

直到梅林说“还有”时，埃里克才发现自己一直都屏着呼吸。

“每个月租金多少？”她问道。

“上次租这间房，我每月得到800美元，但是……”

埃里克掏出钱包，抽出八张大钞，递给了梅林。

“非常感谢你。”她说。

梅林接过钱，放进口袋，满意地点了点头。

“等我一下，我去拿钥匙。”

埃里克站在泛光灯下，克制住想把这些灯泡都拧下来的冲动。

大约过了1分钟，梅林回来了。

“钥匙在这里。我不知道房间里什么样子。可能有点落灰了。”

“没关系，”埃里克说，“我很感激。我会很安静。”

梅林踌躇了一会儿，观察着埃里克外表上的变化，最后终于忍不住问了出来：“你还好吗？”

“嗯，我很好。”

“我们还是隔周的周六晚上聚会吧？”梅林提议。

埃里克摇了摇头：“谢谢你，梅林，但这已经不再是个好主意了。”

“我明白了。不管怎样，你在这里，我很开心。”

埃里克回到车里，沿着路开到了房子后面，打开了通往地下室的私人入口。

30分钟后，埃里克把衣物从行李箱里拿出来，把房间巡视检查了一遍，寻找入侵者能进来的所有方法。两扇朝着前面街道的窗户，挂着黑色的百叶窗。一扇门进出地下室，一扇上锁的门通向楼上。这应该足够了。明天下班回家时，她会顺便买些日用品。

埃里克忘了问梅林，自己能不能用他的无线网，然后决定，要是梅林问起她的事，她就告诉他；梅林要是不问，也就不会查看她在干什么。梅林看上去是一位步履蹒跚的老人，但他的智商是门萨俱乐部成员的水平，这也可以解释通用原理公司又一次发现埃里克前，她先前工作的公司为什么要来这里聚会。重返故地或许是错误的决定，但是对埃里克来说，没有什么是刻上了石头不可改变的。

第二天一早，埃里克来到查理的公寓准备工作时，查理差不多已经打包好行李了，开门时他抱着一摞内衣，随即像浪潮一样，冲到了餐厅，也就是他们的临时办公室。

“我查看了电子邮件。没什么要务。”说着，查理走出了餐厅，把内衣放进行李箱。为了让埃里克听见，他提高了音量，“我接手了卡特·邓利维的案子。我现在要去机场，去赶飞丹佛市的航班。我给你留了一份表，上面是我需要的有关他们的信息。我会和你保持联络，在我走之前，还有什么事要告诉我吗？”

“我搬家了。”

查理停住了，走回客厅，“又搬了？”

“因为蟑螂。”埃里克说。

她眯起眼，等着查理发表评论。

查理生气地瞪着埃里克，他不喜欢埃里克的生活有秘密。

“不管因为什么，我公寓的备用钥匙在你电脑旁边。这个案子办完，我要考虑换间新办公室。”

埃里克把备用钥匙挂上了自己的钥匙串。查理就要离开房间时，埃里克抢过他的手机，不到30秒就装上了一款小软件，是她一直在研发的，然后她就把应用图标隐藏起来了。上次他们失联是查理出任务的时候。埃里克开飞机找了他两天才发现他，接着又带领救援队坐船飞速赶到，带他离开了埃弗格雷斯港。她终于把查理带回文明社会时，查理发着高烧，肩膀也脱臼了。

这种糟糕事不会再发生了。

赛勒斯·帕克斯上班迟到了，因为他在等一个电话，他不想在办公室接这个电话。他是老板，通用原理公司的决定由他说了算，所以他想多晚上班都可以。他再次往咖啡杯倒咖啡的时候，电话终于响了。

“你好。”

“帕克斯先生，我是麦克·杜林。包裹按要求送达了。如您要求的那样，她回家后我留在附近守着，她真的搬走了。在高速公路上，我尽可能一直跟着她，但还是在夜晚的车流里把她跟丢了。她开得飞快，好像不顾一切，情况就是这样。您希望我做点什么？”

“像以前一样。跟着她下班回家，直到你发现她的新住处为止！”赛勒斯厉声说道。

“嗯，先生，我做不到，因为昨天她办公室所在的大楼，还有一整个街区都爆炸了。现在，我不知道他们在哪里上班，甚至连他们上不上班我都不知道。”麦克说。

“啊，遗憾啊。但是，你的工作还没结束。你找到她以后，就在她车上放一个跟踪装置，这件事不需要再讨论了。”

“好的，先生。”麦克挂断了电话。

多亏了埃里克在他的苹果平板电脑上存好的文件，等到查理乘坐的航班在丹佛着陆时，他对卡特·邓利维的了解已经胜过了对自己母亲的了解。愿上帝保佑查理的母亲安息。查理取走了租的车，是辆雪佛兰牌探界者汽车，车身的颜色呈渐变的红色，令人躁动不安。查理开着这辆车去了旅馆，登记入住。一进自己房间，他就把埃里克给他的半打闪存盘放进口袋，然后给杰森·邓利维发短信，告诉他自己已经在去往邓利维公司总部的路上了。这时快到上午11点了。

杰森·邓利维正在给女朋友米兰达·多伊奇打电话，两人一直是合了分、分了合，但是自从他舅舅失踪一事公开以来，米兰达每天都给他打电话。卡特失踪时，米兰达在欧洲，她提出马上回来陪杰森，但杰森立即拒绝了她。这并没有阻止她每天给杰森打电话，今天她的电话是从罗马打来的。

“杰森，亲爱的，有什么消息吗?”

“没有。要是有进展，我会告诉你的。”杰森说道。

“我很难受，我想你想得要发疯了。我告诉过你，你让我到达巅峰时，我有多爱那种感觉。”

尽管杰森不爱她是事实，然而她的床上功夫了得，杰森还没有过足瘾，还不想分手。

“是啊，你为我做的事更让我开心，”杰森说，“开开心心花你爸爸的钱吧。等你回来我去找你。”

米兰达乐得咯咯笑。“噢，你太了解我了，亲一个，亲一个，我的爱人。我想你想得发疯，真的迫不及待想和你正式结为夫妻。”

杰森还没来得及辩驳，米兰达就挂了电话。他是永远不会和米兰达结婚的，杰森设想着真的娶了她，然后不禁把手伸进装着诱人东西的小抽屉，准备吸一口可卡因。

他把可卡因放在鼻子上方，他的世界开始摇摆，这时手机响了，提示收到一条短信。毒品硬生生地快速经过呼吸道，他闭上了双眼，就像做爱一样。他享受着，直到感觉脖子背后的汗毛都立了起来，才睁开眼，擦了擦鼻子。

“太他妈爽了。”杰森喃喃自语，拂去深色卡拉拉*大理石上的白色烟灰。这么说查理·道奇已经到丹佛了，已经在来杰森办公室的路上了。查理·道奇受到强力推荐，杰森希望道奇能够不负来之前就享有的盛名。

米兰达决定让客房送餐，不出去吃晚饭了。她提交订单后，开始给父亲约翰尼斯·多伊奇打电话。

米兰达 11 岁时，母亲维维安就去世了，因此米兰达和父亲的关系，比一般年近 30 的未婚女子与父亲的关系更为亲密。一听到父亲开口，她就被父亲傻乎乎的问话逗笑了。尽管父亲有来电显示，每次都还是要问一样的问题。

“喂，米兰达，是你吗？”

她咯咯笑着说：“对，爸爸，是我。我现在在罗马，我就是想告诉你，我玩得很开心。我在找最美的衣服当嫁妆，等我一到米兰，我就开始选婚纱。”

“你在找让你开心的东西，我太高兴了。你知道我多喜欢看见你笑。逗你开心，我也开心。爸爸为你骄傲。”

米兰达继续咯咯笑着：“谢谢爸爸。你是世上最好的爸爸！那我

---

* 卡拉拉（Carrara），是意大利中北部托斯卡纳大区的城市，以盛产白色大理石闻名。——译者注

走的这些天，你一直在做什么？希望你管得住自己，希望教堂里那个坐在我们身后的寡妇不要再向你投怀送抱了。你知道的，她不喜欢我。”

约翰尼斯笑起来。“我没工夫搭理这些事。”

“那你说……”米兰达正要往下说，这时有人在敲门。“噢，我要挂电话了，订的餐送到了。爱你。我们等会儿再聊。”

“好，好，再见。”约翰尼斯说道。

米兰达把手机扔在一边，走向门口。

米兰达在罗马品尝餐点的时候，杰森已经摆出了端庄的样子，等着私家侦探来办公室。

几分钟后，查理·道奇走进了办公室，他与杰森先前想象的截然不同。

道奇身材高大，看上去强健坚毅，眼里同样闪着坚毅的光芒。杰森之前以为，道奇会是衣服皱皱巴巴，走路拖拖拉拉，但道奇根本不是那个样子，他一点儿也不软弱，一点儿都不胖。

查理看上去令人生畏，此刻杰森不得不调整心态，重新认识查理。或许这样对他们双方都有好处。邓利维公司当然要知道怎样才是明智的商业之举。越早知道舅舅的情况，对家族和公司就越有利。

看着道奇深色的头发、淡褐色的皮肤，杰森比往常更懊恼自己长了一头红发和苍白的皮肤，他把只能称为嫉妒的情绪抛在一旁，伸出手，向查理走去。

“道奇先生，很高兴见到您。”

查理握住杰森的手，他看见杰森那海军蓝的领带上有一抹白，意识到杰森吸了可卡因。

“你还浪费了一点。”查理指着这抹污痕说。

杰森低下头，看到领带上的可卡因，于是松开查理的手。但杰森并没有表现出尴尬，只是耸了耸肩。

“真遗憾。”杰森把领带上的粉末拍了下去。“请坐。”

之前在从达拉斯市到丹佛市的航班上，查理的两条大长腿一直挤在非常狭小的空间里，现在他充分利用宽敞的座椅舒展身体，一面观察着邓利维公司的这位代理董事。查理已经发现杰森有可悲的缺点：杰森吸可卡因，握手的样子像个女孩子。

查理的脑海中浮现出埃里克的面孔，她皱着眉头，这让查理自己瞎想起来。“像个女孩”这个表述太宽泛了。请原谅我的这种鬼想法。查理暗暗抱怨着。自己不仅在自言自语，而且还把想法变成了对话。荒谬，真他妈荒谬！

杰森等待着，他以为查理会开始讲话，但他想错了。“那么，我该做点什么来帮您启动调查？”杰森问道。

“把订金送到我的办公室，给我进入卡特·邓利维的办公室并使用他的电脑的全部权限。”

杰森慢慢吸了一口气，提醒自己和这个人打交道要小心。就算自己不喜欢查理·道奇，又能有什么办法？只要查理能找到卡特舅舅，他就会付给查理所要求的酬金的两倍。

杰森叫来了他的秘书。

“请务必派人送道奇先生去卡特舅舅的办公室。道奇先生得到了完全许可，他想看什么就看什么，需要什么就用什么。”

"好的，先生。"秘书回答。查理从女秘书的声音中听出了犹疑。杰森站起身，送查理走到门口。

"如果您还需要其他任何信息，就打我的电话。我愿意在能力范围内提供一切帮助。我们要找到卡特舅舅。他对公司意义重大，但对家族更加重要。"

"还有一件事。处理这起案件的警探叫什么名字？"查理问道。

"克里斯托瓦尔警探。他受雇于丹佛警局。我们家族所在的地区其实是格林伍德村，但是卡特的失踪太惹人关注了，所以丹佛警局一直在处理这起案件。我会给克里斯托瓦尔警探打电话，告诉他我们已经雇你办案了。他们那里有卡特舅舅的车失踪前的监控录像片段，你或许需要看看。"

查理默默记下了这条信息，跟着女秘书走了出去，一言不发地走到了走廊尽头。

三

十楼的整个西南角都是卡特的办公室，有两面墙是落地窗。精雕的紫檀桌至少长16英尺。办公室一角有一块电脑屏幕，另一角是看上去古色古香的蒂芙尼灯饰。办公室完美如画，仿似舞台背景。

查理转向女秘书。

“这间办公室一直都这样井井有条吗？”

秘书点点头，回答道：“邓利维先生不喜欢物品摆放混乱。”

“他动身去参加会议的时候，办公桌是现在这样吗？”

“是的，先生。自从邓利维先生失踪以后，除了警局来的一个侦探，还没人来过这里。”

“他总是把办公桌收拾得这么整洁吗？”

女秘书似乎吓了一跳，连忙摇了摇头。“嗯，他通常把日程表放在办公桌上，咖啡杯旁还会放几支钢笔。”

查理瞥了一眼地毯，注意到从办公桌到房间另一边的吧台的地毯上有细微的踩踏痕迹，心想不知道卡特有没有酒瘾，这个念头一闪而过，另外一些细节很快就引起了他的注意。不过他只是指了指办公桌。

“他只有这一台电脑吗？”他问道。

“啊，不是。”秘书犹犹豫豫地回答道。

“那其他电脑在哪里？”查理继续问道。

秘书又犹豫了。

“你看，”查理说，“杰森已经允许我查看所有的电脑，而我如果不知道卡特的生活中发生了什么，就没办法找到他。”

“您当然可以看。跟我来。”

秘书碰了碰吧台下面。只听咔嗒一声，护墙板打开了一扇小门，露出了一个密室。从查理站着的角度看，能看到五台电脑。查理从秘书身旁走进密室。所有的电脑都开着，程序也在运行。两台打印机在吐出打印件，他扫了一眼，有一台电脑是用于实时跟踪纽约证券交易所的最新数据的。

“丹佛警方来看过这个房间吗？”查理问道。

秘书显得不安。“先生，他们没来过这里，但他们也没有过问。”

“卡特·邓利维会把日程表放在哪儿？”

“嗯，尽管他有自己的安排，但我还是会给他一份更新过的日程表。”

查理递给秘书一张卡片。“请把他最近6个月的日程表发到这上面的邮箱里。还有，他平时用车吗？”

“是的，那辆车是公司的，除了他失踪那天。那天他是自己开车的。”

“为什么？”查理问。

“我不知道，只知道他是自己开的车。”

“这正常吗？”

“这不正常，先生。这和他平常的习惯不一样。”

“我要知道他当时开的车的型号、样式、车牌，你收集这些信息时，也请把公司所有车辆的清单发到这个邮箱。”

“好的，先生。”

查理回头瞥向这间密室。“我要知道这些电脑的密码。”

“我不知道是否……”

“我再一次提醒你。我找人。你们的一名成员失踪了，我要弄清楚他有没有受到威胁或勒索。我要弄清楚他有没有女朋友，或者有没有让他出走的难以启齿的小秘密。如果以上这些猜想有一种属实，我就能在他的电脑上找到相关信息。我也想知道他办公桌上电脑的密码。这就是我现在希望从你这里获得的所有信息。如果还有其他需要，我怎么和你联系？”

秘书指着卡特办公桌上的电话说：“拿起电话按7。我办公桌的座机就会响了。我会为您拿到密码的。不会很久。”

查理点点头，等她离开才给埃里克打电话。响到第二声，埃里克就接了电话。

“这里是道奇安全调查公司。”

“是我。现在我在邓利维的办公室，站在吧台后面一个隐藏起来的房间里。这里有五台电脑，两台打印机正不停吐出打印件，速度比射击游戏中飞出的大型铅弹还要迅捷，其中一台打印机在打印纽约证券交易所的最新数据。卡特办公桌上还有台电脑。带着你之前给我的闪存盘，我很快就会知道这些电脑的密码。”

“拿到密码再给我打电话。我逐步告诉你怎么做。”

电话那边再没有任何声音了。

“也和你说声再见。”查理自言自语，随后走向卡特的办公桌，开始仔细检查抽屉。尽管他并不指望能在这个整洁的办公室里找到什么线索，但还是要按惯例全部检查一遍。女秘书返回办公室时，查理还在检查。她递给查理一个清单，上面一一写着哪台电脑对应哪个密码，随后就留下了查理一人。

几秒钟后，查理又和埃里克通了电话。15 分钟不到，埃里克已经访问了所有电脑。

“要花多长时间？”查理问道。

“你现在可以离开了。”

查理还在犹豫。“闪存盘上的数据呢？”

“你带走吧。我已经收到这些数据了。”

“你要是发现有什么不对头，就给我打电话。”查理说道。

“当然。”

查理想先挂断电话，但埃里克已经挂了电话。

真可恨。

查理把闪存盘都装进口袋，然后关上密室的门，离开了这间办公室。接着要去的地方是丹佛警局。他回到车里，拨打了克里斯托瓦尔警探的电话，号码是杰森之前给他的。电话嘟嘟响了两声。

“失踪人口事务处，我是克里斯托瓦尔警探。”

“侦探，我叫查理·道奇，是从达拉斯市来的私人调查员。邓利维家族雇我协助寻找卡特·邓利维，不知能否顺便拜访您，和您谈几句。”

“好啊，当然可以。”克里斯托瓦尔说。

“谢谢。我马上来找您。”查理说道，然后在 GPS 全球定位系统中输入地址，驶出了停车场，跟着导航行驶。

前来调查的人不止查理一个。克里斯托瓦尔警探快速搜索查理的资料，想看看他究竟是什么人，克里斯托瓦尔看的信息越多，就越是为之动容。查理是前军队突击队员，受到高度赞誉的英雄，破获了几起备受关注的案件，受到许可在科罗拉多州办案。任何一条都无可挑剔，于是克里斯托瓦尔退出了搜索系统，继续自己的工作。

查理一边开车一边想起了安妮，想知道她今天是开心还是难过。她的这种情绪波动过去发生得比较频繁，但现在已经不多了，这也让查理忧心。安妮的情况是持续走下坡路，查理不喜欢两人之间的距离，情感上的距离。不过他相信，在他外出的日子里，埃里克会打理好他的事情，包括照顾安妮。

查理一到警局辖区就把私人想法搁到了一边，他从街口拐弯驶入停车场，停好车，随即抓起公文包和手机，匆忙走进大楼。工作人员引导他走进失踪人口事务处，指给他克里斯托瓦尔警探的办公桌。

“克里斯托瓦尔警探，我是查理·道奇。谢谢您能在我临时通知后同我会面。”

“分内之事，”克里斯托瓦尔说道，“请坐。”

查理坐到侦探办公桌边的一把椅子上。

“那么，我能帮您做什么？”克里斯托瓦尔礼貌地问。

“尽可能分享您调查到的情况。我知道有一段交通监控片段，监控摄像头就在卡特赴约路上汽车消失的那个地方。您如果能提供拷贝资料，我会不胜感激。如果您不愿意，至少让我看一看。”

克里斯托瓦尔点点头，说：“我可以分享。说实话，我们现在陷入了停滞状态。我们已经追踪了我们掌握的每条线索，动用了所有资源，却还没有弄清楚他是自己出走了，还是被绑架了。还没人找邓利维家族索要赎金，这家人因为我们还没有破案，已经向我们施加了很大的压力。”

“您知道他有什么反常的性行为吗？他与有组织的犯罪活动有什么关联吗？”查理问道。

克里斯托瓦尔摇了摇头。“对此我们并不知道。卡特做生意就像鲨鱼一样冷酷，但一切都摆在表面。并不是说他没有结下仇家，要知道，他持有的股份很可观，投资多样，但我们还没发现有谁对他进行过严重的口头威胁。”

“像他这样的人不会就这么失踪的。”查理说道。

“同意，”克里斯托瓦尔回答，“但他就这样失踪了。您等几分钟，我把您要的资料拷贝给您。想喝杯咖啡吗？”

“好，当然想，这太棒了。我一个多小时前才下飞机，所以我现在至少比往常少摄入了一加仑的咖啡因。”

克里斯托瓦尔爽朗地笑了，“我明白您的意思。您要加奶油还是糖？”

“什么都不用加。”查理回答道。克里斯托瓦尔走开了，查理又检查手机有没有收到新消息。埃里克没有发来消息，于是查理坐回椅子上休息。他擅长等待。

几分钟后，克里斯托瓦尔端着咖啡回来了，餐巾纸上放着两大块巧克力碎饼干。

“今天有人过生日，她带了饼干和大家分享，不过没带蛋糕。饼干很美味。第二块是我给自己拿的，这样您在我面前吃东西就不会不好意思了。”克里斯托瓦尔解释道，然后咧着嘴笑了。

“谢谢。”查理大笑着说。

克里斯托瓦尔坐下来，点了点头，咬了一大口饼干。

查理迅速喝了一小口咖啡，然后把咖啡放在一旁。咖啡太苦了，但他没有表现出来。

“我们等文件这会儿，我可以问您一些问题吗？”

“当然可以。”克里斯托瓦尔回答。

“杰森·邓利维告诉我，他舅舅的车在监控视频里出现了，然后就失踪了。”

“是这样。”

“那么，为什么会一下就不见了？那个地方就是死角吗？没有摄像头吗？”

“噢，那里有摄像头，但是我们调查的时候，这个摄像头已经出了故障。有人破坏了摄像头。这种情况之前在这座城市的不同地方都发生过。”

“那这个摄像头坏了多久？”查理问。

“事实上，坏了不到24小时。”克里斯托瓦尔回答，然后又咬了一口饼干。

“这也太巧了，我不相信这是偶然，”查理说，“要么是有人想弄坏摄像头，这样他或他们就能绑架邓利维，要么是邓利维想弄坏摄像头，这样自己就可以消失了。”

克里斯托瓦尔点头赞同。“我们也是这样想的。”他说道。

查理又喝了一小口咖啡，啃了一小口饼干，以示礼貌。他心里迅速掠过了好几个设想。

“那他的家族关系怎么样？您有没有发现什么迹象，表明家族的未来继承人中有谁看起来可疑呢？”

“没有，这些都记在了文件中，您马上可以拿到。我们当面单独采访了每位家庭成员，他们都对卡特失踪表现出难过，似乎都是发自内心的难过，而且他们谁都没遇到财务困难。”

“就连杰森也没有吗？”查理问道。

克里斯托瓦尔皱了皱眉头。“他也没有。您为什么会这样问？”

“因为我先前同他见面时，他的领带上有白色的残留物。我告诉他洒了一点，他甚至都没找个借口否认，比如说那是风吹来的。”

“这情况我们都不知道。”克里斯托瓦尔咕哝道。

“如果他们谁都没遇到财务困难，那就只表明，杰森·邓利维有钱，可以沉溺于这一嗜好。”查理提出了他的想法。

“有可能。”克里斯托瓦尔说道。

“既然您对我知无不谈，我也要提醒您，邓利维的办公室里有间密室。”

克里斯托瓦尔再次皱了皱眉头。“什么密室？”他问道。

“它在吧台后面。”

“你是怎么发现的？”

“我觉得邓利维的台式电脑看上去像个道具，我没看见商务文件。我问秘书他还有没有别的电脑，那位秘书闪烁其词，直到我提醒她，我已经获准接触一切与卡特·邓利维有关的物品，了解所有事情，她这才走到吧台，按下了一个秘密按钮。然后密室的门就开了，里面有一排电脑在那里无休止地运转。”

“狗娘养的，”克里斯托瓦尔愤愤地道，“我们会再去一趟，在这些电脑上你有什么发现吗?”

“我还不知道，它们可能加密了。我们交谈时我的助理正在帮我查看文件。”

“他擅长破译加密文件吗?”

查理忍住了翻白眼的冲动，虽然翻白眼是他对埃里克所做的所有事情的第一反应。

“我的女助理做什么事都有效率，什么她都能应付。计算机中的什么资料她都能随意存取，任何技术上的东西她都能编程，还考取了飞行员执照，什么飞机都能开。事实上，自从她来为我工作后，她已经为我擦了好几次屁股了。就在我离开公司来这儿之前，她制服了一名尾随客户来我办公室的袭击者。她用自己办公桌上常放的泰瑟枪击中了袭击者的屁股。”

克里斯托瓦尔咧着嘴笑了。“听起来她会是个称职的巡警。”

“她不喜欢规章制度，所以这不可能。”查理说道。

克里斯托瓦尔放声大笑，然后他们坐在那里，安安静静地吃完了饼干。

查理喝下了最后一小口苦咖啡，把杯子放在一边，就在这时，一位职员送来了文件和交通监控的数字拷贝件。

克里斯托瓦尔警探检查了一下，确认文件齐全后，递了过去。

“我相信，您有任何发现都会与我们分享的。”

“肯定会的，谢谢您。”

“当然，我要谢谢您提醒我还有其他电脑，”克里斯托瓦尔说道，“我送您出去。”

查理把资料整理好，放在公文包里，然后随着克里斯托瓦尔走出了失踪人口事务处，沿着走廊走到了电梯。

“祝您狩猎成功。”克里斯托瓦尔按下了下行按钮，说道。

“您也是。”查理说，然后走进了电梯。

电梯下行很快，他不久就离开了大楼。现在已经过了正午，午餐时间到了，车流量也增加了。查理一坐进车就发动引擎，打开了空调，然后坐着看警方最早的报告，找出了卡特在交通监控中消失的位置。查看卡特消失地点的欲望甚至比饥饿感更强烈，于是查理在 GPS 导航系统中设定好地址，驱车离开了。

查理以前来过丹佛市，那已经是好多年前的事了，当时他和安妮在庆祝结婚 5 周年纪念日。现在再次驾车穿过这些街道，认出当年两人一起见到过的饭店和地标，要比他之前预料的更让他忧伤。

“坏事常发生。”查理咕哝道，而后提醒自己要把注意力集中在眼前的事情上。

在第十五大道，导航系统提醒他即将向北转弯，进入温库普大街，这是卡特去牛排屋饭店本该经过的路，他应该参加的那次午餐会议就在这座饭店里举行。但是就在这个十字路口，交通监控出现了故障，就在这里，卡特·邓利维失踪了……

查理到达这个十字路口时，就开始观察这里其他的建筑物。他发现旁边是美国国铁*的一个车站。他拐向温库普大街，朝着饭店开去，拐弯时发现附近有一些宾馆，甚至还有一个停车场，可能是进

* 美国国家铁路客运公司（National Railroad Passenger Corporation of the USA），常用商标为 Amtrak，简称美国国铁或美铁，是美国唯一一家长途和城际铁路客运公司，创立于 1971 年，服务覆盖美国 46 个州和加拿大 3 个省份。——译者注

铁路车站的通道，如果他想把车藏起来，就会想到这个停车场……

已经看过了卡特失踪的地方，所以查理在导航系统里输入了自己酒店的名称，威尔顿街上的君悦酒店，然后驱车返回酒店。一路乘坐交通工具让他疲惫，先是坐飞机，接着就是开租来的车，他现在更想回到自己的房间放松一下。

酒店大厅挤满了登记入住的女士，其中许多人已经进了酒吧。查理乘电梯上九楼时，心想自己可能遇到了一次集会。他走出电梯，快速辨别方向，跟随指示牌找到了910房间。

这个房间很宽敞，床也很舒适。查理拉开窗帘让阳光照射进来，然后打开了自己之前留下的行李，拿出笔记本电脑。他最想看的就是交通监控片段。

他脱了鞋子，点了客房服务提供的午餐，拿出克里斯托瓦尔警探之前给他的文件。他先确定了卡特·邓利维驾驶的汽车的型号、颜色和车牌号码，然后很快就在视频中找到了这辆车，紧盯着它的行驶轨迹。他看见这辆车出现在第十五大道，仍然是朝着温库普大街行驶，但随后就消失了。这辆车没有在别的视频片段中出现，也没有出现在温库普大街的监控视频中，但是查理查看过这个地方，这里如果发生现场绑架案，至少会有几十个目击者。

查理倾向于认为，卡特或者是自己逃跑了，或者是还没离开办公室的停车场就被人劫持了，在开车穿越城市的全程中一直是人质。

查理看完了监控片段，现在该翻阅警方文件了，他要看看他们有什么发现，看看目前为止的警方调查已经排除了谁的嫌疑。他把笔记本电脑和文件放在床上，一屁股坐到枕头上，开始翻阅。客房服务人员敲门送午餐时，他还在看文件。服务人员一离开，他就坐在桌旁开始吃午餐，边吃边翻看着文件，同时做些记录。

埃里克从邓利维的电脑中下载了所有数据，她将这些信息进行了分类，把一些信息复制到文件夹中供查理查阅。她以前到过查理的公寓，但只进了客厅。现在整个地方都是他们的办公室了，真是又宽敞又舒适。埃里克可以使用整间厨房，半个浴室，可以点外卖。查理走了，如果她愿意，她甚至可以在这里过夜，给自己节省一些开车往返的时间，但是她住的地方有她正在做的项目，需要她盯着，所以她很快就打消了这个想法。

埃里克也不想在查理家里住得太舒服，让他以为自己会突然对他好。她最不想让查理知道的就是，她觉得查理性感得要命。但这并不要紧。她得病时，未婚夫抛下了她，之后她就切断了与男人的关系，而且查理永远深深爱着他的安妮。

埃里克不再是男人追逐的目标，但她还活着，她知道自己看上去像个机器人。没有头发，没有乳房，穿着靴子身高超过 6 英尺。因此她扮演起强硬的悍妇，抛弃了自己原来的女性形象。如果她能找到摆脱过去的方法，那她的生活就会几近完美。

午餐时间又到了，埃里克在外卖平台点了中餐，继续工作。45 分钟后，门铃响了。她点击了保存键，跑去开门。

这个外卖员她之前见过。外卖员递食物给她时，小心翼翼地看着她。

“您搬家了。”

埃里克皱了皱眉头。他的话触及了她的隐私。

“差不多。”话音未落，埃里克就当着外卖员的面关上了门。

她把外卖拿到厨房，开始拿出里面所有的餐盒，然后拿出了餐馆附送的筷子。掰开筷子时，她突然记起，小时候有一年感恩节的晚餐，她和妈妈拉开如愿骨*，看谁的那块骨头大，谁就可以许愿。回想起短短5年的童年时光，悲伤之情油然而生，但她只难过了几分钟，就把对往昔的回忆搁置一旁。

“忍住。”她告诉自己，然后打开了餐盒，开始品尝春卷、陈皮鸡、青豆虾仁，还有糖醋里脊。

她有意多点了些菜，这样就可以把剩菜带回家，她在线上提交了日用品订单，准备下班时去沃尔玛超市取。商品会直接送到车里，所以她不需要和一大群人接触。

她吃完了青豆虾仁，吃完了春卷里她想吃的部分。大部分的陈皮鸡和糖醋里脊都剩下了，够她吃好几顿。她把菜装了起来，这时电话响了。

埃里克擦了擦手，去看是谁打来的电话。看到是自己的股票经纪人打来的，她接了电话。

“喂，科尼，出什么事了？”

兰德尔·科恩没理会她的揶揄，埃里克当然知道他的名字是科恩。

“纳斯达克指数涨了。就是这件事。你今天大赚了一笔，和你的中心公司在道琼斯指数上的表现一样。邓利维公司今天又跌了，因

---

* wishbone，禽类脖子上形状像Y的一根骨头。西方有一个古老风俗，吃到这根骨头时，两个人要比赛，一人一头一起扯，扯到长一点骨头的，就会有好运气，可以许下一个秘密愿望。所以wishbone被称为“许愿骨”，或“如愿骨”。——译者注

为卡特·邓利维一直下落不明。我不知道你是否想买进。他们现在的股价跌到了几年来的最低水平，你知道这会改变的，一旦公司的地位……"

"我要请你闭嘴了，"埃里克说，"我现在也算参与了邓利维公司的事务，既然我知道了不该知道的情况，买进这家公司的股票就是违法的。所以我不买。"

"噢，嗯……我不知道你……"

"科尼，谢谢你打电话来。我需要继续工作了。"

埃里克挂了电话，然后叹了气。拒绝这个建议让她不快。邓利维公司很兴旺，业务多元化，这个分散投资建议激起了她的兴趣，但事情明摆着，她卷入了卡特·邓利维的案子，怎么都不该买进这家公司的股票。

埃里克把剩菜放进冰箱，然后给自己倒了一杯冰茶，端着茶去了餐桌。

埃里克继续对下载的文件进行数据分类，午后时光缓缓而逝。但是她开始仔细检查卡特的银行结单时，时间就过得没这么慢了，她注意到，每隔一周的周四，卡特都会专门取出 5000 美元的现金。埃里克搜索的记录越多，透露出的信息也就越多。这种一次取 5000 美元的情况一直持续了十几年。这样一个月就要取 1 万美元。一年就是 12 万美元，持续 10 年。的确，这笔钱对卡特来说微不足道，但是也不能排除被某人敲诈的可能。埃里克做了个简短的记录：回头打电话给查理，让他检查卡特·邓利维的计划表，看看周四有没有特殊的标注。然后埃里克瞥了一眼时间。已经 6 点多了，由于刚刚搬了家，她要开很远的路回家。

埃里克似乎也没有期待第一天就能找到确凿的证据，所以她保存好所有文件，关掉了办公软件，离开查理住所的时候锁好了门。她中途在沃尔玛停车取预订的日用品，不耐烦地等着工作人员把商品送到车旁。看到一个女送货员走近时，她打开了后备厢。

女送货员放下袋子，随即关上了后备厢，转到驾驶员一侧的窗边。埃里克在配送单上签了字，递给送货员 20 美金，这让送货员脸上绽放出了灿烂的笑容。埃里克驱车离开了，心想如果给的钱不够，送货员又会是什么表情。

埃里克离开了停车场，驶回上高速的最近匝道。不久她就在高速公路的车流中快速穿梭前进，同时警惕着身后的车辆，确保没有人跟踪自己。

离开查理住所 1 小时 20 分钟后，她回到了自己的新家。她绕到旧大厦背面，走进公寓。她搬了好几趟才把所有物品搬进去，但是直到在车上设置好报警器，把自己锁在公寓里，埃里克才终于放松下来。

她把剩下的中餐放进冰箱，然后开始放日用品。做完这些之后，她径直走进浴室淋浴、更换衣服。她打开淋浴开关，面对着浴室门后的全身镜。

她看到显眼的身材，轮廓明显的肌肉。缺失的头发和胸部并不显眼，因为绿黑相间的龙文身盖住了她整个胸腹部。龙低伏的身子和尾巴的一部分绕着她的背部和右侧臀部下方，然后盘过右腿，一直延伸到膝盖下方。这个文身图案充满力量和神秘色彩，让她感觉自己就是呈现在世人面前的斗士。

放出来的水明显很热了，水汽缓缓模糊了她在镜子中的映像。埃里克稍稍侧身，调节水温，然后迈进从花洒喷泻而下的水流中，拉好了身后的浴帘。

埃里克洗完澡时，空调已经启动了。她快速擦干身体，穿好衣服，穿着短裤和T恤走进厨房。一天吃两顿中餐对她没有吸引力，于是她用黄油炒了鸡蛋，烤了英式松饼，然后坐在沙发上一边吃卷饼，一边看晚间新闻。

她在刚买的商品中翻找可以当餐后甜品的零食，吃了一把好时巧克力之后，她拿出电脑，登录连上梅林的无线网，开始查看持股情况。她暂停了为自己的媒体公司编写的新游戏。这是一款在微软游戏机上玩的游戏，名叫“小丑地狱”，她还在漫不经心地修改这个名字，在“欢乐成灰”和“锤击欢乐”之间纠结。她恨小丑。

四

等到查理费力读完警方文件，开始研究卡特的日程表，查找卡特过去一年的约会记录时，天已经黑了。他努力想发现日程表的规律，找到独特之处。但是他对卡特一无所知，因此没有取得太大进展。

查理接下来要做的就是与卡特的家族成员面谈。他没想好是和他们单独谈话，还是趁他们在一起的时候见他们，但他的直觉告诉他，卡特家里有人知道些内情。没人索要赎金，那卡特·邓利维就仍然躲在某个地方，除非有人恨他，恨到已经要了他的命，这个人可能是其家族成员，也可能不是。

查理想知道埃里克是否发现了什么，于是考虑要不要给她打电话，然后他决定还是不打了。如果她有所发现，肯定已经告诉他了。在他认识的人当中，埃里克是最直爽最坦率的。埃里克唯一对他有所隐瞒的就是她自己的生活，查理也同样好奇，为什么她要隐瞒，为什么她在达拉斯市要不停地从一间公寓搬到另一间，而这些问题其实都不关他的事。

因为上网读了太多资料，他的双眼火辣辣地疼，后背也疼。战争留下的旧伤从来没有让查理忘记它们的存在。他瞥了眼时间。他在酒店预定了晚餐，美好的食物召唤着他，于是他收拾了一下，出门下楼。

酒店大厅还是挤满了女人，她们脖子上都挂着项带，胸前晃来晃去的徽章上印着某种标志。大厅座椅上挤满了女人，让查理好奇餐厅是不是要排队。他一下子高兴起来，觉得自己太有先见之明了，竟然提前预订了晚餐。

查理沿着大厅走向餐厅，此时他已经能听到叽叽喳喳的说话声了。转过一个弯后，他看见一长排客人在排队等待入座。

他从这些人身边走过，走向女服务员。

“先生，晚上好。能为您做些什么？”女服务员问道。

“我是查理·道奇。我预定了7点的晚餐。”

女服务员浏览了名单，拿起一本菜单。

“没错，道奇先生。这边请！”

查理听到身后有说话声。查理要入座了，而她们还要等待，可是没有一个女人对此表现出不满。这些女人似乎对查理更感兴趣。

女服务员请查理在一张两人桌旁坐下，随即递给他菜单。

“您的侍者马上就过来。祝您用餐愉快。”她说。

“谢谢。这些女人怎么了？是有什么会议吗？”查理问道。

女服务员嫣然一笑，一改专业服务的姿态。“是的，太令人激动了。她们都是浪漫小说作家。”

“她们人好多啊。”查理说。

“这是一场全国性会议。我已经碰到了我最喜欢的一些作家。祝您用餐愉快。”女服务员又说了一遍。

查理翻开菜单，但心里还想着刚才经过这群人身边时无意听到的话。原来她们是在讲书的外观要养眼。他放松下来。刚才她们交头接耳时，他还以为她们说的是男人要养眼。

他草草看了一遍菜单，就知道了自己想吃什么。五分熟的上肋，再加上淋着黄油的烤马铃薯。

卡特不在，杰森·邓利维坐上了家庭晚餐桌的正席。他背后的墙上挂着他们祖先肖恩·邓利维的肖像画，肖恩是200多年前从爱尔兰移民来到这儿的。肖恩很理智，赢得了铁路巨头之女的青睐，从此跻身豪门，开启了他们家族在丹佛的故事。

杰森很清楚，他的爱尔兰血统深厚纯正。如果不考虑着装风格上的差异，那么这幅肖像画简直就是以他为模特画出来的。邓利维家族的人都长着高额头、高鼻梁、蓝眼睛，还有浓密的红头发。

刚过8点，第一道菜端上了桌，是清爽可口的奶油浓汤，这是杰森的最爱之一。所有人的汤一上齐，大家就开动了。爱德华·邓利维视力不好，但并不影响他喝汤，杰森的母亲迪娜正一小勺一小勺地喝汤，好像唯恐会增加一点点体重。

杰森对母亲扭捏作态的举止摇了摇头，却刻意忽视了坐在母亲身边的肯尼斯·迈尔斯，那是母亲所谓的未婚夫，尽管他还未见到迈尔斯为母亲戴上戒指。

杰森真希望泰德舅舅住得不那么远。自从去年圣诞节以来他就没见过泰德舅舅。不过也正因为泰德舅舅和他们不在一起，才能认识并推荐查理·道奇。

迪娜喝完了汤，放下汤勺。她向后靠在椅背上："杰森，亲爱的，你今天早上和查理·道奇见过面了。你觉得他怎么样？"

爱德华停住了，把头转向他妹妹声音传来的一边。

“谁是查理·道奇？”爱德华问。回答他的人是杰森。

“他是我雇来的私家侦探，来查明卡特舅舅遭遇了什么。”杰森回答说。

爱德华皱了皱眉。“我之前都不知道你会这样做。”

“警方的调查陷入了停滞状态，他们没有新的线索，卡特舅舅至今下落不明，我们的股价每天都在跌。”杰森说。

“噢，”爱德华说，“我没意识到这一点。如果没有你，我都不知道我们现在该做些什么。迪娜和我都没有打理公司的能力。”

“这不是问题，爱德华舅舅。卡特舅舅这么多年一直培养我，就是让我有这个能力，所以我不可能不知道从哪里着手。”杰森说。

“我说，你对道奇这个人了解多少？”肯尼斯问。

杰森抬起头，正好看到母亲把一缕散落的头发从肯尼斯·迈尔斯的前额拨开，杰森皱了皱眉。

“泰德舅舅推荐了道奇。道奇的妻子患了阿尔茨海默病，几年来舅舅一直在给她做治疗。”

肯尼斯露出了幸灾乐祸的笑，轻声在迪娜耳边说了些什么。

迪娜笑出了声，然后看了杰森一眼，脸红了，显然意识到了自己两难的处境。她不可能既站在肯尼斯一边，又不惹恼儿子，因为这两个男人互相没有好感。

母亲暗示杰森不要讲话，但杰森并没有理睬。“肯尼斯，在决定我们家族的商业事务方面，你没有发言权，但是既然你觉得你需要发表意见，那我认为你应该对着桌子讲。”杰森说。

迪娜又看了杰森一眼，目光中带着恳求，杰森依然没有理睬。这激怒了迪娜，促使她开口教训杰森。“真的，杰森，你不要这么粗鲁，肯尼斯和我还有几个月就要结婚了。”

杰森叹着气，说道：“你们结没结婚并不重要。在这个家族或者这个公司里，肯尼斯永远没有表决权，这你是知道的。”

肯尼斯耸耸肩。“没问题，迪娜，亲爱的，我会遵照你儿子的要求的，”他边说边直盯着杰森，露出了微笑，“我纯粹只是对这个年龄段的侦探有多大能力发表意见。我的意思是，阿尔茨海默病是老年人得的病，那么这个私人侦探的年龄到底有多大？要是他到了老年医疗保险的保障年龄，我认为你需要重新考虑你的选择。”

“是你需要重新考虑，”杰森厉声说道，“阿尔茨海默病早发症病例很多。他妻子才 40 多岁。至于道奇，他以前是突击队员，在他生活的达拉斯市声誉很好，找他办案的人很多。今天和他会面后，我不会想惹恼这个人。”

然后杰森按铃叫侍者过来，侍者马上就出现了。“我们正等着吃下一道菜。”杰森对侍者说道，却没有理睬肯尼斯脸上尴尬的神情。

但是爱德华语调里流露的悲伤让所有的人都转移了注意力。

“我希望道奇能成功，”爱德华说，“我想我弟弟。”

* * *

查理吃完上肋和马铃薯，直接来到了酒店酒吧。倒不是因为他特别想喝酒，而是因为他还不想回到房间去思念安妮。今天是安妮的生日，而这一点她或许并不知道，或者并不在乎，可查理在乎。他离达拉斯市太远了，没法哄安妮吃一口生日蛋糕。

查理点了一杯纯威士忌酒，像喝药一样灌了下去，又叫酒吧招待再来一杯。之后，他把钱扔在吧台上，拿着酒走开了。这个酒吧里满是浪漫小说作家，人甚至比大厅里还要多。查理穿过酒吧时感受到了她们的好奇。他在吧台背面找了张桌子坐下，挥手叫女招待走开，给晨曦颐养院的院长发了一条短信。

今天是安妮的生日，她吃蛋糕了吗？她好吗？我现在出差去了别的州，如果她有什么急需的，您可以联系我的助理，我会把她的名字和电话号码发给您。但是如果安妮的健康状况或生活状况有变化，您还是要告诉我。

他点击了发送键，然后向后靠在椅背上，喝了一小口酒。几分钟后，他收到了回复，说安妮很好，已经吃过饭了，还吃了些纸杯蛋糕庆祝生日，颐养院的员工对着她唱了“生日快乐”，感谢查理提供了助理的信息。这当然比不上见到安妮，但还是缓解了不在她身旁带来的负疚感。

大约30分钟后，一名女招待端着托盘出现了，托盘上放了一杯威士忌，她把酒和一张便条一起放在查理桌上。

“我没点这个。”查理说。

女招待指着酒吧中间坐满女人的一桌，那些女人正朝查理挥手。

“是她们送来的酒和字条。”

查理拿起了这张字条。

请尽情享用这份美酒，连同我们对这样一位优秀男性楷模的赞美。如果您有兴趣成为浪漫小说的封面人物，就告诉我们。

贝蒂、朱尔斯、罗宾、蒂什

——科罗拉多州浪漫小说作家

查理抬头看了看，只见这些女人脸上都笑开了花。

他轻声笑了笑，拿起酒杯，向她们敬酒，然后一饮而尽。这杯酒比他平常喝的量大，这意味着不该再喝了。查理把空杯子压在字条上，然后走出了酒吧。

埃里克睡着了，电脑还开着。她陷入了来自过去的噩梦。

* * *

“看着我，宝贝，笑一个。”

5岁的杰德转头看向妈妈，在旋转木马载着她离开前，她朝镜头挥着手，露齿大笑。

她骑在黑黝黝的木马上，这匹马配着红色的马鞍和缰绳。这是她最喜欢的木马，她每周日都会骑。她把身体向后靠，闭上双眼，紧紧握住扶手，想象自己是在乘着海浪冲向沙滩。她可以闻到海风的味道，还能闻到热乎乎的烤花生和甜腻腻的棉花糖。海鸥尖叫着，争抢人们丢弃的热狗上的一点面包屑，这叫声她是如此熟悉，就像熟悉自己的嗓音。旋转木马的音乐声很大，几乎淹没了周围的一切声音，但杰德并不在乎。等到骑完马，她和妈妈要去买太妃糖。这就是每周日午后她们在码头做的事情。

木马转回到妈妈经常站着的地方，但是杰德把手举起来挥舞时，却发现妈妈并不在那里！木马继续旋转，可是她看不到妈妈了，一丝奇怪的恐惧感突然朝她袭来，攫住了她的心，然后她安慰自己，转到下一圈就会看到妈妈了。旋转木马再次转到这个位置，又转到这个位置，但她还是没有看到妈妈，这时她真的恐慌起来。现在音乐和旋转木马速度开始放缓，她的恐惧感却在攀升。她不知道要做什么，不知道怎么回家。

突然，两个戴着小丑面具的男人纵身跃上旋转平台，指着杰德叫道："她在这里！"他们开始在骑着木马的孩子们中间奔跑，在永远处于奔跑状态的鲜艳木马间飞奔，想在木马停下之前抓住她，孩子们开始尖声哭叫，家长们也十分慌乱，急着想跳上旋转木马保护孩子们。

这两个带着小丑面具的男人接近了杰德，她尖叫起来。

这时有人从身后抓住了她，用胳膊环住了她的腰，把她扔上肩头，跳下了旋转木马，由于动作幅度太大了，杰德咬到了自己的舌头。现在她不仅在恐惧地尖叫，而且还尝到了血的味道。

杰德听到一声枪响，随即更多的人尖叫起来。"救命啊，妈妈，救命啊！"她哭着喊道。

埃里克猛然睁开了眼睛，心怦怦乱跳。

"这是梦。不是新鲜事。我是安全的，我是安全的。"

她掀开被子，匆匆走向厨房，一路打开公寓的灯。出于习惯，她仔细检查了整间公寓，确定没有人藏在里面，天花板附近气窗一样的小窗户和房门都锁好了。

现在才过凌晨4点，埃里克此刻绝对无法回去睡觉了，于是她煮了壶咖啡。她知道空腹喝咖啡只会更刺激自己，就在冰箱里一阵翻找，找出了剩菜糖醋里脊，放进微波炉里加热。微波炉响起了"叮"的一声，菜热好了。埃里克拿了一把叉子，把菜端进客厅。她坐下来，背靠在墙上，以便清楚地观察各个方向的情况，然后开始吃菜。

吃了几口后，旧日噩梦带来的恐惧渐渐消退，她需要用别的事物来转移注意力。埃里克开始思考她一直在研究的文件，心想现在给查理发短信是不是太早了，然后她自己也觉得确实太早了，就把热好的菜都吃完了。新煮的咖啡散发出香味，吸引着埃里克走进厨房，因为她急需补充一小杯咖啡因。她端着咖啡，沿着走廊走回去洗澡。

洗完澡，她的情绪已经恢复了平静。她回复了更多的邮件，同时又喝了一杯咖啡。日出之前她就出了门，前往查理的公寓，开始了新的一天。

埃里克穿衣服的时候就已经理清了头绪，她急着继续处理邓利维这桩案子。她满意地看着自己红色的无袖紧身背心，衣服恰到好处地露出了一部分龙文身，让人浮想联翩。然后她穿上了超短的黑色博莱罗夹克，带有红色细条纹的紧身黑色长裤，套上了黑色短靴。

她脸上没有涂任何化妆品，只有眉毛下方涂了黑色的眼影，眼影到眼睑渐渐过渡成了红色，嘴唇也涂成了红色。

嘴唇的红色是她着重刷了两笔的，就像观点明确的艺术家的创作。

早晨的天气已经预示着这会是很热的一天。埃里克坐进车，驱车离开梅林和他的大楼。从东北方向移来的锋面已经进入了这个州，所以这天晚些时候可能会下几场雷阵雨降降温。

埃里克和往常一样留意跟在自己后面的车辆，如果有车离得太近或者远远跟着她，她都会加速，在车流中甩掉它们。到了该下高速公路的时候，她越过需要走的那个出口，从下一个出口驶离，在城市道路上往回开，开到了大楼的停车场，最后在查理停车位的下一层停好车。

几分钟后，她进了查理的住所，解除了安全警报。她转身的时候嗅了嗅，然后皱起眉头。房间有一种淡淡的冷咖啡的味道，还有昨天她吃午饭留下的味道，于是她做的第一件事就是扔垃圾。她回到房间，喷了些空气清新剂，然后开始煮一壶咖啡。早上 8 点，她给查理发了一条短信。

10 多年来，卡特·邓利维每隔一周的周四都会取 5000 美元。不知道他拿这笔钱做了什么。检查一下卡特的计划表，看看有没有什么能解释这个现象。保持手机电量充足。

埃里克倒了一杯咖啡，端着咖啡走进了餐厅，他们已经把餐厅变成了办公区，她登录主电脑，开始工作。

查理洗完晨浴，正在擦干身子，这时手机响起短信提示音。他把毛巾裹在腰间，匆匆走进卧室查看消息。

短信是埃里克发来的。查理希望埃里克已经找到了有用的线索。读完了短信，查理觉得这可能会引出一条急需的线索。

保持手机电量充足这条命令让查理感到恼火，主要原因是埃里克说的有道理。几个月前，查理办案时，手机电池没电了，他不得不承认电池没电是个问题。

查理那时在跟踪一名逃跑的青少年，跟着他进了德克萨斯东部多沼泽的河口区域。在这个少年从他的视线中消失之前，查理甚至还瞥了他一眼，但是就在他匆忙追赶少年的时候，他在潮湿的地上滑倒了，肩膀脱臼了。然后这个少年沿着原路往回跑，抢先登上查理的小船，划着船逃走了，把查理扔在了那里。就在这时，查理发现手机没电了。

他两次尝试着自己把肩膀复位，第二次尝试时，他疼得失去了知觉，醒来时已经开始发烧了。

第二天，他穿过苔藓和荒草蔓生、鳄鱼出没的沼泽地。他烧得迷迷糊糊，早已失去了方向感，第二天晚上他睡在树上，期望不会碰到蛇。

然后他梦见了伊拉克一座被炸毁的房子，在梦中看到一个男人在窗口挥舞着一面白旗。他醒来后用身上的T恤衫做了一面遇险信号旗，绑到靠近河口边界的树枝末端，绑旗子时他尽可能冒险往水边靠，盼望着有人能够看见这面信号旗。

查理从来没想过看见旗子的人会是埃里克，但是看见埃里克的直升机数小时后在树林上空低低盘旋时，他格外欣喜。当埃里克发出信号，表示已经发现了他时，查理如释重负。两小时后，埃里克带着一支救生队，开着船返回来接他了。从那以后，埃里克对待查理的态度就好像他永远做不出理智的事一样。

有时候查理的每根神经都受着埃里克的折磨，但今天并不是这样，这条短信是查理的第一个线索。现在终于有了着手点，查理感到很满意，他穿好衣服，下楼吃早餐。

查理点好餐之后，给杰森·邓利维发了条短信，告诉他说，自己想和他的家族成员谈谈，问他什么时间什么地点合适。

查理收到了简短的回复，说他今天上午10点左右可以来邓利维庄园，并且给了他地址。查理简短地回复说收到，然后就把手机放在一边。

餐桌旁挤满了更多来开会的人，但是她们并没有打扰到查理。查理开始在自己的苹果平板电脑上看《丹佛邮报》，直到听到一位女士对他讲话，他才发现这个人已经走到了自己的餐桌旁。

“请原谅我打扰到您吃早餐，”查理抬起头时，这个女人说道，“道奇先生，您不认识我，但我认识您。我是艾丽西娅·法尔科，吉米·布拉德肖的舅妈，我不能错过亲自感谢您找到他的这个机会。”

查理还记得那个7岁的小男孩，几年前，他把那个男孩从一伙绑匪手中救了出来。于是他站起身向这位女士打招呼。

“法尔科女士，很高兴遇见您。吉米现在怎么样？”

艾丽西娅点点头。“他很好。今天是他10岁生日。我差点就不来出席这次会议了，然后在最后一刻我改变了想法。现在我很庆幸我来了。我只是想告诉您，如果不是您找到了他，他就遇害了，我们一家人都欠了您的情。”

查理微笑起来：“法尔科女士，这是我的工作。我向您和您的所有家人致以最美好的祝愿，请转告吉米说我祝他生日快乐。”

艾丽西娅·法尔科眼眶里含着泪水。“这是我的荣幸。”她说道，然后回到了她的餐桌。

查理的早餐送到了，他一边吃一边继续看邮报，并没有注意到此时他的名字和名声已经传遍了整个会场。昨晚见过他的与会者开始询问艾丽西娅·法尔科，问她是怎么认识他的。查理更不会知道，关于自己的许多个故事，来年将出现在许多作家的浪漫小说新作中。

过了一会儿，查理回到房间取公文包，确定自己带了手机和苹果平板电脑的充电线。他从代客泊车服务生那里取走红色的雪佛兰探界者，在导航系统中输入邓利维家的住址，驱车离开了。

五

杰森突然向查理求助，他的家人对此并不满意。查理发来短信的时候，杰森一家人正在一起吃早餐，杰森回了短信后，宣布了这件事。

“查理·道奇询问什么时候方便到家里和家人谈谈。你们听到我说的了，他今天上午 10 点会来这里，所以你们要等谈完话之后才能离开房子。”

这样说时，他看到了母亲脸上的不悦，但也很欣喜地看到舅舅爱德华表现出了热情。

“我不知道自己能做什么，但是我准备好了，只要能帮我们找到卡特，我就会配合。”

迪娜彻底发怒了。

“你本可以在同意他的请求前询问我们的意见，”她说，“肯尼斯和我计划好今天去科罗拉多斯普林斯*了。”

---

* 科罗拉多斯普林斯是丹佛市以南 96 公里处的一个特色城镇。——译者注

“真的吗，母亲？您真地认为您的区区远足要比找到弟弟还重要吗？”

迪娜涨红了脸。“不，当然不是，但……”

肯尼斯拍了拍她的胳膊。“没关系，亲爱的。我们可以明天去。”

“但你想去的那场房产销售会是在今天下午！”迪娜嚷道。

“我知道，但那儿还会有别的销售会。”

“你可真大度。”迪娜说道。

“杰森，你也会在这儿吗？”爱德华问道。

“是的。”杰森回答。

“好，如果那个人马上就到，那我要去准备一下。”迪娜说完，喝了最后一口咖啡。

“我和你一起去。”肯尼斯说。

过了一会儿，爱德华压低了声音。

“杰森，是只有我们两个了？”

“是的。怎么了？”杰森问。

“我不想在迪娜面前说话。我爱她，但她这些日子状态有点不稳定，我不想激起她的歇斯底里。”

“我知道。自从妈妈见到肯尼斯之后，她就不再是以前的她了。我怀疑肯尼斯只是利用她，靠她过上安逸的生活，我猜妈妈也知道这一点，但不想承认。”

爱德华叹着气说：“我也一样担心，尽管我看不到他们的面部表情，无法察觉到微妙的细节。”

“好了，他们走了，所以，出了什么事？”杰森问。

“你认为卡特出了什么事？”爱德华问。

杰森叹着气说："我希望我知道。猜想没有意义。"

爱德华的声音因担心而有些颤抖。"没有人索要赎金，所以我感觉发生了不好的事。或许有人为了复仇把他绑架了。我知道他结下了敌人。"

"我也有类似的担忧，"杰森说，"正因为这样我才雇来查理·道奇。我认为他找到卡特的概率比警方更大。"

"希望如此。"爱德华说道。他把椅子从餐桌边推开，摸索着去拿挂在椅背上的手杖。"我要回我的房间了。查理到了，你给我打电话，好吗？我会马上下来。你打算到哪儿会面？"

"我觉得到阅览室最好。座位很多，而且比客厅更舒适，对这次会面来说，客厅装饰太华丽、太让人拘谨了。"

爱德华点点头，然后离开了，走路时左右轻敲着手杖。

杰森给办公室的人打电话说自己会晚一点到。

埃里克又煮了一壶咖啡。她坐在电脑旁，等着咖啡煮好。她整理了从电脑下载的资料，从收集到的所有信息里找出了卡特的一些信用卡，还有每张卡一年的购买记录。

但她还没来得及查找同样的社保号下或者卡特名字的变体下还有没有别的银行卡，也还没查看他除了办公室和家庭住址外，还有没有其他邮寄地址。

埃里克做事十分缜密，还有点儿追求完美，于是她怀着期待开始搜索，希望能找到确凿的证据，给查理提供更多搜寻的线索。她中途停下喝了咖啡，然后又开始调查。

浴室的淋浴喷头在滴水，但是巴迪·皮尔斯并未察觉。他头天晚上喝了太多酒，此时还在旁边的卧室酣睡，鼾声如雷，他当然听不到滴水声。但是有人把车开到隔壁房子的车道，开始按喇叭时，他惊醒了。

“到底怎么了？”他咕哝着，然后翻了个身，瞥了一眼时钟。接近10点了。

巴迪掀开被子，把腿伸到床外，挠了挠脑袋，抓了抓胡须，接着又揉了揉睾丸处，然后跌跌撞撞走向浴室。

他从浴室走出来，心里十分纠结——是回床上睡觉呢，还是穿好衣服，出去看看有没有什么能做的临时工作呢？他需要钱。这时他的手机在床头柜上振动起来，他抓过手机接了电话。

“喂？”

“是我。你在干什么？”

“我才起床，”巴迪回答，“出什么事了？”

“这家人雇了一名私家侦探来找卡特。”

“所以或许他能找到卡特，把他带回家。我厌倦了浪费时间来伪造事故现场。要我说，我们就该直接朝他开枪，了结这桩事。”巴迪说道。

“也有这样的可能。但是这名私家侦探必须先找到他。”

“是的，没错，所以有新消息就告诉我。”巴迪说。

然后电话挂断了。

巴迪想回床上睡觉，但是肚子咕噜咕噜响了。不要再睡了，该穿好衣服了。

查理提前10分钟到了邓利维庄园，然后放慢车速，感受一下庄园的开阔。这不仅是一栋房子，还是一座城堡。

住宅的中世纪建筑风格令他惊叹，绿地景观有爱尔兰乡村的特点，到处郁郁葱葱，满眼的绿色。他要是没看错的话，房屋背面的色调看起来像是石楠。查理驶进环形跑道，把车停好，简直以为会有一位身披苏格兰式方格花呢长披肩、脚边跟着一对爱尔兰猎狼犬的男子出来迎接自己。他拿起公文包，不再消磨时间，而是走到门口，按响门铃。

过了片刻，一个完全可以给女演员海伦·米伦当替身的女人打开了门。

“查理·道奇来拜访杰森·邓利维。”查理说道，并把自己的名片递给这位女人。

“好的，先生。请跟我来。一家人都在阅览室等着您。”

跟着她走在宽敞的大厅时，查理忍不住打量起房子的内部装饰，每个地方都符合爱尔兰城堡风格，特别是一套全身盔甲和挂在上方的家族徽章。查理不知道邓利维家族在美国生活了多久，但看得出这家人还没有舍弃他们的爱尔兰传统。

这个女人转弯进了门廊，跨进门槛，站住了。

“道奇先生到了。”她说道，然后就离开了。

杰森走过来，伸手致意。

“谢谢您收到短信这么快就和我见面。”查理握手时说道。

“谢谢您这么积极地开始调查。请允许我向您介绍家庭成员。”说着，杰森带查理走进阅览室，一家人都在里面坐着。

查理把公文包放在旁边的桌子上，然后转身面朝盯着自己的人们，他们的目光中带着或多或少的不信任。查理并没有因此感到烦恼，在这种情况下，不信任很正常。一眼就能看出谁是血亲，因为他们都有同样的红头发蓝眼睛。有个男人一直把手放在身旁女人的肩上，仿佛是在宣示对女人的所有权，他与众人不同，头发是深棕色的，眼睛的颜色更深。

杰森开始介绍房间里唯一的女性。

“查理，这是我母亲，迪娜·邓利维·里德。她是邓利维家族这一代唯一的女性。我父亲德文·里德过世差不多15年了。”

“夫人。”查理并没有理会迪娜脸上不悦的表情。

她旁边的男人挺直了腰杆，显然以为下一个要介绍的就是自己。当杰森略过他，指着年纪稍大的男子时，他气得涨红了脸。

查理注意到了这位年纪稍大的男子椅边的白色手杖。他应该就是那个失明的哥哥。

“我右边这位绅士是爱德华舅舅。他是这个家里最年长的。”

“先生。”查理说道，然后碰了碰爱德华的胳膊，又摸了摸他的手背。

爱德华马上就露出了笑容，握住查理的手，摇了摇。

“很高兴遇见您，”爱德华说道，“我外甥对您大加赞扬。我希望您能成功把我弟弟平安地带回家。我们一直亲密无间，我很想他。”

“好的，先生。我的全部精力现在都倾注到了这个案子上，这会一直持续到我对你们家族有个交代为止。”

杰森被查理问候舅舅的特殊方式打动了。

查理把所有的注意力都转到了迪娜旁边那个深色头发的男子身上，等着杰森介绍他。

杰森下巴上的肌肉抽动了一下。“这是我母亲的朋友肯尼斯·迈尔斯。”

迪娜皱皱眉。“我们订婚了。”她强调说。

杰森耸耸肩，说道：“抱歉，我一直不记得。话说回来了，可能当他戴上戒指，我就会记住了。”

肯尼斯显然很尴尬，但是保持了冷静。现在查理知道了，女人的儿子和男友彼此不待见。

“迈尔斯先生。”查理对杰森的介绍表示了认可，然后开始发言。“感谢你们都能到场。我会尽量说得简洁，但我会录音。”

查理回身去拿公文包，取出录音机并打开，放在他们围坐的咖啡桌上。

“我的第一个问题是……”

迪娜马上就打断了查理。“很抱歉，我希望你能坐下来。你太高了，仰视不太舒服。”

她的语气流露出居高临下的态度。

查理眯起眼睛。“我到这里来，不是为了取悦迎合，让每个人都感到舒服。我是被雇来找你们的兄弟的，不会考虑你们对我造访产生的不满情绪。”

听到这番话，迪娜惊讶地张开了嘴。

肯尼斯似乎要为她辩护，然后显然注意到了查理的眼神，于是改变了想法。

“既然你们都把注意力集中到我身上了，那我想在开始提问之前就声明，我不会掺杂私人情感。我不认识在场的任何一位，所以这些问题是我对每个出了失踪案的家庭都会询问的。”

“问吧。”爱德华说。

“你们中有人与卡特有分歧吗？不论有关私事还是公务。杰森，从你开始吧。”查理说道。

杰森身体向前倾。“我和卡特舅舅没有分歧。对我来说，他就像父亲一样。他是我的良师益友，我了解的有关家族生意的方方面面都是他教给我的。我不仅是喜欢他，我爱他。我对他可能遭遇的一切感到痛心。我认为最糟的就是不知道他遭遇了什么。我们必须找到他。这与公司的稳定息息相关，也与家族的稳定息息相关。”

爱德华举起手，想接着回答。他一开始讲话，声音就因激动而颤抖起来。

“因为失明，我不能为家族生意出力。我对家族的生意从来都没兴趣。我过去常常画画，大多画的是肖像画，但现在不再画了。我甚至不知道我们的资产情况，也不知道公司的运作模式。我没有理由希望弟弟出事。他是我最好的朋友，就像我已经告诉你的那样，我想他。”

接着他抽出手帕擤鼻涕。

迪娜瞪着查理，量他也不敢挑战自己。

可是查理转移了对象。“杰森，你的泰德舅舅参与家族生意吗？”

“泰德舅舅只是从我们在公司持有的股份中获得同样比例的分红，此外一点儿也没参与家族生意。由于从事医务工作，他凭自己的能力就过得很富裕。我确定您知道他很成功，因为您妻子就是他的病人之一。”然后杰森直视着母亲，继续说道，“到您了，您闷闷不乐的时间越长，道奇先生在这里逗留的时间就越长。”

迪娜吸了吸鼻子，视线越过查理的右肩，盯着旁边墙上的一点，开口说道：“卡特和我在年龄上是最接近的。我们不打架，但经常争论，不过这些争论与生意无关。”

“我明白。那如果卡特过世了，谁接替他的位置呢？”查理问道。

“为什么还要问，当然是我儿子。卡特培养他就是这个目的。”迪娜回答说。

杰森耸耸肩。“我是合乎逻辑的人选。是这么定的，除了家族的人，没人有最终投票权。董事会是一个功能实体，其中卡特舅舅掌握最终票选权。如果涉及真正重要的决定，我们首先在家族内部投票表决，在这样的情况下，卡特舅舅的投票和我的、妈妈的或者爱德华舅舅的投票效力一样。无论我们投票选出什么结果，卡特舅舅通常都会在董事会会议中按结果投票。这有些另类，但是邓利维家族持有的股份最多，而且这些股份永不出售。当家族有人离世时，这个人的股份会平分给在世的每个家庭成员，这样，我们家族当中就没有谁会比别人享有更多的投票权。没错，他们的财产份额也会为他们增加收入，但是家族里没有人会为了钱伤感情。”

查理听着，同时也在观察他们的脸和表情。他看得出，每次一提到投票，肯尼斯的表情就会发生变化。查理猜想，肯尼斯知道自己在这个家族永远也不会拥有权利，因此心怀怨恨。

“我还要问另外一个问题。在我最初的调查中，我发现卡特每两周会取正好 5000 美元的现金。一个月下来就是 1 万，这种行为持续了 10 年左右。如果有人敲诈他，这肯定是一个可以跟进的角度。你们中有谁知道这件事吗？”

爱德华笑了起来。“噢，这是卡特的扑克赌注。很多年来他一直在和他的一些朋友玩扑克。他有时赢，有时输，这能让他逃离紧张工作的日常折磨。”

查理也笑了。“啊，扑克。好，这解释了这笔钱。那么，您知道他牌友的名字吗？他可能也提过和其中某位牌友的矛盾吧。”

“知道一些，但不完全知道。”爱德华告诉查理。

“我可以给您一份名单，”杰森说道，“我有时在一旁看他们打扑克。”

“非常感谢，”查理说道，“谢谢你们抽出时间和我会面。离开前我再问一句，你们家里一天有多少仆人？”

“有五名仆人，还有些人需要时才会请，”杰森回答道，“您也想和他们谈谈吗？”

查理对杰森的提议感到有些惊讶。“嗯，如果可以的话。这不会花很长时间。只有几个问题，不用家庭成员在场。”

迪娜倒吸一口气。“他们对我们的事一无所知，我觉得没有必要……”

杰森翻了个白眼。“母亲！不要再说了。仆人全都知道。他们看得到我们，听得见我们说的话，他们跟在我们后面，把我们弄乱的地方收拾干净。如果他们知道一些可以帮我们找到卡特舅舅的信息，那么我想听一听。”说完，杰森向查理示意，“跟我来，我会直接带您去厨房。您可以在那儿问他们，问完以后，露丝·芬威会领您出去。她是管家，也负责开门。”

查理收起录音机和公文包，然后停顿了一下。

“谢谢您如此乐于提供信息。我会和您保持联系。”查理说道。

他们走到厨房，杰森朝主厨点点头，然后朝露丝说道：“请把女孩子们都叫到厨房吧，道奇先生想和你们谈谈。”

“好的，先生。”露丝回答道。她从口袋里掏出手机，群发消息。

杰森指向主厨。“查理，这是我们的主厨，彼得·柯蒂斯。他已经和我们一起生活了将近 10 年。”

柯蒂斯点头致意，但没有停下手头的工作。

没过几分钟，三位女仆就匆匆赶进厨房，大睁着眼睛，样子惊慌失措，显然是害怕做了什么错事。

“你们没有遇到麻烦，”杰森告诉他们，“这是查理·道奇。我雇他来找卡特舅舅。他想和你们都谈谈。你们要是知道什么线索，就请告诉他。要说实话。我们需要找到我舅舅。”

这三人点了点头，明显放松下来。

“查理，从左到右，依次是路易斯、阿内塔和威尔玛。”

“谢谢。”查理说道。杰森刚离开，查理就又拿出录音机，开始提另一串问题。

“我会提一些问题，如果你们中有人知道些信息，请毫无保留地说出来。现在开始了，你们有人知道他失踪的原因吗？”

“不知道，先生。”路易斯回答。

“我也一样。”阿内塔回答。

“我也不知道。”威尔玛补充道。

“好吧……让我换个方式提问。过去几周，这里发生过奇怪的事情吗？有没有什么反常的事？”

露丝举起了手。“大约一个月前，晚餐后，家庭成员们都聚在阅览室。他们正在享用自己最喜欢的睡前小酒，这时卡特先生突然不舒服。迪娜小姐让我叫救护车，他们把卡特先生送到了急诊室。他们守了他一整夜。卡特先生第二天才回来，但对我们什么都没解释。我们猜，除了食物中毒，还另有隐情，因为其他人都没不舒服，而他们吃的东西都是一样的。”

“但那餐后酒呢？”查理问道，“你说他们喝的是自己最喜欢的酒。你的意思是他们选的酒各不一样？”

露丝点点头。

“是谁调的酒？”查理追问道。

露丝耸耸肩。“先是他们中的一个人，然后是另外一个人。没有固定的人负责调酒。”

查理转移了关注的焦点。“他们有没有背着客人争吵过什么？”

“没有，先生。”露丝回答。

“迪娜小姐和卡特先生经常争论，”阿内塔补充道，“但只是兄妹之间的争论。他们并不会生气，只是争论。而且争论的时间不会太长。”

“卡特失踪那天，他自己开车上班。他离开时从家里带走了什么吗，比如行李箱或打猎装备？”查理问道。

她们都摇了摇头。

“你们知道那天他为什么自己开车吗？”

威尔玛不安地把身体的重心从一只脚移到另外一只脚。“我不知道……但我确实无意中听到，他在给用车服务人员打电话，告诉他们不用来了，说他要自己开车。”

查理感觉这几个女仆知道的信息比她们意识到的更多。他只需要问对问题。

“谁负责卡特的衣物？就是说，洗衣、干洗、缝补之类的事务。”

路易斯抬起头。“我主要负责手工缝补，比如脱线的褶边，或者松动的纽扣。但是卡特先生的衣服都是送到外面清洗。我就是负责这个工作的。”

“你注意到少了什么衣物吗？例如休闲服或者手提箱？”查理问道。

“我不知道，先生。自从他失踪以来，除了除尘打扫，我真的没去过他的房间。”路易斯回答道。

“路易斯，你可以帮我一个忙吗？”查理说，“你现在能不能跑上楼去他的房间，扫视一遍他的物品。看看有没有让你觉得奇怪的物品。检查一下，看看有没有袜子或者内衣不见了。有没有夹克衫和鞋子不见了。找找有没有行李箱不见了。我等你回来。”

“好的，先生。”路易斯回答道。她快步离开了厨房。

“您等待的时候要喝杯咖啡吗？”露丝问道。

“我昨天做了草莓馅饼。还剩了一些，您想不想配着咖啡吃一点？”彼得提议。

“你们要是都吃，那我也吃一点。”查理回答说。

几分钟后，他们围坐在长长的工作台边，一起喝着咖啡，吃着草莓馅饼，查理边吃边听他们聊天。

大约10分钟后，路易斯回来了，查理看到她的神情，就知道她有了发现。

“什么不见了？”查理问道。

路易斯把一只手放在胸前，让怦怦直跳的心镇定下来，然后喘了口气。

“两只行李箱不见了。内衣和袜子也是。剃须用具不见了。他穿去上班的衣服都没动过，但是他打猎、钓鱼穿的衣服都整理过。我花了一会儿工夫才弄清楚，但我只是在猜想，我觉得，至少有可以换洗两周的休闲装不见了，包括鞋子。他经常把一个苹果平板电脑放在床边的抽屉里，用它看电子书，也用它回复私人邮件。这个平板电脑也不见了。”

查理的直觉没有错。可能性更大的情况是，卡特并未遭遇绑架，而是自己跑了。现在查理要弄清楚卡特去了哪里，还有他出走的原因。

“太好了。你帮了大忙，”查理一边说一边关掉录音机，“现在我需要你们所有人帮我一个忙，这个忙非常重要。”

这几名仆人面面相觑，然后目光又回到查理身上，一致点头同意。

这虽是查理的直觉，但这个直觉太强烈了，不能忽视。

“不要向任何家庭成员透露你们告诉过我的信息，因为，如果卡特觉得自己必须离开这个房子，来保证自己的人身安全，那么我不希望这个家里有人知道卡特选择离开家。如果卡特觉得自己安全，那他们已经都知道了他离开的原因，明白吗？”

他们点点头。

查理看见他们眼里的讶异，对他们会保持沉默表示满意。

“彼得，路易斯错过了咖啡和水果馅饼。我觉得应该让她休息一下，你认为呢？”查理接着问道。

“绝对应该。”主厨回答道。露丝带着查理回到前门时，主厨给路易斯拿来了馅饼和咖啡。

“谢谢您能抽出时间，女士。”查理说道。

露丝点点头，说：“当然。我们都乐意为卡特先生服务。对于他的失踪，我们一直都非常难过。我希望您能找到他。”

“我会找到他的。”查理说。然后他回到车里。

他在喝咖啡时就听到了手机的短信提示音，但他故意等到身边没别人时才看短信。是杰森在帮他，发来了卡特牌友的名单和联系方式。

查理把这条短信的内容用邮件转发到他的办公室，一起发出的还有请埃里克调查这些人的说明。即使这些人可能是查理的老朋友，当涉及大笔的金钱损失时，友谊也常常变得岌岌可危。

查理计划接下来调查卡特失踪的那个十字路口附近的区域。他手里有警方对每个地方的调查报告，但从不同的角度进行调查可能会发现新线索。于是他在 GPS 导航系统中输入地址，驾车驶向那个地方。

六

道奇调查公司和往常一样，收到了众多委托请求。埃里克忙着记下每个案件的要点，供查理查看。埃里克心里已经清楚查理会接下哪些案件，又会忽略哪些案件，但她的本职工作并不是通知这些将来的委托人。

尽管今早埃里克已经研究了一番，但还没找到任何新答案，也没有新发现，因此当她收到查理发来的要调查的新名单时，她放下了正在吃的三明治，开始调查基本的背景信息。她坐在电脑前时门铃响了。

埃里克皱了皱眉。她不了解查理的个人习惯，一点也不清楚查理是不是经常招待客人。于是，她小心翼翼地从猫眼往外看。当她看到来人的一身快递服，第一反应就是，他们又找到我了，但她还是打开了门。

快递员点头致意："下午好，女士。我有给查理·道奇的包裹。"

"我来签收包裹。"埃里克回答道。

快递员把苹果平板电脑递给她。

埃里克签上了自己的名字，然后接过包裹，关上了门。包裹上并没有寄件人的地址，所以她把包裹放在厨房柜台背面，她一直把查理的邮件放在那里。然后她继续调查这些牌友。

查理朝国铁车站附近开去，在附近找了个地方停车。他戴上墨镜和德州骑警棒球帽，拿起他的装备，朝达维塔酒店的停车场走去。

他穿的黄色套头衬衫很宽松，遮住了牛仔裤的腰带。查理喜欢这件衬衫，因为穿着很舒适。他身材魁梧，步子迈得又大，因此他发现自己很显眼，就像人流中一闪一闪的灯塔。

卡特是在十字路口从监控里消失的，查理想调查这个十字路口附近的所有地方，但他决定先调查与达维塔酒店毗邻的停车场。在警方最初调查期间，他们在这个停车场碰到了两辆黑色雷克萨斯车，与卡特·邓利维之前开的车一模一样。但两辆车的车牌号都和卡特开的那辆不同。根据警方提供的文件，其中一辆在后窗上写着“刚刚结婚”，保险杠上系着缎带还有瘪瘪的气球。另一辆车的后备厢盖子上落着灰尘，上面写着“给我洗个澡”。

查理在警方文件中没有找到任何查看停车场内监控片段的记录，也没有关于这两辆车的车主是否住在酒店的记录。这些信息的缺失让查理感到不适。他是个谨慎的人，正因为谨慎，他才在阿富汗幸存下来，正因为谨慎，他才能在现在从事的工作中表现出色。查理知道这两辆车不会还停在这里，但他还是想去看看它们停的位置，如果达维塔酒店的监控摄像头拍摄的片段还在，他也想看看。

查理走到十字路口时，交通灯变红了，于是他在路边停下来，等着通行信号出现。还有大约六名行人也在等待，其中有一个小男孩抬头看着他，明显被他的身高吓到了，一直盯着他看。

查理把墨镜摘下一点点，刚好能和这个小男孩有目光接触，然后对男孩眨了眨眼。

小男孩咧着嘴笑了。

交通灯变绿了，小男孩和妈妈快步走过十字路口时，他妈妈抓紧了他的手。查理把墨镜推回原来的位置，走上人行道，向停车场走去。

查理一走进停车场就摘下了墨镜。摸清了停车场的空间布局后，他把墨镜挂在衬衫口袋上。根据警方调查，有一辆雷克萨斯车停在二楼，另一辆则在三楼，于是查理迈开步伐。

他刚走到二楼，就又看了一遍警方记录，确定第一辆雷克萨斯车停的位置，他一边走一边找摄像头。几分钟后，他发现了摄像头的位置和它们所监控的区域；查理记了下来，然后继续朝三楼走去。

一路上，查理看到有人在停车，匆匆离开停车场，他们中的大多数人可能急着去赶火车。有人来取车，开车离开。有几个人好奇地看着他。有几个女人在独自走路，她们看到他时，显得紧张不安，甚至有点焦虑。查理是一个男人，因此她们感到害怕，这样的事实让查理感到难过，同时，她们这样的反应经常会惹恼让她们感到害怕的男人。查理没有和她们对视，只是一直看着苹果平板，试图让她们相信，自己来这里是有目的的，并不是来玩弄女性的。

他终于到了三楼，正准备开始搜索时，手机响了。是埃里克打来的电话。

“喂。”

“是我，我调查完了这些牌友的基本信息，把结果附在了邮件上。

我本可以用文字告诉你这个信息，但是今天收到了快递员送来的你的包裹。因为这里不是我们的办公室，也没有人知道我们在你家里办公，所以我想它可能是私人包裹。我觉得有必要告诉你这个包裹到了，以免你还等着签收，或者需要包裹里的物品。”

查理皱起眉头，说道：“我没什么等着收的包裹。是谁寄来的？”

“上面没有标签，也没有寄件人地址。”埃里克回答道。

“你可以帮我个忙吗？和快递服务商核对一下，查证包裹是不是确实通过他们送达的。”

“已经查证了。”埃里克回答道。

查理叹了口气。你当然已经这么做了。我为什么还要问呢？“他们怎么说？”

“是的，这包裹是通过快递服务送达的。是的，快递员是正规的。不，他们不能透露寄件人姓名，因为寄件人要求匿名送达。”

“好奇心催我让你拆开包裹，但我不想置你于危险的境地，万一是哪个死对头或者不满意的客户出于报复寄来的呢？”查理说道。

“我都战胜了癌症，不怕一个包裹。”

查理轻哼了一声。有时，埃里克粗糙的嗓音会显露出她经历了太多苦难。

“那好，做适合你的事。”他粗声回答道。

“我不喜欢神神秘秘，”埃里克说道，“别挂电话。我开免提模式，听你说话。”

埃里克走进厨房去拿包裹，把手机放在包裹旁边。她一直用查理的一把餐刀来拆信件，她把餐刀插入信封盖黏得不牢的一边，快速划过去，拆开了信封。

“信封拆开了。没有东西爆炸。我要把里面的东西倒在桌子上，”埃里克说着就把信封倒了过来，“里面有一封信，还有一个用气泡包装膜包起来的包裹。我要拆开气泡包装膜，看看里面装的是什么。”

“好。”查理说。

埃里克裁开包装袋，打开包裹。“里面有几件看上去非常不错的珠宝。稍等一下，我要拆开信。”

查理听到她说“珠宝”时，脖子背后的汗毛都竖了起来。这不可能。不可能出现在这么多年后。

“这封信是手写的。我读给你听，好吗？”

“伙计。我从你那儿偷来了这些。还没来得及典当，警察就凭通缉令抓到了我。自打那以后，我一直都在坐牢，也惦记着藏在妈妈家的盗窃品，我告诉自己，出去时它要是还在那里，我就把它还回去。我出来一个月了。花了一段时间找到你现在住在哪里。所有我想说的就是我很抱歉。我想做得更好。这是我做的第一件好事。”

“就是这样。这是个有良心的人。周围没多少这样的人。”埃里克评价说。

查理惊呆了。“珠宝长什么样？”

“嗯，有三条，不，四条项链，三条金项链，一条银项链。有一对金手镯，一个是编织状的，另一个带有小链扣。还有两枚戒指，一个是镶嵌着玉宝石的鸡尾酒戒指*，另一个只是枚扁扁平平的金戒指。”

查理深吸一口气，平复语气，问道：“金戒指内侧刻了字吗？”

---

* 鸡尾酒戒指 (Cocktail Ring) 是一种风格张扬的戒指，通常镶有宝石或半宝石，颜色瑰丽多彩，设计独特。——译者注

“我看看。”埃里克说着把戒指侧了过来。她一看见刻的字，就知道戒指之前一定属于安妮。“上面刻着‘永在我心’。”埃里克的声音不由自主地柔和起来。

“狗娘养的，”查理骂道，“物归原主或许会让这个贼良心上过得去，但他归还得太晚了，对安妮已经不重要了。”

这次埃里克也不知道该怎么回答才好了。“你想让我怎么处理这些珠宝？”

“我要是知道就见鬼了，”查理回答，“我想，就把它放回信封里，然后把信封藏在我的浴室，藏在衣橱里那堆毛巾后面。我回来后会处理的。”

“好的，先生，”埃里克说道，“你还需要别的东西吗？”

“现在不需要。”查理说着就挂断了电话。

这是查理第一次成为两个人中先挂断电话的那个，埃里克知道，查理甚至都没意识到自己称他为“先生”。

埃里克小心翼翼地把每件东西都包起来，朝查理的卧室走去。她知道卧室在哪里，但从来没进去过，她打开卧室的门时感觉像是擅自闯入了他人领地。

她径直走向浴室，打开衣柜，把包裹放到查理指定的地方，然后走了出去。

埃里克感到心痛。如此用心去爱却无法得到爱的回报，这一定是在地狱。或者说，发生在查理身上的是，不再得到爱的回报。埃里克订婚的时间不长，还不知道如此用心的爱意味着什么。

她往回走，穿过厨房去拿一瓶冰镇的百事可乐，然后走到窗边，俯瞰公寓楼前的街道，喝下第一口可乐。冰凉的可乐，喝得她牙疼，咽下去时，她喉咙后部火辣辣的。埃里克的眼睛湿润了，但那不是眼泪，是冰镇的百事可乐带来的。

你不要哭，你怎能为那个男人流泪，杰德·埃里克。他是你老板，以后也顶多是老板。

查理还处在震惊中。他一直记得，安妮得知她母亲的首饰和查理动身去阿富汗之前送给她的戒指在家中被盗后是多么崩溃。10年前的事。恍如隔世。那时安妮还是安妮，查理还没有失去她。

查理终于转移了注意力，意识到自己正站在停车场里。又过了几秒钟，他才想起自己为什么在这里。轮胎与地面尖锐的摩擦声把查理从愁苦的情绪中拉了出来，他马上环顾四周，确定自己没有被车撞倒的危险。

查理急切不安地去调查最后一个停车点，他继续往前走，回想着另一辆黑色雷克萨斯车停在哪里，开始寻找通道。随后他在三楼另外一边找到了通道。他一拐弯就呆住了，他看到了一辆灰扑扑的黑色雷克萨斯车。“刚刚结婚”的字迹还在车上，铝箔气球也还系在保险杠上，瘪瘪地耷拉在水泥地上。

“到底是怎么回事？警察调查是在两个多星期以前，这辆车怎么还在这里？”查理咕哝道。

他蹲在车牌前，近距离检查。他很快就发现螺丝眼周围有新的刮痕，但这些刮痕本不该出现在这里。这不是刚放上去的新车牌，上面贴着的有效标签只剩几个月了。这肯定有问题。查理掏出手机打电话。铃声响了三遍才有人接听。

“我是克里斯托瓦尔警探。”

“嘿，我是查理·道奇。”

“查理，调查得怎么样了？”克里斯托瓦尔问道。

“噢，我还在调查中。我有一个问题。我按照卡特失踪后的最初调查的程序重新调查。现在我在达维塔酒店的停车场，我刚发现了奇怪的事。”

“什么事？”

“还记不记得停在三楼，车上贴着‘刚刚结婚’，还系着气球的黑色雷克萨斯车？”

“记得。那辆车的车牌号码和邓利维的雷克萨斯车不一样。”

“那辆雷克萨斯车还停在这里，上面写着‘刚刚结婚’。我和你赌一顿牛排晚餐，车上挂的车牌不是原本的车牌。”

“你究竟在说什么！”克里斯托瓦尔咕哝着。

“车牌有点旧，但是旋螺丝的地方有新的刮痕。最初发现这些车时，有人动过车牌吗？有没有人向达维塔酒店查证，这些车主是在酒店登记入住了还是坐火车离开了？我问这些，是因为报告里没有提到。”

“本应该有的。把车牌号码告诉我，我马上查。”克里斯托瓦尔说道。

查理给他念出车牌号码，然后等待着。他听到克里斯托瓦尔在车辆管理局的数据库中输入车牌时键盘发出哒哒哒的声音。几分钟后，克里斯托瓦尔有了回音。

“这车牌属于一辆 2010 款林肯车，不是 2017 款雷克萨斯车。狗娘养的！我需要车辆识别码，需要提取车内指纹。你介意等几分钟，等我派人过去吗?”

“没问题。我等你。我也需要知道这辆车是不是属于卡特的。我还有一个问题。有人拿到了停车场内的监控视频吗?报告也没有提到这一点。”

“我得问一下证据收集队。我会给你反馈的。谢谢你提供这些信息。”

“没问题。”查理再次说道,然后安心等着警察过来。

没过多久,第一辆警车就来了,第二辆警车跟在后面。警察请查理出示证件,确认他就是克里斯托瓦尔提到的人,然后他们一起等着犯罪现场组的警探。

警探们到了,现场一片忙碌。其中一个警探拿到了车辆识别码,输入这个识别码查询后,发现这辆雷克萨斯车就是卡特·邓利维的私家车,他们打电话叫来一辆拖车,把这辆车拖回他们的实验室处理。

查理一得知这辆车是卡特的雷克萨斯车就离开了。他朝自己的车走去,这时克里斯托瓦尔打来了电话。

“你好。”

“查理,是我。我们没有停车场内的监控视频。我们之前的确安排了一名警探来调查所有这些情况,但我刚听说,那名警探在调查时生病了。他在去急诊室的路上中风了。无论我们收集到了什么线索,这些线索都丢失了,因为他中风后一直不能说话。”克里斯托瓦尔说道。

“对他来说,这真是当头一棒。告诉你一声,警方正把这辆车拖回实验室。车辆识别码检验过了,是邓利维的私家车。我不知道监控视频会保存多久，但是我如果找到更多线索，会告诉你的。噢……还有一件事。我今早和邓利维家庭成员谈过了。”查理说道。

“然后呢?”

“我在他们身上没察觉到什么，没什么地方让我怀疑有人撒谎。然而，我也要求和仆人谈谈，我和她们谈话时，突然想到让负责卡特衣物的女仆上楼去卡特房间看看。我让她检查有没有行李或她能想到的其他物品不见了，我猜中了。两个行李箱，几套换洗衣物，他平常用来打猎、钓鱼的装备，还有床头柜上的苹果平板电脑，都不见了。我认为卡特是离家出走了。”

“狗娘养的!”克里斯托瓦尔骂道，“我知道这让我们看起来像一堆蠢蛋，但这不是平常的业务。”

“我明白这一点，我觉得随着你们的警探突然中风，这案情的侦破就脱离了轨道。你看，我只是一个人，注意力只集中在一个人身上，没有一大堆的麻烦。如果有更多的情况，我会联系你的。”查理说道。

“我也会联系你。”克里斯托瓦尔说完就挂断了电话。

查理找到停车场的一名工作人员，解释说自己是调查卡特·邓利维案的一位工作人员，然后，另一名工作人员把负责停车场监控设置的工作人员的名字和电话号码给了查理。

查理走到阳光下，然后拨打了这个电话号码。

“安保部门，我是莫尔丁。”

“莫尔丁先生，我是查理·道奇，是和丹佛警局联合调查卡特·邓利维案件的私家侦探。我刚在达维塔酒店的停车场找到了卡特的黑色雷克萨斯车。我要知道能否拿到监控视频。”

“究竟怎么回事?”莫尔丁说道，“两周前他们就已经查看过了，那辆车不在这里。”

“噢，现在它就在这里。车牌换了，我们讲话这会儿，犯罪现场组的警员正把这辆车拖出停车场。”

“噢。听你这么说，我很抱歉，”莫尔丁说道，“那我能做点什么？”

“你有邓利维失踪那天的监控视频吗？”

“监控视频我们通常会保留几周，然后就会删除。如果没有人操之过急，提前删除的话，我们应该还有监控视频。我去查看，您先别挂电话。”

“谢谢。”查理说。他走到大楼的影子里等待着，心里还在想着当年被盗走的珠宝，这时莫尔丁回来继续和他通电话。

“道奇先生，你还在吗？”

“我在，我是查理。你们有监控视频吗？”

“有。我们的办公室在达维塔酒店里。我会在大厅等您。您找一个穿着皱巴巴的灰色西装的中年男子就是了。”

查理笑了起来。“我是戴着德州骑警棒球帽，穿着黄衬衫的高个子。”

“您很合我意。我出生在德州中部的韦科市。等会儿见。”

查理已经看到了这家酒店，于是朝酒店大楼走去，几分钟就走到了大厅。果然有一个穿着皱巴巴的灰色西装的男子站在那里，对查理举手示意。查理把墨镜装进衣服口袋，走过去见他。

“莫尔丁先生，感谢您的好意。”查理说道。

“叫我斯图吧。我很愿意尽我所能，协助侦破案件。跟我来，我安排了一位手下帮您查找视频。”

他们走进安保部。查理一眼就能看出这里的安全体系很完备，该有的设施都有。查理见过一些顶级的机构设置，而这个是最先进的。

“真厉害！”查理感叹道。

斯图点了点头。“我们也负责这个火车站的安全，还有这个酒店和停车场的安全。”他们穿过前门，沿着一条走廊，向一排办公室走去。斯图领着他走进右边一间办公室。

“查理，这是雷切尔，我们技术部最优秀的员工之一。你想看哪部分的监控视频，她都会带你看的。”

查理看着这名年轻女性，暗想她看起来不够成熟，不像是精于某一领域业务的人，随即他提醒自己，年轻一代才是最擅长技术的。

“雷切尔，感谢你的帮助。”查理一边说，一边坐在为自己准备的椅子上。他摘下帽子，把随身物品放在一边。

“这是我的荣幸，先生，”雷切尔说道，“如果您准备好了，我们就可以开始了。您看到有想再放一遍的地方，尽管告诉我，我们可以慢速播放。”

“好，这是失踪当天的监控视频吗？”查理问道。

“就是从他在监控视频中失踪的那天开始的。”

“好的，开始吧。”查理迅速凑到离显示屏更近的地方。

他们很快浏览了开始几小时的监控片段，这段监控反映出的只是当日车辆的情况，进停车场的车比出去的多。查理终于看到一辆黑色的雷克萨斯车出现在入口，他指了出来。

“这是辆雷克萨斯车，它出现的时间和卡特在监控中消失的时间对不上，但我还是想看看。”

雷切尔按了几个按键，显示屏上弹出了一个分屏，这辆车朝另一层开去时，他们可以追踪它的行驶轨迹。

“它又出现了，”下一个监控摄像头拍到这辆车时，查理说，“这是二楼吗?”

“是的，”雷切尔回答。

他们看到这辆车驶入一个空泊车位，查理往后靠了靠，看着司机下了车，匆匆离开，司机是一名女性。

“不是这辆车。我要看的那辆车开到了三楼。”

雷切尔关掉了分屏，两人继续观察车库入口。

他们继续浏览监控视频，离卡特出现在车流中的时间点越来越近。

“它应该不久就会出现。”查理猜测道。

查理是对的。视频中过了不到1分钟，另一辆黑色的雷克萨斯车就驶入了停车场，也沿着通向另一层的通道行驶。雷切尔已经盯着它了，她切换监控器时一直盯着它的行驶轨迹。这辆雷克萨斯车一到三楼，查理就全神贯注地盯着它，忘了自己置身何处。他期待着看到邓利维的第一个镜头。他看着这辆车停好了，然后司机下了车。

一看到司机，查理就皱起了眉头。这名司机的样子与他之前见过的邓利维的照片完全不同。

见鬼，这是怎么回事? “这不是卡特·邓利维。”查理说道。

看到司机在车后面俯下身子，开始在车窗上写字时，查理感到疑惑。然后司机围着车走，写完了字，往另外一边俯下身子。查理哼了一声。司机用某种巨大的记号笔，写下“刚刚结婚”，然后打开黑色车门，手伸进去拿出一把气球，开始把气球系在保险杠上。做完这些事之后，他迅速环顾四周，仿佛是在确定没人看到自己，然后又走过几辆车，打开一辆白色福特翼虎车的车门，钻了进去，驾车离开了。

“停，”查理说，“能不能追踪一下这辆开走的车？看我们能不能辨认出它的车牌号码。”

“我试试。”说着，雷切尔又一次开始切换监控视频。

他们每次看到这辆车，它都在面对监控摄像头行驶。他们看到这辆车开到了出口，然后驶离了停车场。

“车窗颜色太深了，看不到司机，”查理说，“不过他刚从雷克萨斯车上下来时从侧面拍过去的那个镜头相当清楚。您能为我把那帧画面打印一份吗？

“可以，但是这里打印不了。您如果不介意等一下，我跑回办公室给您打印。”

“我等着。”查理说。刚刚看到的画面仍然让他感到错愕。

这是全新的视角，但它只是加深了谜团。卡特在这辆车上吗？这会不会是绑匪干扰警方破案的诡计？卡特什么时候下的这辆雷克萨斯车？他是自己选择下车的吗？还是说他压根儿就没上车？

雷切尔回来递给他复印件时，他还在努力设想着。

“谢谢，”查理说道，“对于这件出乎意料的事，克里斯托瓦尔警探也会和我一样感到困惑。我说的是真的，我真的感激您的帮助。您如果不介意的话，请不要和别人提及此事。在侦破邓利维失踪案之前，我们不想让嫌疑人知道我们掌握的信息，以免打草惊蛇。”

雷切尔笑了笑。“先生，我在安保部工作。我们什么都不知道，什么都没看到。我会把结果告诉莫尔丁先生，但此事到此止步。”

“好。”查理说道。

“如果没有别的需要我们帮忙的事，那我先带您出去。”雷切尔说道。

“没有别的需要的了，就是这些。”

“那跟我来。”雷切尔送查理回到大厅。“祝您好运。”说完她就离开了。

查理一边走向前门，一边从口袋里掏出墨镜。走到阳光下时，他戴上了墨镜。现在应该回到车里，告诉克里斯托瓦尔发生什么了。

查理走到租来的雪佛兰车旁，一边打电话一边发动引擎。

“我是克里斯托瓦尔。”

“是我，”查理说，“我刚看完停车场的监控视频，你不会相信我看到的画面。”

“噢，该死，是什么情况？”克里斯托瓦尔问道。

“把卡特的雷克萨斯车开进停车场的人并不是卡特·邓利维。”

“什么？你确定吗？”

“我确定。那个人不是邓利维，除非邓利维瘦了40磅，还长高了。视频里这个人在后车窗上写下了‘刚刚结婚’，然后把气球系到了保险杠上。一做完这些，他就走过几辆车，钻进一辆福特翼虎，然后开车走了。你大概会想来一趟酒店，亲自看看监控视频。你可能会发现我漏掉的信息。”查理说。

克里斯托瓦尔咕哝着说：“是我们一直没抓住重点，但这只是全部谜团的一部分，这只会让谜团越来越难解开，如果这些人是绑匪，那又为什么要冒着被监控摄像头拍到的风险，把车开到停车场呢？你发现衣物失踪了，现在又有了这样的发现，我认为你的想法是对的。卡特是出走了。但是为什么呢？”

“我今天还要和别的人谈谈。如果我发现了新线索，我会给你打电话的。我猜有人知道卡特现在究竟在哪里，并且在帮他藏身。”查理说道。

查理挂了电话，然后开车回到宾馆。目前他并不认识卡特的朋友，给那些可能与卡特·邓利维关系亲近的人冒冒失失打电话，会一无所获。

查理开车时打开了收音机，换了几次台后找到了一个乡村音乐台，用音乐填补他内心的虚空。多年前被盗的珠宝重新出现，勾起了他对往昔的回忆。苦涩的回忆。

因为有人的心思发生了改变，那枚戒指失而复得，但安妮却再也不会回来了。他们再也没有共同的未来了。他接下一单又一单的任务，他告诉自己，这是为了支付安妮的疗养费。但真相是，他宁可去工作，也不愿独自待在公寓里。

查理终于开到了君悦酒店。他没有让服务生代泊车，而是自己把车开进停车场停好，拿好所有东西，下了车。此时接近下午2点。查理进了大厅，绕到咖啡店，午饭时间已经过了，他选了一些熟食，又点了店里最大杯的咖啡。

几分钟后，查理回到自己的房间，走了进去。床铺已经整理好了，也就是说，服务员已经来打扫过房间，不会有人来打扰他了。他把咖啡和小吃放在餐桌上，其他所有东西都放在床上，然后走去洗手。

擦手时他抬头照了照镜子，看见太阳穴那里有几缕银发，他发现自己的模样开始像父亲了。然后他晾好毛巾，回到餐桌边，踢掉鞋子，把买回来的东西吃了个精光，也没有细品一下味道。

七

吃完东西，查理打开笔记本电脑，查看埃里克先前发来的有关卡特牌友的调查结果。埃里克不仅调查了这些人的背景，还调出了每个人在车管所留的照片，还从《丹佛邮报》社会版上随机找到了一些照片。这是她一贯的办事风格。

从她的报告中，查理一眼就可以看出，这五名牌友都没有财务紧张的状况，所以打牌输钱不会造成什么问题。查理拿到了每个人的联系方式，他浏览报告，草草记下这些名字和电话时，觉得其中有一个人看起来眼熟。

查理又一次核对了这个人的名字，罗姆·德尔加多。查理盯着他的照片，心想，自己在哪里见过他吗？他终于想起来在哪里见过这个人了，是在停车场！查理拿出监控视频拍到的照片，与埃里克报告里的那张照片对比起来。他看不清停车场照片里那个男人的脸，但是直觉告诉他，他找到了帮卡特消失的那个人。

查理伸手去拿电话。

电话响起时，罗姆·德尔加多还在家庭办公室里。他拿起电话，瞥见来电显示，皱起了眉头。这个交换机号码是外地的，不过很少有人知道他的电话号码，所以他还是接了电话。

“你好，我是罗姆。”

“德尔加多先生，我是查理·道奇，是邓利维家族雇来寻找卡特·邓利维的私家侦探。您有时间和我聊一下吗？”

啊，这也就解释了这个人怎么会有他的电话号码。显然是邓利维家给他的。

“当然，”罗姆回答道，“卡特是我最好的朋友之一。我们都很关心他的事。”

“我对您直话直说，希望您也对我实话实说。我知道您协助卡特躲起来了。我不知道的是，为什么卡特要以牺牲家人的感情为代价离家出走。”

罗姆感觉自己遭到了一记重拳。卡特已经失踪两周了，他以为不会有人怀疑自己了。

“不要在电话里说。”罗姆说道。

“那您想在哪儿见面？我得提醒您，警方现在知道卡特并没有从停在停车场的那辆雷克萨斯车上下来，也知道把那辆车开到那里的另有其人。他们之所以知道这些，是因为我告诉了他们。”

罗姆感到自己又遭到了一记重拳，这次的打击和第一次一样猛烈迅速。

“这和您所想的肯定不一样，”罗姆说道，“您介意来我家吗？”

“把地址发给我。”查理说。罗姆把地址发了过去。

“一小时内我就会到。”

罗姆眨了眨眼。道奇已经挂了电话。罗姆坐了一会儿，然后按了手机上的通话键。

卡特·邓利维到了世界之巅。至少当他身处科罗拉多斯普林斯山区，伫立在罗姆的度假小屋的木质平台上时，他是这样想的。

大山总在召唤他，但他以前从未从工作中抽出时间，像这样感受过群山，如果他的生命中从未发生那样的谋杀事件，那他此时仍然坐在丹佛的办公桌后面。他已经在这里度过了愉快的两个星期，有充分的时间思考他遭遇的所谓意外事故和造成意外所需的技巧——或许那不需要什么技巧。一想到那样的事竟会发生，卡特此时仍感到心惊肉跳。

卡特有对手，也知道他们都是谁。但事情做得一点也不专业，是他公司的大多数对手都有可能采取的途径。压垮卡特的最后一根稻草，就是他的刹车在山路上失灵了。

卡特那时在为一位老朋友守灵。迪娜和肯尼斯也在守灵，但他们在不同的车上，卡特比他们早几分钟离开，回市里参加会议。

他刚意识到发生了什么时，多亏他开车的技术很好，才没有直接冲进下面的悬崖。但车速越来越快，他越来越慌乱。停下来的方法只有一个，就是毁了这辆车，于是他径直朝山岩冲去。

车停下来时，他脸上都是血，安全气囊弹了出来，撞到了脸上。身上的每一块肌肉都在疼，疼得他不敢动弹，但是车上的汽油和水还在往外淌，马路上都是汽油和水。他得逃走，然后肯尼斯和迪娜开车经过事故现场。是肯尼斯从他们的车里拿出撬胎棒，砸开车门，把卡特拽出来，是肯尼斯放倒了他们车的后座，这样卡特就能躺着等救援人员到来。

迪娜终于鼓起勇气坐在车内地板上，握着卡特的手，一遍又一遍地为以前和他争论说抱歉，说她真的全心爱着他。卡特所能做的就是拍拍她的手，告诉她自己也爱她。

安全气囊救了卡特，他没有受重伤，但那场事故真的是最后一根稻草，虽然他无法证明，但他怀疑这只是他经历的一系列“意外”中的最新意外，然后他就开始筹划消失的方式。他想让人们以为他死了，他期望会有人因此露出真面目，会有收购他的企业之类的举动。

但是，一天又一天，一周又一周，到目前还没人对这个公司采取任何行动。面对着公司股票起伏不定的价格，杰森立场坚定。他做的这一切都毫无意义。

空中传来一声啼鸣，让他把思绪再次转到面前的美景上。他抬头看着一只老鹰展开翅膀，在他头顶翱翔，这时，他的一次性手机响了。这只会是罗姆打来的。

“喂，我的朋友。你有什么消息要告诉我吗？”卡特问道。

“我有一些消息，但不是你想听的消息。”罗姆回答道。

卡特听出了他声音中的遗憾。“发生什么了？”

“杰森雇了一名私家侦探来找你。”

“真的吗？”卡特叹了口气，“我不应该惊讶。他是个尽职尽责，充满爱心的外甥。有什么问题？”

“这家伙来这里才两天，就做了丹佛警局两周都做不到的事情。他已经知道了你并没有被绑架，还知道我把车开到了停车场。”

“噢，见鬼。”卡特说。

“我以为我们就这样过关了，但并非如此。他打电话告诉我，说他知道我是你失踪的同谋，说他已经告诉警方开那辆车的不是你。

他正在来这里的路上，要进一步询问我，他想要答案。你想让我怎么应对？”

“显然他很擅长他的工作。他叫什么名字？”卡特问道。

“查理·道奇。”

“他到了，我想和他谈谈。”卡特说道。

“你确定吗？”罗姆问道。

“是的。然后我必须致电警察局局长，帮你摆脱麻烦。”

“不要担心我，”罗姆说道，“你才是那个遇到了危险的人。”

“不，我把你卷进了麻烦，就要帮你摆脱麻烦。但这要等到我和道奇先生谈完之后。”

“有生命危险的人是你。”

“我知道自己在干什么，”卡特说道，“只是要记录在案而已，然后你就没事了。”

卡特挂电话时，罗姆皱了皱眉，然后走到吧台，给自己倒了杯威士忌，像喝药一样把酒灌下去，然后走到阳台上。

罗姆知道事情迟早会被人发现，所以他并不惊讶。他早就等着这一时刻，但是随着日子一天天过去，他开始以为命运让他过关了。现在有人发现他干的事了。没关系。多年前，卡特帮他摆脱了财务危机，是他欠卡特的，如果卡特需要，他还会这样帮他。

罗姆的妻子看见了罗姆，从网球场上朝他挥手。他儿子抬头往上看，然后也挥了挥手，露出了笑容。

“我要赢了！”她喊道。

罗姆朝他们俩都竖起了大拇指，然后走回房间，提心吊胆地等待着。

查理肾上腺素激增。他正在寻找线索，结果就出现了第一条重要线索。他迫不及待地离开酒店，不到 20 分钟，就赶到了罗姆·德尔加多居住的街区。路边的房屋占地宽阔，显然是高级住宅区。虽然无法达到邓利维城堡的水平，但是每处住宅都独一无二，建筑风格别具特色。

导航系统指引查理在 25 英尺处右转，离开这条街道，驶入了一条车道，车道两侧长着两棵大白杨，挺拔的树干迎向太阳。查理继续沿着蜿蜒的车道行驶，开向一座仿意大利式别墅的雅致住宅。他开到一个停车位，下了车，拿着公文包，迈上半圆形的石阶，穿过铺着石板的院子，走到房子正门。

查理按响门铃，过了一会儿，门朝里打开了。一个小个子女人出现在查理面前，抬头盯着查理，乌溜溜的眼睛亮闪闪的。

“查理·道奇来探访德尔加多先生。他正等着我。”查理说道。

“好的，先生，请进。”

查理跨过门槛，跟着她走过大厅，走进一间起居室。

这个女仆在门口站住了。“先生，道奇先生到了。”

“谢谢你，黛拉。”罗姆说着，伸出手，走过来见查理。“道奇先生，很高兴见到您。”

查理点点头，握了握手，对这个毫无疑问有串通嫌疑的人，他不想微笑客套。

“可以请您喝杯酒吗？”罗姆问道。

“不用，但谢谢您，”查理说，“我需要从您这儿得到的是答案。”

罗姆停住了，然后指向房子背后更宽敞的院子，从落地玻璃门可以看到这个院子。

“您能和我一起到外面去吗？我们的谈话要保密。那里没有好奇的偷听者。”

查理很惊讶。“您不相信您自己的仆人吗？”

罗姆哈哈一笑。“我不相信任何人，除了卡特。请跟我来。”

两人刚走到外面，查理就开始发问：“卡特·邓利维在哪儿？”

罗姆耸耸肩。“他很安全。”

“这话只是从你口中说出来而已，而且，我也不相信别人。”查理说道，然后心想，除了埃里克，尽管她不是特别相信我，没有告诉我她的生活中发生了什么事情。

“如果您能和他谈谈呢？这样够吗？”罗姆问道。

查理皱了皱眉。“不，因为我不清楚卡特·邓利维的声音听起来是什么样。我想知道这样搞的用意何在。”

“您打来电话后，我告诉他，您已经发现了我们的小骗局。他想和您谈谈。”罗姆回答道。

“我不确定丹佛警局会不会把这次惨败称为‘小骗局’。”查理回答。

罗姆耸耸肩。“卡特要求的。我从不对他说不。请您和他谈谈，好吗？他可以向您解释一切，然后我觉得您会明白的。”

虽然不太情愿，可查理还是因为德尔加多的忠诚对他有了点好感，开始认为他或许与自己预想的不同，不是个混蛋。

“给他打电话，我听听他要说的是什么。”

“谢谢您，”罗姆从口袋里掏出了手机，说道，“请跟我来。”

他们走了出去，走到院子里一条华丽的长椅旁，环顾四周，确定周围没有别人，然后坐了下来，接着罗姆拨通了电话。

“喂，卡特，他在这里，他同意和你谈一下，虽然不太情愿。你只需要知道查理·道奇是个真正的好人。我觉得你可以相信他。”然后他把电话递给了查理。

“我是查理·道奇。你的家族——事实上是你家屋檐下所有的人——都很悲伤，所以你开始说吧。”

“这屋檐下有人想杀我。”卡特说道。

这句话很能说明问题。然后查理想起了邓利维家的管家，管家向他透露了卡特一段时间以来遭遇的意外。

“我和你家的仆人面谈过。你指的是你管家对我提到的意外事故吗？”

卡特叹了口气。“我该知道露丝会支持我的。是的，那场事故，还有其他很多事故。”

查理仔细听着，听出了这个人声音中的苦涩，如果事情都是真的，那他的话语中理应流露出苦涩。

“你为什么认为下手的可能是家里人？”查理问道。

“不能完全说是家里人，但是，是家里某个人。仆人、家人、某个人。其他人没机会接近我，制造出这种事，除非是和我共处一个屋檐下的人。”

“家人中谁会因你的死亡获益？”查理追问道。

“他们唯一会得到的就是更多的股份，收益也会增加。另一方面，我们有钱，但并不高尚。杰森有为人不齿的小毒瘾，但这从来都没成为问题，我知道他的灵魂还没有被毒品贩子控制住。”

查理对卡特知道这件事感到惊讶，但是未做评论。

“我弟弟泰德住在达拉斯市，除了能从公司得到分红之外，他还从事医务工作，收入可观。他还……”

查理打断他的话。“我认识泰德。他是我妻子的医生，所以我才在这里。他向杰森推荐了我，泰德对我妻子很友善，关心我妻子，所以我应该对他忠诚。”

此时卡特似乎对他们两家之间的关系感到有点惊讶。

“您妻子生病了，对此我很难过。”卡特说道。

“谢谢你，”查理说，“我听说你和你姐姐迪娜经常有矛盾。这是真的吗？”

卡特轻声笑道：“我们从会走路开始就一直在一起打打闹闹。但这没什么大不了的。迪娜被宠坏了。她是家里唯一的女孩，从来不想参与公司的事务。杰森将是邓利维家族中下一个坐上总裁职位的人，她特别开心。”

“找私家侦探的也是杰森，”查理说，“公司的股价下跌让他担心。他需要在公司破产前找到你，或者你的遗体。”

卡特叹了口气。“理解，我如果处在他的境地，也会这样做的。”

“你认为迪娜的朋友怎么样？”查理问道。

“肯尼斯？我觉得他是个寄生虫，有时努力想当个好人，但他在家里没权，即使他们结了婚，他在这个家里也永远没有权力，”卡特说，“当然，爱德华是我觉得嫌疑最小的人。我们是最好的伙伴，一直都是。而且他失明了。”

“这件事，你接下来会怎么做？”查理问道。“必须告诉警方你还活着，这样他们可以结束调查。你该知道罗姆因为帮你做这件事会碰到多少麻烦。”

“警察局长是我朋友，我会打电话的。”卡特说道。

"我也会给杰森打电话，"查理说，"因为他雇了我，告诉他我已经找到了您，是我的职责所在。要不要让他知道其他事情，就由你决定了。"

"理解，"卡特又说道，"但是我想雇您找出要谋杀我的人。对我来说，这价值 100 万美元。"

两人之间出现了长久的沉默，然后查理清了清嗓子。

"我找出有罪一方，您给我 100 万美元？"他问道。

"是的，但如果这不够的话，我……"

"这够了，"查理说，"我需要你详细描述一下，你生活中发生了哪些你认为并非意外的意外。"

"好。我需要你的邮箱地址。"卡特说道。

"我会让罗姆发给你的。我还有一个问题。你是继续躲着还是回家？"

"直觉告诉我，应该继续待在我现在的地方。"卡特回答道。

"那你还需要考虑问题的另一个方面。现在大家都知道你还活着了，这可能会让攻击你的人认真起来，找出你的下落。如果家里的人发现是罗姆在帮你，你的位置会暴露吗？"查理问道。

罗姆此前一直一言不发，但一听到查理这样说，他立刻跳了起来。

"会，可能会暴露的。"罗姆说道。

卡特听到了他的话。"罗姆是对的。可能会暴露。"

查理叹了口气。他接下这个工作是因为泰德。他欠邓利维先生的不只是钱。泰德一直在守护安妮的平安。他最起码能在逮到有罪一方之前，保证泰德的哥哥平安无事。

“如果你愿意，那我有一个建议。”查理说。

“任何建议我都愿意接受，”卡特告诉查理，“我不想死。”

“我会带你一起去达拉斯市。我在一栋安全级别很高的大楼里有一套宽敞的公寓，我的公寓甚至更安全。”

沉默了许久，卡特才问道：“你为什么要这样做？”

“因为你弟弟。他在照料我的安妮，所以我会照顾他哥哥，直到回家对你来说没有危险为止。”

卡特再次陷入了沉默，显然是在考虑查理的提议，然后他问道。

“所以说，你住在达拉斯市？”

“是的，但我是搭乘航班来这里的，我们如果搭乘航班回去就会让你暴露。我会让我的助理来接我们。她是个有飞行执照的女飞行员。”

“女飞行员？”卡特问道。

查理叹了口气。“对，她效率超高，但有点苛刻。现在公寓也是我的办公室，每天她会到公寓工作。我的办公室在市区，但是那栋大楼因为天然气泄漏炸掉了。整个街区都炸毁了。”

“我听过这个新闻！”罗姆说道。

“我在你家里藏身，她会做何感想？她会害怕吗？”卡特问道。

“埃里克什么都不怕。”查理回答道。

“她姓埃里克？你就这么称呼她？”卡特问。

“只是因为她拒绝对其他称谓表示回应。等你见到她就会明白，不过我现在就要告诉你，你对她的外貌哪怕只开一个玩笑，我都会毫不犹豫把你扔出直升机。”

卡特不禁好奇自己要去一个什么样的地方，但他想好了，如果这地方能护自己平安，那它什么样并不重要。

“成交。”他说。

“你那边能有直升机着陆的地方吗？”查理问道。

罗姆轻轻拍了拍查理的肩膀。“岂止如此，那里有一个直升机停机坪，一座飞机库，还有一个加油站。”

“好的，邓利维先生，我和埃里克一商量好时间，就告诉你什么时候等我们，”查理说道，“明天太阳落山前，你就会离开那座山。”

“对此我感激不尽。”卡特说道。

“你已经用100万美元的酬劳感激我了。这足够让我满意了，也够照顾安妮了。我们通完电话后，我就会告诉杰森，说已经找到你了，然后你决定要不要给杰森打电话，要不要说你想说的事。但你不要说你准备离开这个州。告诉他你还会藏一段时间，直到我找出要害你的人，你才会回去。我会联系你的。”

查理挂了电话。“现在，德尔加多先生，我需要地址，好在地图上找到卡特，这样埃里克就能通过全球定位系统定位了。”

“没问题，”罗姆说道，“他在科罗拉多斯普林斯的一座山的山顶上。我会为您把地址写下来。”

他们走回阅览室，在那里罗姆给了查理所需要的信息，包括卡特的电话号码，查理把自己的邮箱地址留给了罗姆，让他转告卡特。

“这样应该可以了，”查理说，“谢谢你。”

“能帮上忙，我很高兴，”罗姆说，“我送您出去。”他们走到正门，罗姆握了握查理的手，说，“谢谢您能帮我朋友。”

“收人钱财，替人做事。”查理回答。几分钟后，他回到车里，一边驱车离开，一边给杰森打电话，电话铃响了两声后，杰森接了电话。

“喂？”

“我是查理。我找到你舅舅了。”

杰森倒吸一口气。“真的吗？已经找到了！他在哪里？他还好吗？他碰到什么事了？”

“我会让他之后把所有的事情一五一十地告诉你。我告诉过他我要给你打电话，然后由他自己来决定要不要告诉你他想让你知道的事情。总之，他现在安然无恙。”

“噢，感谢上帝！”杰森说道，“我真的迫不及待想和全家人分享这个好消息。”

“等你和卡特谈过之后再告诉他们。”

“为什么不能现在就告诉？”

“和他谈过之后，你会明白的。我会用电子邮件把最终账单发给你。很高兴和你做生意。”说完，查理挂断了电话。

查理瞥了眼时间。丹佛这里的时间要比达拉斯晚一小时，因此埃里克过不了多久就会离开办公室了。查理从衬衫口袋掏出德尔加多先生刚给他的地址，拿起了手机。

八

埃里克退出了电脑账户，准备结束这一天的办公，这也意味着她要把用过的碗放进洗碗机，开始清洗。这时电话响了。来电显示是查理，她擦了擦手，接了电话。

“这里是道奇调查公司。”

“是我。”查理说。

“我知道。有来电显示。我只是想专业点儿，”埃里克一边说一边自顾自地咧嘴笑了起来。她能想象到查理翻白眼的画面。

“随便吧。我找到了卡特·邓利维。他躲在外面。有人想谋杀他，他觉得是家里有人想杀他。”查理说。

“呀，真冷血，”埃里克说道，“你要做什么？”

“有必要把他从现在的藏身之地转移到其他地方，所以他会待在我的公寓里，直到我们找出是谁要杀他，为什么要杀他。”查理说。

埃里克很惊讶，语气中也带着讶异。“你的公寓……是在这里吗？”

“没错，有问题吗？”查理问道。

“没，没有，一点问题也没有。只是奇怪你为什么突然决定要守护你的客户。”

“卡特的弟弟泰德是安妮的医生。我欠泰德的，”查理简短地解释道，“我需要把卡特从科罗拉多州接出来，但我们乘坐公共交通工具就会留下痕迹。我需要你……”

埃里克打断了查理。“我要在哪里接你们？”

“你打断我时我正想告诉你，”查理说，“你需要开一架直升机，在丹佛机场接我。我会在那里把我租的车还掉。然后我们会去科罗拉多斯普林斯，在山里的一个地方接卡特……”

“我有直升机，你知道的。我想你没有坐标，也没有 GPS 定位。”埃里克说道，然后听见查理叹了一口气。

“如果你能让我把话说完，那你就已经知道了我要给你的地址。我知道你完全有能力自己找到这地方的 GPS 定位。”

埃里克没吭声。她知道，查理因为安妮遭遇的不幸而对上帝不满，他几乎对全世界都不满，但他对此绝口不提。埃里克有时会故意违背查理的意思，这样查理就可以借机发发牢骚了。

“你还在吗？”查理问道。

“这还用问吗，我在等你给我地址。”

查理把地址念给埃里克听，然后听她重复了一遍。

“没错，就是这个地址。噢，卡特待的地方有一个直升机停机坪，还有个加油站。你确定了什么时候来机场接我，就告诉我。”

“这个要求真多余。”埃里克说。在挂电话的一瞬间，她好像听到了一句脏话。

明天这里就会有同伴了，于是埃里克朝大厅走去，走到空房间去看看。床铺整理好了，浴室里有干净的毛巾，淋浴间有肥皂，其中一个抽屉里还有一套宾客用品，包括一把新牙刷，一支牙膏。够他在这里用了。

她穿过公寓，关掉灯，拿好自己的物品，设好警报器，匆匆走出门。

她向停车场走去时，回头扫视了一眼。她讨厌这样做带来的感觉，于是尽量不跑起来。

终于走进停车场时，一阵热风迎面扑来。

夏日的德克萨斯州从不辜负崇拜太阳的人。

埃里克坐进车里，一打开车内冷气，就开始用在线音乐服务网站“声破天”来放音乐。她在播放列表里找到了凯莉·安德伍德的歌，伴着她的歌声回家。

她轻声哼着曲子，驶进高速公路的入口匝道，迅速汇入高速移动的车流。她看了看后视镜，心里想着自己需要为明天的航班做些什么。之前沿着入口匝道跟着她行驶的那辆灰色轿车还在她后面。埃里克皱了皱眉，然后加速驶入超车道，从六辆车旁飞驰而过，再回到一条中间车道。她又看了看后视镜，这时那辆灰色轿车再次跟到了她的车后。

“该死！”埃里克低声说道，“我没心情搞这个。他们以为他们想证明什么？我知道他们在监视我，我知道他们在跟踪我，他们也知道我知道。这是在吓唬人吗？还是他们想看看怎么样才能真把我的火惹起来？”

埃里克不会把他们带到梅林那里，于是她开始释放信号，表示自己会在下个出口出去。她在前面保持足够的车距，让那辆车的司机以为她并没有察觉到他在跟着她，然后埃里克沿着出口匝道开向停车路标，在那里左拐。

正如埃里克料想的那样，那辆灰色轿车也驶离了高速公路。埃里克继续开着，寻找一个大的停车场或者一家商场。她开过了几个街区，注意到远处的一条商业街，埃里克加大油门，冲进入口，拉开了两车间的车距。埃里克看见一个空停车位，正好是在一家面包店前，她停好车，下了车，跑到几英尺外的一排大灌木丛边。

几分钟后，那辆灰色轿车开进了这个停车场。埃里克可以看见这辆车在车道上来来回回找着她的车，然后司机突然加快速度，从她站的地方旁边开过去，在离她车的保险杆几英尺远的地方停好车，埃里克知道，这个司机找到了她的车。司机下车了，埃里克看见他单膝跪在她的车的保险杠后面，在下面放了什么东西。这个人一转身，埃里克就从灌木丛后面走出去，清清楚楚地看见了他的车和车牌号。在这个人回到车里，驾车离开前，埃里克赶紧又躲了起来。

一看见那个人离开停车场，埃里克就不再躲藏，她径直朝自己的车的保险杠走过去，在保险杠下面发现了一个全球定位系统追踪器。她取下追踪器，开始另找安装的地方。

一辆送货车停在挂着欢乐笑脸招牌的花店门前，车上印着个大笑脸，埃里克觉得这笑脸就是个标志。她的欢乐小丑游戏。欢乐笑脸花店。货车司机下车走进店里，埃里克躲到车后，把追踪器安在货车保险杠下，然后走回自己的车，开车回家了。

麦克·杜林正在沾沾自喜，自己终于智胜杰德·埃里克了。赛勒斯·帕克斯最近逼得他喘不过气来，因为那次爆炸发生后，他一直没能找到埃里克。把今天这个消息告诉帕克斯，会给自己换来一点喘息的空间。他拨通了电话。电话响了几声后，帕克斯接了电话。

“你最好是有好消息告诉我。”帕克斯说道。

麦克笑着回答道：“我有好消息。我在她车上放了一个追踪器。如果她在车流中发现不了我，就不会那么警觉了，现在我可以在她不知道的情况下一路跟着她上班、回家了。”

“这是个极好的消息，”帕克斯说道，“干得好。明早会把酬劳打给你。继续盯着她。我要你找出她现在住的地方。”

“我会找到的，祝您晚上愉快。”麦克说。

帕克斯没有回应，挂了电话。

麦克皱了皱眉，然后就觉得无所谓了。他不想和这个男人成为朋友。做这事完全是为了钱。

埃里克知道那蠢货晚上不会再跟着她了，于是径直开车去梅林那里。但她一直无法放松，直到开进大门，朝梅林的房子开过去时，她才不再紧张。

梅林正在房子外面围着一座大花园闲逛。埃里克慢慢减速，把车停好，在车里坐了一会儿，看着他摘掉萎谢的玫瑰。梅林看起来就像迪士尼电影里的大魔法师，埃里克心想，他会不会真的有魔法呢？或许只是他花白的长发和蓄到下巴的大胡子像魔法师吧。然后埃里克把东西都装进包里，下了车。

梅林听见她砰地关上车门，抬头看了看，朝她挥了挥手。埃里克挥手回应，很快就进了房间。

她插好门闩，把包扔在工作台上，坐到电脑旁，登录账号，查看查理之前给她的地址的GPS定位，然后查看了飞行坐标。

“对于转基因天才，这是小菜一碟。”埃里克咕哝道，随即拿起手机给她的飞行机械师打电话。电话响了几声后，飞行机械师接了电话。

“您好。”

“本尼，是我。突击队员直升机（Ranger）明早要外出飞行，你需要多长时间准备？”

“不用很久。我昨天刚彻底检修过。飞机引擎擦得铮明瓦亮。我检修了飞机的密封结构，所以飞机只需要燃油和起飞前的例行检查。你计划多早出发？”

“我打算早上8点出发，我将飞到科罗拉多斯普林斯，接上乘客就会调头回来。不出意外的话，我们应该会在午后不久回到机库。”

“好的，女士。我会让飞机做好准备的。”

“谢谢，本尼。明早见。”

她把这件事从待办事项清单上划掉，朝卧室走去。晚餐等下就会送到了。她迫不及待地卸妆、换衣服。

杰森没等太久就接到了他舅舅的电话。与查理谈完后不到半小时，他的手机又响了。杰森不认识这个来电号码。

“喂？”

“嘿，杰森。”

“卡特舅舅？真的是您吗？”

“是的，是我。我让全家人这样担惊受怕，欠你们一个解释，但我是有苦衷的。在当时，在我有机会思考之前，失踪是我唯一能做的事。”

“感谢上帝，又听到您的声音了。我们都担心得要命。到底发生了什么？”

“你知道我遇到的那些意外……想想吧，我中过毒，在楼梯顶层的水滩中滑倒过，然后，在从伊恩·齐格里德家回来的路上，我的刹车失灵了。”

“没错，但是，等等！您说什么，您中毒？”杰森问道。

“还记不记得那次，医生决定让我整晚留在急诊室，我打发你回家？”

“嗯，我记得，但您第二天就没事了，你叫了一辆优步出租车回家，都没打电话让我们接您。”杰森回答。

“但我并不是食物中毒。化验结果最后出来时，医生说我的身体里有砒霜的痕迹。”

杰森再次倒吸一口气，“天啊！您说的是真的吗？我不敢相信会发生这种事。我本该确保我们的仆人都会忠心耿耿。”

“我也一样。那之后，我失事的车被拖走以后，我接到电话，得知刹车失灵，是因为有人把我的刹车油管割了个小洞。之前这辆车已经有两次想在高速公路上把我毁掉了。我的家不再安全。家里有人想要我的命。”

杰森倒吸一口气。“不！我不相信！我们从没有……”

“我并不是在暗示家人想谋杀我。我说的是在家里的人。每天家里有 10~15 个人。有人在院子里，有人在屋里。我不知道这人是谁，但我雇了查理·道奇来查清。”

杰森声音颤抖地说：“好的，但我要和家人怎么说，和警方怎么说？”

“我会致电警方的，你可以告诉家人和仆人真相。或许这会让有罪的人露出马脚。告诉家人，我不会接电话。用自己的手机会暴露我的位置。”

“这是场噩梦，卡特舅舅。我很难过，难过发生了这种事。明天我会在报纸上发表声明。这至少可以平息公司的动荡局面。”

“你守护了公司，做得很好。希望你能和我再多坚持一下，这件事应该很快就会过去。”

“有您在背后支持就好，卡特舅舅，您要注意安全。”

电话挂了。杰森还处在震惊之中。他抬起头，看到了镜中的自己。他的样子就像刚刚看到了鬼，两人打电话时，他不停地用手抓头发，现在头顶发旋处的头发全都竖了起来。他看了看手表，然后给秘书打了个电话。

“格洛里亚，我有预约安排吗？”

“没有，先生。您的下个预约安排在明天中午，是在您的高尔夫俱乐部举办的慈善午宴，还记得吗？”

“记得，没错！那我现在回家。我明天午宴后再回办公室。”

“好的，先生，”女秘书说，“您还有别的要吩咐吗？”

“没有，谢谢你。”杰森说道。

杰森退出电脑账户，把手机放进口袋，把自己的日程表锁进办公桌里。这就是他平常的日程安排，但这一天一点也不平常。奇迹已经发生，但也付出了代价。究竟是谁要为此负责？查理·道奇很棒，非常棒。或许他会再次成功，找到干出这种事的该死的混蛋。

杰森乘坐办公室后面的私人电梯离开了，他要回家。他迫不及待地要与家人分享这则消息。

埃里克掌握着连政府都不知道的黑客技术，因此搜索一直跟踪她的车牌就是小菜一碟。现在她找到了一个人，这个人成了她的敌人。她只有两个朋友，梅林和查理。其他所有的人要么在黑名单上，要么在打击名单上。到目前为止，她只在梦里按名单实施过打击。但如果他们穷追不舍，她一步都不会妥协。

“所以，麦克·杜林，你已经上了打击名单。”她说道。

埃里克开始剖析他的个人生活，一个阶段对应一个网页，从小学四年级因为阅读能力低下被留级，到大学时因为煽动联谊会骚乱而被开除。

“该死，杜林。看看你这糟糕的一生。”埃里克咕哝道。她的手指在键盘上飞速移动，点开一个又一个网页，直到整个屏幕都是网页才停下。她找到了当天他用来买汽油的信用卡，加油后他又一次跟在她后面，跟着她从 I–35 高速公路出口离开快速路。

通过汽油购买记录，她找到了办信用卡的公司，追踪到了杜林开卡的那家银行，看到同样的金额转进了杜林的账户。转账的这家公司她再熟悉不过了，这是隶属赛勒斯·帕克斯和通用原理公司的一家空壳公司。

既然已经掌握了确切的信息，她就需要从几种可能性中选择可以对通用原理制造麻烦的办法。

复仇进行曲。

但必须要等等。

要接查理。

麦克·杜林庆幸自己终于追上了杰德·埃里克和她的奔驰车，装好了追踪器。他发现自己的活期存款户头多了一笔钱，他渴望得到更大一笔钱。现在他需要找出埃里克目前的住处，他安装的追踪器让这件事变得简单了。

一大早，麦克·杜林就带着苹果平板电脑、一杯咖啡和一包甜甜圈，朝着他的车走去。他一坐进车里就打开了平板电脑上的追踪软件，查看埃里克和她的奔驰车今天早上在哪里。

屏幕上出现了显示追踪器位置的小光点，他从袋子里掏出一块甜甜圈，一口咬掉半个，然后出发去找埃里克。

没过多久他就发现，埃里克正快速从一个地方开到另一个地方，估计是在跑腿。他咽下一大口咖啡，吃完第二个甜甜圈，然后开始认真追踪埃里克，只是这并不如他想象中的那样轻松。

每次他觉得自己就要追上埃里克了，小光点就会开始再次移动，于是他就加速前进，认为自己不久就会发现那辆奔驰车，但他一直没见到奔驰车的影子。

然后小光点显示这辆车正朝着高速公路驶去，杜林认为自己锁定了目标。他开进入口匝道，快速穿过车流，不停追逐小光点，直到两车间的车距开始缩小，他相信自己会看到那辆奔驰车。他打算跟在奔驰车后保持足够的车距，不让埃里克发现自己，这样他就能一直跟到她上班的地方。

“你在哪里啊？你这母狗，今天早上你和你的漂亮驴子车在忙着干什么呢？”

杜林向下瞄了眼屏幕上的地图，然后变更车道，想更清楚地看到前面的车，但是前面没有奔驰车。软件显示她就在这里，但她并不在。

“究竟怎么回事？”

他加速驶入超车道，集中注意力观察周围的车，他再次低头看地图时，发现自己已经超过了光点，他抬头看向后视镜。还是没有奔驰车的身影，只有一辆送货车。

杜林恍然大悟。他一直以为埃里克的车在走走停停，但那并不是她的车，都是这辆送货车！

“婊子养的！她不仅发现了追踪器，还把它转移到了另外一辆车上，”他皱起眉头喃喃自语，“现在我该怎么办啊？”

杰森开车回家时，心里五味杂陈。找到卡特的消息当然会让家人欣喜，但这欣喜不会持续多久，杰森打算在家人和仆人面前一起宣布这个消息。他可以想象到随后的混乱。一谈到嫌疑人，就没有人可以摆脱嫌疑，尽管他能用自己的性命担保，没有一个家人与此有关。

他离家越近，就越紧张。他和母亲昨晚争吵过。他们还没有亲吻和好，近期可能都不会和好了，除非肯尼斯不再刺激她不再让她这样不理智。杰森不明白肯尼斯为什么要这样做。他母亲十分渴望能有人呵护，能替她做决定，肯尼斯根本不需要为了关心她而冷落她唯一的儿子。杰森非常愿意把情绪波动的母亲交给一个友好的、爱她的伴侣，但不是交给60多岁还想一劳永逸找个甜心妈妈的男人。

啊，好吧。这件事改天再说。今天要说的是我们一直祈祷的奇迹成了现实。

杰森点着预先编辑好的号码，给家里打电话，等着有人来接。他正想着谁会接电话时，电话里传来露丝的声音。

“邓利维家。”她说。

“露丝，是我。家里人都在家吗？”

“是的，先生。”

“有多少工作人员在这儿？”

“我不确定，因为园艺工作人员在这里，他们的人数经常变化。”

“好，不论谁在，这都够了。大约不到5分钟我就到家了。请通知家人到综合大房间等我。不是阅览室，是最大的房间，比阅览室更大。我希望所有工作人员都在场。”

“同时吗？”露丝问道。

“是的，同时。我有事情要宣布。”

“好的，先生，马上就办。”露丝挂了电话。杰森开始思考要怎么宣布这个消息。

舅舅不得不选择离开自己安全的家来保全性命，这让杰森非常生气，杰森打算在结束前严厉训斥所有的人。

杰森带着这样的想法，拐进通向家的车道，从城堡后面开到家里的停车场。

米兰达以他舅舅失踪为借口每天给他打电话，这种行为终于要画上句号了。他们约会将近一年了，但她变得占有欲太强，太黏人了。杰森要和她分手。不过，此时她正在意大利某个地方买时装，可能还会假装自己不是卖肉商的女儿，虽然这个卖肉商把自制的香肠变成了家喻户晓的品牌。她父亲约翰尼斯很有钱，满足了她的所有欲望，除了杰森。杰森是她唯一无法用钱买到的。

杰森拿起公文包，和家里其他人一样穿过厨房。他喜欢从底层往上走，看看城堡里发生了什么，同时也闻闻晚餐的香味。每天晚上，他和主厨都会打个赌，看他是否能猜出当晚的主菜。但是彼得今晚不在这里。他和其他所有的人已经都在大房间了。尽管如此，杰森穿过厨房时还是闻了闻，又偷偷朝几个罐子里看了看。

他走进大房间时，房间里一片寂静。显然，在仆人面前，家里人觉得不自在，而仆人和家里人在一起也同样不自在。

看到杰森走进来，他母亲猛地站起来，开始哭泣。

“你是来告诉我们卡特已经死了，是吗?”

肯尼斯马上伸出手臂揽着她的肩膀。“不要自寻烦恼，亲爱的。让我们坐下来，听听他要说什么。”

杰森没有理睬母亲的情感宣泄，而是把公文包放在一边，给自己倒了杯爱尔兰威士忌，一口喝了下去。

“是的，我有消息。我雇来寻找卡特舅舅的人成功了。不到 1 小时前，我接到了他打来的电话。卡特舅舅还活着，安然无恙。”

杰森知道爱德华舅舅会是第一个扬起拳头欢庆的人，他没想错。

“感谢上帝，感谢上帝!”爱德华哭了，眼泪顺着脸颊流了下来，他并不觉得丢脸。

他母亲迪娜又哭了，但这次流下的是欢欣的泪水。就连肯尼斯看上去都发自内心地感到欣喜。

仆人们以他们的方式在庆祝，他们抱在一起，互相拍着对方的后背，欣喜地笑着，点着头。

杰森给了他们一点时间，然后提高音量。

“请大家注意，”众人安静下来后，他继续说道，“还有别的消息。我无法告诉你们这个消息让我有多愤怒。卡特舅舅消失的原因是因为他认为自己家屋檐下有人要谋杀他，他指的是整个房子里的人。”

话音一落，每个人都重重地倒抽了一口气，杰森觉得整个房间里的氧气都被抽光了。他觉得母亲要昏倒了，每个仆人都直勾勾地看着他，仿佛突然不能直视身边别人的双眼。

“不!”爱德华叫了起来，“我不信……我不明白……卡特是最亲爱的人。”

杰森朝爱德华走去，把一只手放在他肩上安抚他。

“是这样，爱德华舅舅，他对我们所有人都很好，我们都深爱着他。但在商场上，他有对手。如果卡特没说错，那我们会找到这间房里的某个人，或者家里工薪名册上的某个人，与他已知的某个对手之间的联系。等我们发现是谁，他就完蛋了。有罪一方总会明白，自己将在监狱里度过余生，而我会对他们和他们留下的家人毫不留情。”

然后杰森看着主厨。

“今天是上等肋排配小胡萝卜和珍珠洋葱。”

主厨笑道：“先生。我觉得您偷看过了。”

“那我说的对吗？”杰森问道。

“对。”主厨回答。

杰森点点头。“现在你们可以回到自己岗位上了。感谢你们的耐心，但不要忘了我说过的话。”

九

卡特·邓利维站在小屋后面的木质平台上，手里拿着瓶冰啤酒，他已经喝了一口，因为他想保持头脑清醒，把一切讲清楚。卡特不知道阿尔·福赛斯这时在哪里，但他还是要给阿尔打电话，希望丹佛警察局长不会让自己在语音信箱留言。

卡特知道自己要好好解释一番，但他的重点是确保罗姆不会受到牵连，罗姆没有错，只是作为朋友对他出手相助而已。卡特把啤酒瓶放在平台扶栏上，拨出了电话。电话蜂音响个不停，就在卡特担心要传来语音留言的提示时，他听到了阿尔生硬的声音。

"我是福赛斯局长。"

"嘿，阿尔。"

福赛斯的声音瞬间变得愤怒低沉。"究竟是谁?"

"阿尔，是我，卡特。"

"什么? 卡特? 你在哪里? 怎么样? 需要帮助吗?"

"我目前所在的地方暂时还要保密，但我很快就要离开这里了。我还活着的消息一传出去，企图谋杀我的人或团伙就会警觉起来，知道我已经不在现在的藏身之地了。我很好。现在打电话是为了恳求您原谅，因为这个计策耗了这么长时间，但是直到最近我还不清楚接下来该怎么做。”

“有人企图谋杀你？科罗拉多州丹佛市这么多警力，对此都无能为力吗？”

阿尔的声音带着愤怒，一听就能听得出来，卡特对此完全能够理解。

“不是那样的，阿尔。一连串的意外刚刚发生时，我也没想到会遭遇这么严重的恶意。我以为自己是食物中毒，结果却得知，急诊处的实验室人员在我体内发现了微量砒霜。我在楼梯顶层的水滩里滑倒过，一只手拼命抓住楼梯扶手，才没摔断脖子。我从齐格里德家回来路上车坏了，这并不是意外。我后来得知，我车上的刹车油管被割开了。还有些意外发生得更早，我起初以为是自己想多了。可是对方的手段不停升级。”

“真见鬼，”阿尔咕哝道，“但你还是可以相信我们的啊。我们会派人 24 小时驻守在你家周围。”

“就是怕这个，阿尔，现在我相信是我房子里的人下的手。我不知道这是个人行为，还是有人从我某个商业敌人那里拿了钱来谋杀我。我和很多人做过生意，树敌不少。我死了，他们一滴眼泪都不会流。所以这时候，对我来说最危险的地方就是家。”

“嗯，这样的确会坏事。”阿尔说道。

卡特咧嘴笑了。

“说句不客气的话，确实会坏事，所以我想请你帮个忙。是罗姆·德尔加多帮我逃出丹佛市的，但那时，他以为自己只是帮我躲起来。他想不到我的失踪会立案，会有那么大影响，但我早就想到了。都是我的错，我恳求理解与原谅。我也欠很多警察一个道歉，让大家耗费了那么多工时，还有加班。所有酬金都由我来付，还有警员的额外津贴，还有捐助给孤儿基金会的资金，我都乐意支付。”

卡特知道，承担报假警造成的损失费用是最普通的处罚，还要由法官裁定他是否要承受牢狱之灾。但他认为，没有人会因为他躲避杀手而把他送进监狱。

“好的，好的，我肯定会传达这个消息的。杰森知道吗？”

“是的，他刚知道。”卡特回答道。

“谁告诉他的？”阿尔问道。

“是我外甥雇来找我的那个人。他叫查理·道奇，从达拉斯市来的，他真是个很棒的侦探。我没见过他，但和他通过电话。他是与你们负责这起案件的探员一起调查的，所以他不是单打独斗。或许您现在可以给我外甥打电话。或许你们两个可以召开新闻发布会之类的。想想你们要说什么，因为我还不能回家，那就肯定不会回丹佛市。我喜欢捕鸭子，但不想变成浮在水面的鸭子，等着追捕我的猎人来击中我。”

“好的，明白，”阿尔说道，“这电话打得够长的了，但是能听到你该死的声音，我很高兴。下次我们一起共进晚餐，要在你家吃牛排。我一直都听说你的主厨彼得是顶级厨师。”

卡特大笑着说：“说定了。再次谢谢你的理解。如果你能给罗姆打个电话告诉他，他不会负任何法律责任，是我有意误导了他，那我会感激不尽。”

“好的，我会的，但是我要等到召开新闻发布会之后再联系他。”

阿尔说道。

“当然可以。我希望我们很快就能再见。”说完，卡特挂了电话。

查理一回到酒店，就礼貌性地给克里斯托瓦尔警探打了个电话。福赛斯已经联系过这位警探了。查理对克里斯托瓦尔的合作精神表示感谢后结束了通话。

几小时后，查理迷迷糊糊躺在床上，想在关灯前看完看了几次都未看到的《变形金刚 5：最后的骑士》大结局。就在影片要进入高潮时，他的手机显示收到了新消息。是埃里克发来的。

只要不出现复杂情况，上午 10 点我会在丹佛国际机场接你。我一着陆，就会发短信告诉你我在哪里。我会先在那里补充燃油再接你。给我带一杯咖啡，还有甜面包之类的点心。

查理眨了眨眼，说道：“可恨的女人。”

他翻了个身，在手机上定好闹钟，让自己有充裕时间赶到机场，归还租车，上帝保佑他不会忘记给这位飞行员捎点心。他回头看电视时，发现电影已经放完了，自己依然不知道大结局是什么。

查理给卡特·邓利维发了一条短信，把计划照实告诉卡特，还告诉卡特，他们动身去科罗拉多斯普林斯时，自己会在机场再次给他打电话。

埃里克为今早的飞行刻意打扮了一番。她涂上紫色眼影，与紫色皮衣搭配。她已经很久没能穿得吓查理一跳了，她已经不再为了吓他而穿奇装异服了。这就是改变后的她。今天早上她就要去把自己的老板接回来了，他会给她带早餐。

太阳冉冉升起，埃里克离开了公寓，心怀期待。这一天要在飞行中度过，对此她并不介意。她一路上依然警醒地盯着后视镜，直到抵达自己的突击队员直升机所在的私人飞机场。她可以确定没有人跟踪自己。飞机库的门是开着的，本尼正站在门口，直升机已经在机库外等着她了。

埃里克把自己的奔驰车停到里面，设置好安全警报，然后走了出来。

“早上好，本尼。”埃里克说。

“早上好，女士。衣服真漂亮。”

埃里克咧开嘴笑了。本尼一点也不在乎她的外表，这让她觉得在本尼身边更自在了。

“我尽我所能。”她说道。

“你能做得非常漂亮。飞机已经加满燃料了，整装待发。我会逐步引导你完成航前检查，以防你会碰到不喜欢的突发状况。”

埃里克把包扔在直升机后部，然后开始检查。所有设备都正常运行，她很满意，马上就钻进了飞行员座椅，准备最后试飞，然后发动了引擎。

她戴上无线电联络所需的耳机，调整好耳机。发动引擎时，她朝本尼竖起了大拇指。飞机达到最大升力，她立即就起飞了。在空中迅速盘旋半圈，弄清自己的方位后，她朝北向丹佛市飞去。

她向丹佛机场空中交通管制处报备登记，告诉他们自己已经起飞，耳机中传来一切正常的通话声。

空中交通管制处用无线电发来了飞行高度设定，告诉埃里克他们在雷达上发现了她。

埃里克可以出发了。

她开着飞机，旭日在她右边，她不时瞟一下面前的控制面板，确保不会有任何意外。

她一边开着飞机，一边回想起自己刚开始上飞行课程时，通用原理公司对她冒险学开飞机很不满，因为她的工作对他们来说太重要了。

当时她语气平静镇定地告诉他们，她每星期连续六天把醒来后的每分每秒都奉献给了这家公司，他们无权占有她的一切——尽管她那时并不是真地明白他们几乎占有了她的一切。他们默许了她去学开飞机。那是她大病之前唯一一次反对他们。

埃里克眨了眨眼，从回忆中走了出来，确定自己没有偏离航向，然后往嘴里放了片口香糖，免得自己气得咬牙切齿。

她的生活完全可以拍成一部相当出色的悬疑电影，只要观众愿意相信她。她怀疑过一些事情，但她还是永远不愿相信他们的所作所为达到的程度。她只知道，在几个小丑出现在旋转木马游乐场的那一天，她以前所知道的那个世界就坍塌了。

她母亲被他们杀害的那一天是个分界线。那一天，赛勒斯·帕克斯出现了，将她从小丑那里“救”了下来，并自称是她的父亲。那天以后，她开始与赛勒斯·帕克斯一起生活。

穿着小丑衣服的两个男人要为母亲的遇害负责，他们在绑架杰德时失手杀了母亲。他们被逮捕提审了，但还没等到宣判就恰巧死在了监狱里。这些她都记得一清二楚，让她的心无法平静。

埃里克暂时放下了回忆，尽管这些回忆从未真正远去。她之所以活着，是因为人类的疯狂，是因为科学的疯狂——这是她无法超脱的事实。

抵达丹佛国际机场上空时，她发出无线电，等待着陆指令。在着陆后等待补充燃料时，她给查理打了电话。

电话响了两声，查理接听了。

“接你的人到了，”埃里克说，“你带了我的早餐吗？”

“带了，我带了你的早餐。我怎么去你那里？”

“我来解决。记下这个号码。”

“等一下，我把你的早餐放下来。”查理赶紧说。

埃里克咧开嘴笑了，不过如果查理看得到她，她就不会这样笑了。

“好的，我准备好了。”查理说道。

埃里克噼里啪啦说出一串数字，然后又解释了一番。

“打这个电话。机场人事部的工作人员会询问你的位置，然后他们会去接你，把你送到我所在的地方。我们一加好燃料就离开。”

“谢谢，一会儿……”电话已经断了。

“妈的，她又挂了我的电话。”查理自言自语道，同时克制住把她的早餐扔进垃圾桶的欲望。

然后，他拨打了那个号码，还没等他从郁闷中缓过神，他就已经在去见埃里克的路上了，一只手抓着早餐，一只手拖着两个背包式行李箱。陪他去的那个机场人事部的年轻工作人员一路上都没说什么。

查理总算看见了埃里克，她全身穿着紫色皮衣，站在直升机旁，双手放在臀部，摆出一副“你怎么这么久才到”的架势，这让他很想知道卡特会对埃里克有什么印象。几分钟后，查理把咖啡和食品袋递给埃里克。

“这是你的早餐。”

埃里克接过袋子和大杯咖啡，揭开杯盖，灌下几口咖啡。

“咖啡还是热的。谢谢，我要饿死了。”

查理皱了皱眉。“你出发前怎么不吃早餐？”

她已经咬了一大口芝士丹麦酥，所以嚼完咽下后才回答查理的问题。

“因为我不想迟到，不想让你失望。”接着她又咬了一大口丹麦酥，闭上紫色的眼睑，沉浸在甜味带来的幸福中，在查理面前毫不拘束地嚼着。

查理这时意识到，埃里克虽然有时让他生气，但从来没让他失望过。无论他什么时候提要求，埃里克总是超额完成任务，从来没有一句抱怨。她开始刺激他时，他或许应该冷静一些。他知道，从任何意义上讲，埃里克都不是个残忍冷漠的人，她只是会激怒他。想到这里，查理吓了一跳。他从未意识到这中间会带有强烈的个人色彩。

埃里克又咬了一口芝士丹麦酥，这一次，一大块酥皮挂在了她的下唇边缘。查理正想告诉她，却愣住了。他盯着酥皮时，无意间看到了她的嘴唇，是真的看到了她的嘴唇。查理之前从来不会留心观察埃里克的这个身体部位，因为从这个部位说出的话通常会惹得他要发疯。但她此时没有讲话，查理十分惊讶地注意到她的嘴唇很好看。真的是丰满、性感的双唇。

“你在看什么？”埃里克怒道。

查理眨了眨眼。“挂在你嘴边的一大块酥皮。我在和自己打赌，看你是自己发现它，把它取下来，还是你不知道它在嘴边，它自己就掉了下来。”

现在是埃里克在盯着查理发愣了，她一时间什么都说不出来。她伸出舌头，舔了舔下唇，发现了酥皮，把它吸进了嘴巴，让它在舌头上融化……她显然没有注意到查理眼中闪过的诧异。

“谢谢。我讨厌浪费酥皮，”埃里克说着，再次伸手掏进食品袋，“我只要了一个，谢谢你带了两个。”

“我会从你的圣诞节奖金中扣掉这笔费用的。”查理说。

埃里克笑得露出了牙齿。

查理也不确定自己之前有没有见过她这样的笑容。见鬼，这真是个充满惊喜的早晨。

“我们什么时候动身？”他问道。

埃里克竖起一根手指，绕着直升机，去和给飞机加油的人讲了些什么，然后走回来。

“他说再过大约 5 分钟，我们就能做好起飞准备了。”

“那我给卡特打电话，让他知道我们过多久才到。你觉得要花多长时间？”

“噢，坐飞机可能要 20 分钟左右。”

“这么近？”查理问道。

“只有乌鸦飞，或者直升机飞，才算近……开车要在山路上跑足足 2 小时，可能还不止，因为你说过那个地方在山顶。”

查理点点头，然后走开一些打电话。

埃里克吃下第二块甜点，不假思索地看着查理。一切都很好，直到她注意到他宽阔的肩膀、匀称的腰身、健硕的后背和双腿。她闭上了双眼，背过身去，把甜点吃完，尽管她喉咙哽咽，不得不用最终冷掉了的咖啡送下最后一口点心。

在查理打完电话之前，燃油已经加满了。埃里克迅速检查直升机，她检查完时，查理站在了乘客一侧的门边。

“我们准备好了吗？”查理问。

埃里克点点头。“上来吧。”

查理把行李箱扔到后面，然后爬到乘客座椅上，关上了机门。埃里克坐进飞行员座椅时，他正在找耳机。

他再次盯着埃里克，但埃里克已经进入了工作状态，发动了引擎，开始调节耳机，联系塔台。

她一得到起飞许可，他们就起飞离开了。现在她朝正南方飞去，太阳在她的左边。

查理似乎陷入了自己的思绪，一直没说话，这很适合埃里克。两人都不喜欢闲聊，因此埃里克也没和查理说什么。

巴迪·皮尔斯正走出房子去开车，这时他的电话响了。他看了看来电显示，然后坐进车里，启动汽车后接听了电话。

“现在怎么样？”他问道。

“有人找到了卡特·邓利维。我们要被发现了。卡特之前是躲出去了。”

“他回家了吗？”巴迪问道。

“还没有，不找出是谁在下手，他不会回家。”

巴迪皱了皱眉。“这不是好消息。现在我该怎么完成这个任务？”

“我不知道。我只是告诉你最新消息。如果听到其他消息，我会告诉你的。”

"好的。你准备好了，我就准备好了。"

来电者挂断了电话。

巴迪驾车离开了。现在他有别的事要做。

* * *

卡特·邓利维已经收拾好了，准备离开。他会想念这个静谧隐逸的地方。他最后在房里转了一圈，确认没留下什么物品，房子已经收拾得和他来时一样干净。剩牛奶都已经倒进了水槽，剩菜都已经带到森林里给动物吃了，房子周围没有留下任何可能吸引到熊的物品。

所有该做的事都已经做完了，于是卡特把行李包拿到屋外，放在小飞机场旁边树荫下的一条长椅上。罗姆之前借给他一辆车，让他开到这里，现在卡特已经把这辆车停好了。他等待着，注视着天空。终于看到一架直升飞机飞来时，他心里七上八下。他将离开家去更远的地方，但这是他必须要走的一步。

飞机越来越近，卡特站了起来。现在飞机近得能够辨认出来了，他发现这是一架贝尔牌喷气式飞机，看上去像是远程喷气突击队员中的一款。它带着热气慢慢下降，飞行员从飞行模式调到了着陆模式，转换得很巧妙。就在这时卡特想起来查理的飞行员是名女性。

卡特看不清飞机里的情况，直到飞机落在停机坪上，两个人从飞机里钻出来，过来见他。此时螺旋桨还在旋转，不过速度很慢。卡特拿起行李包，朝他们走去，但他的视线无法从飞行员身上移开，他心中只有一个念头：查理找到了查理版的神奇女侠。

这位女飞行员身高超过6英尺。没有头发，但是有一张他见到的女人中最令人印象深刻的脸庞。接着卡特发现她没有乳房，一瞬间就明白了她为什么没有头发。她不是男人的梦中情人，恰恰与此相反，她就是一名女战士。

“早上好，卡特。准备好出发了吗？”查理问道。

卡特转移了注意力，更认真地看着查理·道奇。此前卡特只听过查理的声音，现在终于见到了他的面孔。“我很感激您的帮助，我做好了准备，配合您接下来的一切行动。”卡特说。

“好的。这是埃里克，我们的飞行员，不过，正如我向你介绍过的，她也是我的助理。”

埃里克点头致意。

卡特朝埃里克露出微笑，对查理说道：“但你忘记告诉我了，她也是位非常美丽的女性。”接着他又对埃里克说：“女士，见到您很荣幸，我也很感激您。”

埃里克张了张嘴，显然没料到卡特会这样说。她本以为卡特只是开个玩笑，然后就一笑置之，此时却意识到卡特是认真的。

“既然你是第一个一见面就和我调情的男人，我就不和你计较这不必要的恭维了。然而，恭维我也不会让你更快地飞到达拉斯市，所以我建议我们都做点有用的事，比如让你漂亮的小屁股坐进我的直升机里，这样我们就能出发了。”

查理肯定看到了卡特脸上惊愕的表情，他扬起眉毛，好像在提醒卡特，这是来自埃里克的警告，但卡特根本没注意查理的暗示。他急急忙忙拖着行李箱，跟在埃里克后面，就像受到责备的小孩在努力赢回妈妈的喜爱。查理走在最后。

他们放好行李，把卡特在后排靠窗座位安置好，这时埃里克用更严肃的目光瞥了卡特一眼。

“你晕机吗，邓利维先生？”她问道。

“不晕机。”

“好，但不要试图逞能。我座位背后的口袋里有一瓶晕海宁。你要是吐在了我的直升机里，你就要打扫干净。”

“好的，女士。”卡特说着，扣好了安全带。

查理关上卡特一侧的机门，然后坐了进来。埃里克已经坐在自己的座椅上，戴好了耳机，扣好了安全带，做好了起飞的准备。

“扣好安全带，老板。”埃里克提醒道。

他们起飞了。埃里克在空中盘旋了一小圈，找清了方位。“下一站，达拉斯市。”

十

在丹佛市，邓利维家的黎明伴随着复杂的情感降临了。他们一家人在共进早餐，虽然知道了卡特还活着，而且安然无恙，但是想到他突然离开的原因，每个人都闷闷不乐。

“早上好，亲人们。”杰森打着招呼走进房间。

爱德华正小心翼翼地把吐司的一角蘸进咖啡。他从孩提时就养成了吃吐司蘸咖啡的习惯。“早上好，杰森。”爱德华回应了一句。

杰森咧开嘴笑道：“嘿，爱德华舅舅。你觉不觉得，你至少可以试一次吐司抹果酱？”

爱德华朗声笑道：“你知道我更喜欢吐司加咖啡。你吃什么？”

“我要吃培根和华夫饼。但我的华夫饼上要抹枫糖浆，不放咖啡。”杰森一边回答，一边拿着碟子从餐具柜上的自助餐里取食物。

“你都不知道你错过了什么美味！”

杰森开怀大笑。“噢，你忘了。我完全知道自己错过了什么。我想那是我 10 岁的时候，终于找你要尝一口。你把那片吐司浸到咖啡里，然后我咬了一口。我从来没有那么想把口中的食物吐掉，但我还是嚼了嚼咽下去了，因为那是我自己要尝的。”

爱德华摇了摇头，说：“我记得，那时我还没失明。我看着你的脸，知道你不喜欢吃。但你像个男人一样把它吃了，咽了下去。那时我就知道，你长大后会是个信守诺言的人。”

杰森拍了拍他舅舅的胳膊。“谢谢你，爱德华舅舅。我想是你帮助我长成了我现在的模样。”

爱德华叹了口气。“我永远不会有自己的孩子，但我和你在一起时很快乐。”

“早上好，亲爱的。”迪娜朝杰森露出了十分灿烂的笑容。

迪娜这样热情地打招呼，让杰森觉得，自己一直在和舅舅聊天却没理她，肯定让她感到不耐烦了。

“早，母亲。你今天早上看起来真漂亮。今天你有什么安排？”杰森问道。他用餐叉叉起两块华夫饼、一小块黄油、一份培根，放到碟子里，然后往华夫饼上浇了点枫糖浆，坐了下来。

迪娜看着杰森挑选的食物，但什么也没有说。杰森还健康强壮，所以这些碳水化合物和糖分可能不会给他的健康带来什么危害。他还选了培根，所以也会摄入蛋白质。

“母亲？”杰森叫道。

迪娜抬头看他。“怎么了，亲爱的？”

“我刚问你今天有什么安排，因为你们都打扮得这么漂亮。”

“噢，抱歉，我想我刚才沉浸在我自己的小天地里了。”她伸手拍了拍肯尼斯的肩膀。“肯尼斯和我要去逛逛商店，”她接着说道，“对吧，亲爱的？”

听到迪娜喊他亲爱的，肯尼斯脸上露出了得意的笑，杰森嚼着培根，看着肯尼斯。这家伙看起来太沾沾自喜了，杰森心中拉响了警报，觉得他又要花钱了。

“噢，要买什么特别的东西吗？”杰森问道，而后切了一片华夫饼，塞进嘴里。

迪娜眨了眨眼，没立刻回答，她把目光转移到杰森的侧脸，而不是直视他的双眼。杰森知道她要为肯尼斯花一大笔钱。她怎么花她的钱不关杰森的事，上帝知道他们手上的钱都花不完，但杰森讨厌迪娜被人这样利用。

迪娜还没回答。突然，肯尼斯开口替她回答了，就像是迫不及待要挖苦杰森一番。

“你母亲要为我买一辆车给我当生日礼物。她太让人惊喜了。我太幸运了。”

迪娜脸红了，鼻子上几处淡淡的雀斑变得更明显了。“我想让你有辆车，就是这样。”她说道。

杰森继续吃饭，没有发表意见。他甚至没问是哪种车，这让肯尼斯很愤怒，无论如何他都要告诉他们。

“我们要去看阿斯顿·马丁牌的车。我一直都很想要一辆英国制造的车，这牌子的车适合我。”

杰森点了点头，虽然忍住不说话对他来说就像是要了他的命，但他还是连头都没抬一下。

爱德华看不到众人的眼神，但是感受到了餐桌上沉默的氛围。他换了话题。

“杰森，我们在哪里宣布卡特失踪的信息？”

“我不确定，但我早上会给福赛斯局长打电话，看看他是否已经安排好了新闻发布会。我打算到场，代表公司发表一则声明。”

“好主意，”爱德华点点头，说，“这条新闻会平息谣言，让股价停止下跌。”

“希望如此。”

“如果今天确定好了发布会的时间，一定要打电话回来告诉我们，我想听一听。”爱德华说道。

“当然，我会打电话的。”杰森一边继续吃，一边回答爱德华。

迪娜和肯尼斯先离开了房间。

爱德华很快也放下了咖啡吐司，选择去外面后院里走走，晒晒太阳。他说他之前应该是听到了割草机的轰轰声，他喜欢刚修剪过的青草散发出的清香。

只剩杰森自己吃早餐了，他觉得这样很好。他站起来重新倒满咖啡，又吃了几片培根，结束了早餐。

等到爱德华从外面进来时，杰森已经离开了，房间里空无一人，碟子都已经收拾好了。爱德华准备回到自己房间的躺椅上，盖上条软软的花格呢毯子，小睡一会儿。

这一天的一切安排都要暂停了，杰森改变主意，决定不去出席原定要参加的午宴。他准备回办公室，理清头绪，完成一些收尾工作。他正开车时电话响了。他在一个十字路口绕过一辆出了事故的车，打开了免提模式。

“你好，我是杰森。”

“杰森，我是福赛斯局长。”

“局长，我准备一到办公室就给你打电话，但你抢先了一步。”

“噢，你在路上吗？我可以等会儿再打。”福赛斯说。

“不，我现在方便。免提电话，你知道的。”

“好吧，”福赛斯说道，“新技术我不在行。听我说，我打这个电话，是因为我组织了一场关于卡特案的新闻发布会。希望你也能到场。我确信媒体会问一些更适合你回答的问题。我知道事情微妙，不确定你想不想参加。”

“好的，我会到场的。你定的是什么时间？在哪里举行？”

“我想今天上午11点钟，就在法院大楼台阶上。记者在台阶下方，拍摄角度更好，我们也方便看到记者举手提问。”

“显然，你是内行，知道怎么召开新闻发布会才能把焦点放在要说的事情上。我会提前到。我们在法院大厅碰面，可以吗？”

“可以，那样很好，我们可以从前门一起走出去。到时候见。”

杰森手指点了一下，挂了电话。他瞥了一眼仪表板上的时间，他只能在办公室停留大约一小时，然后就得走了。但这次他过不了多久就会再回办公室。工作堆积成山，他不喜欢拖延。

当然，杰森越是急着赶到办公室，就越是觉得交通状况太不顺畅。最后他没到地方就找了出口离开快速路，逃离司机们愤怒的咆哮和互相竞速的车辆。他沿着城市街道蜿蜒而行，这时他的手机又响了。他直接用蓝牙接听了，然后才想起来应该看看来电显示。

“我是杰森。”他说。

“亲爱的，是我！你在去上班的路上吗？”

杰森叹了口气。狗屎。

“是啊，我确实在去上班的路上，我现在有点急着赶时间，抱歉。”

“那太好了。我们可以趁你开车的时间聊聊天，不打扰你这一天的工作。我打电话是要告诉你，我觉得自己已经找到了完美的礼服。我太激动了。”

“为什么准备完美的礼服?”

她咯咯笑起来。“为我们的婚礼，你个傻瓜。”

杰森很反感，事情完全失控了。

“听着，米兰达，我们是约会，但从没聊过结婚。是你在说结婚，我没有给你订婚戒指，没有求婚。你现在让我感到不舒服。”

她沉默了很久，然后又是一阵咯咯的笑声，牵强的笑声。

“噢，好吧，我真傻。那关于购物的事就讲完了。有卡特舅舅的消息吗?”

太狗屎了。又不是她的“卡特舅舅”。杰森决定把他舅舅的情况告诉她。她人在意大利，所以她不可能在新闻发布会召开之前跑到街上把这件事大声喊出来。如果告诉了她，她也许就不会再拿询问卡特失踪的事当作打电话的借口了。

“说实话，等今天上午稍晚一些，福赛斯局长和我会召开新闻发布会，宣布好消息。但在正式宣布之前，我只能透露这么多。”

他耳边传来了米兰达的尖叫。“太好了！我不会再逼你透露更多的信息了，但会把这当作非常非常好的消息，感谢你跟我分享这条消息，我永远支持你。我不想给你添麻烦，亲爱的。我要说再见了，我不久就会和你见面。既然挑选新娘服装是我草率的一厢情愿，那我会比原计划提前几天回来。到时见。太爱你了。”

杰森皱着眉挂了电话，开始自言自语：“我想，为了内心的平静，我将不得不放弃美好的性生活。这不是我期待的谈话，但既然是我让这一切开始的，那也只能由我来结束这一切。”

福赛斯局长只要宣布召开新闻发布会，就会引发人们对发布会召开原因的各种猜测。这一次，由于卡特·邓利维的失踪仍是个谜团，前来参加发布会的大多数媒体记者都认为这场发布会与卡特失踪案有关。

记者们都站在法院台阶下面，准备好了麦克风，并确保自己能清楚地看到主席台，局长将在那儿发言。在随后抵达的新闻采访车中，有一辆车停了下来，工作人员开始搬出车里的设备。一个摄影师扛着摄像机，进行现场直播。

10点50分，人群中开始传出消息，说有人看见杰森·邓利维从侧门进了法院。这条消息证实了他们的猜想：新闻发布会与卡特·邓利维有关。要宣布的是好消息还是坏消息呢？

杰森打电话回家，告诉家人发布会将在11点直播，然后下了车，向法院大楼走去。杰森到的时候，福赛斯局长正在大厅。他们握手时局长面带微笑。

“这是一场我很乐意举办的发布会，”福赛斯说道，“我的工作中很少会有好消息。”

杰森做了个鬼脸。“这对我们是件幸运的事。我们开始担心一切希望都会落空了，但做梦都没想过会是这样的结局。”

“真难以想象。那么，你会披露多少事实？”

“卡特舅舅说，要说出真相。他说这可能会迫使有罪的人孤注一掷，露出马脚。”

局长点点头，赞同地说：“这会给我们带来全新的麻烦，但如果这是所需要的，我们会百分之百地支持你。我会宣布消息，然后由你发言补充细节，行吗？”

“好。我们马上开始吧。显然，这对我们家来说不是个愉快的话题。每个人都很紧张，仆人在我们身边并不自在，都不说话。没有人确切知道该如何解决这个问题。也许我一披露了事实，我的烦心事就会消散了。”杰森说道。

局长重重地拍了拍他的肩膀。两人开始往外走。几个穿制服的警官先走了出去，福赛斯局长和杰森·邓利维一起走出大门，五六个失踪人口事务处的探员很快就站到了他们两旁，其中包括克里斯托瓦尔警探，这位案件负责人站得稍微靠边一些。

他们走下台阶时，人群安静下来。杰森越发感到紧张不安，但这是他能为卡特舅舅和家人做的事，如果这样做能带来正义，那就值得。

福赛斯局长威风凛凛，大步走上主席台。他把麦克风调到适合自己的高度，清了清嗓子，然后抬起头，望着人群。下面聚集的人不仅是记者。杰森看了看局长，禁不住怀疑他们寻找的人是否正站在人群中。

然后福赛斯开始宣布了。

“谢谢你们能来，我长话短说。我很高兴地宣布，在丹佛市警察局、负责此案的失踪人口事务处的克里斯托瓦尔警探和几天前受雇于邓利维家族，协助我们调查的私人侦探查理·道奇的共同努力下，我们已经找到了卡特·邓利维，而且他安然无恙。”

人群欢呼起来，摄像机开始拍摄，福赛斯举起手，示意人群安静。

“我现在要把话筒交给杰森·邓利维，他有更多的内容要补充，所以请在他讲完后再提出你们的问题。”

局长走到一旁，杰森走上前来。他准备了一篇发言稿，但他已经决定不用发言稿了，因为他如果照着念出他必须说的话，效果肯定会大打折扣。他打算直视对准他脸的镜头，希望那些该领罪的人会明白，他们带来的令人难以承受的恐慌已经画上了句号。“早上好，”杰森说，“在各位开始提问之前，我想借此机会感谢所有向我们一家人发消息表示关心的朋友，所有在社交媒体上向我们发布积极信息的人，所有祈祷我舅舅安全归来的人。一个再好不过的消息就是，他活着，而且状况很好。他终于给我打了电话，我听到了他的声音，知道这是真的。

然而，造成他突然从我们身边消失的原因，是令人十分震惊，甚至令人毛骨悚然的。关于这个原因，他从未向任何人提及，就连我们，他的家人，都对此一无所知。卡特·邓利维之所以出走，是因为有人要杀他。而他之所以不向任何人透露消息，是因为他确信，要杀他的人与他同在一个屋檐下生活或工作。他躲起来，是因为他不知道还有谁可以信任。”

一片哗然之后，记者们纷纷嚷着要提问，很多人直接喊出了问题。但杰森沉默地站着，直到他足够镇定，可以保持彬彬有礼。终于，他指着前排的一名记者，说道：“那位穿着蓝色西装的女士。”

“我是《丹佛邮报》的卡迪·鲍尔斯。请问接下来的调查将如何进行？邓利维先生依然不露面吗，您聘请的私人侦探会参与案件调查吗？”

“我聘请道奇先生是为了找到我舅舅。他找到舅舅之后，我和他的私人交易就结束了。但是，据我了解，卡特舅舅已经委托道奇先生，让他代表自己继续调查此案。”

杰森指着另一个记者请他提问，然后又指着下一名记者，他的每次回答都没有透露任何实质消息。最后，一名记者提出了这个问题：卡特的生命究竟遭到了哪些威胁？于是杰森宣布问答环节到此结束。

“我不会透露与当前调查有关的更多信息。我的家人感谢你们，我感谢你们能理解这些指责给我们造成的巨大影响。请你们继续支持我舅舅，并为他祈祷，直到这场噩梦结束。”

然后他直视前方，直视着下面的摄像机。“不要犯错。不然你就会被抓到，被绳之以法。对任何与此事有关的人，我们绝不手下留情。”

杰森从一排话筒前转过身，与福赛斯局长握了握手。这时记者还在不停地向他抛出问题。接着杰森与克里斯托瓦尔警探私下说了句话，同他握了握手，然后走上台阶，走进了法院。

福赛斯局长最后一次表达感谢，宣布发布会结束，跟着杰森离开了。

巴迪·博伊·皮尔斯很晚才在一家小餐馆吃早餐，这时他看到了一则简讯：

> 福赛斯局长将于今天上午11点召开新闻发布会，发布会与卡特·邓利维失踪有关。

再过不到一个半小时发布会就要召开了，巴迪不想错过发布会的内容，一吃完饭他就开车回家去看发布会了。

他做好了准备，等着发布会开始。然而，发布会结束的时候，他的慌张程度让他自己都不敢承认。他感受到了杰森·邓利维的当面警告。那个私家侦探这么快就找到了卡特，而那些警察一直毫无进展，这说明那个侦探特别擅长自己的工作。

现在巴迪也知道了，卡特雇了这个私家侦探去找在背后袭击他的人。巴迪觉得自己弱爆了。没错，有一次他割了刹车油管，还有好几次在路上撞了卡特，希望能干掉卡特。但这些做法应该都不会让卡特认定动手脚的是家里的人。巴迪开始怀疑城堡里发生了他不知道的事。他在那里有内应，但据他所知，没有人会把那个人与袭击卡特联系到一起。有些事不是巴迪干的，也不应该找到他头上。他正困惑时，手机响了。

“你好。”

“是我，打电话要告诉你，杰森·邓利维刚刚……”

巴迪打断了对方。“我都看到了。我想知道的是，除了我还有谁在办这事？”

“我不知道……”

这一否认激怒了巴迪。“放屁！”他喊道，“我不是傻子。我做的所有事都不会让邓利维怀疑是他家里人干的。我和这件事，我和你，都到此为止。我不想再跟这事扯上任何关系了。我可不想让达拉斯来的精英私家侦探盯上。我不干了。”

“你不能……”

“不，我能，而且我就这么做了。”巴迪说道，然后就挂断了电话。

在邓利维家里，留下的人仍然聚在电视房的电视机前。他们在公众面前上演了这样的家庭闹剧，让他们感到羞辱。迪娜开始担心，社交圈里的朋友们会不会对他们品头论足，肯尼斯则在替迪娜担心。

爱德华不关心别人会怎么看他，大多数人已经忘记了他的存在。

家里的工作人员和几名园丁都聚在厨房里看发布会。

他们都曾感到自豪，自己能在这个城堡里工作，能为邓利维家族服务，如果没有他们的服务，这些家族成员尽管生来富贵，却也不可能享受到这样奢华的生活。但现在，正因为他们在这里工作，他们每一个人都体会到了一定程度的羞耻和不信任。在罪犯被绳之以法之前，谁都不能洗清嫌疑。

有几位女佣流下了眼泪，男人们面红耳赤，沉默不语。新闻发布会结束时，他们互相对视，诚恳地点点头，然后开始做手头的活儿。

这群人里只有一个人一直感到不安，沉浸在内疚之中。为什么我要让自己卷入这件事？无论现在发生什么，我都完了。

过去的 30 分钟里，卡特大部分时间都在盯着埃里克光秃秃的后脑勺看，然后终于睡着了。

埃里克全神贯注。查理悄悄递给她一瓶水，她接过去，喝了一大口，又递了回去。

“谢谢。”她说道。

“不客气。”查理回答，然后靠在靠枕上，闭上了双眼，想象着再次见到安妮的情形。他们碰到一个小气旋时，他睁开眼睛，但只是瞥了一眼埃里克平静坚毅的侧脸，就又放松下来，继续闭目养神。

查理本以为这次飞行会花更长的时间，但是埃里克开始联系达拉斯国际机场的指挥塔台请求着陆指示，于是他意识到他们快到家了。

塔台开始向飞行员下达指令时，卡特惊醒了。他坐直身子，一边揉着眼睛赶走睡意，一边从侧窗向外看去。他做生意飞来飞去，也曾多次从上空俯瞰过达拉斯，但他这一生中还从来没在别人家里停留过一刻。他一直待在酒店、会议室、大楼里的会议厅。卡特并未忽视查理·道奇要与他分享自己安全舒适的家这个事实。

卡特刚认识查理，但他感觉到，有一天他们会成为好朋友。

卡特想到了友谊，而查理想到的是自己在机场停车场的车，接着又想到该不该建议卡特乔装打扮一下。突然，他听到了埃里克的声音。

“我座位后面有一只棕色小包。你送卡特回家前，可能会建议他用包里面的东西伪装一下。”

查理瞪大眼睛。“我刚才还在后悔没早点儿想到这一点。你又一次帮了我。提醒我给你加薪。”

他清楚地听到了埃里克发出的哼声。“我不需要加薪。把包递给他，看看你们俩能想出什么办法。我把直升机开回机库时，你们两个就得靠自己了。这一点并不令人乐观，我说的不会有错。”

查理笑得很开心，这让埃里克很吃惊，因为她说的所有的话通常都会让查理生气。埃里克皱着眉头，不想让他觉得好笑。她想让他保持愤怒，这样就不利于两人成为朋友了，所以她在剩下的航程里一直没理他们俩。现在，除了还需要请机场工作人员另派一名向导带他们离开着陆区外，她的任务已经完成了。

查理在帮卡特乔装打扮时，听到埃里克正帮他安排陪同人员。自从埃里克走进他的办公室应聘空缺职位以来，查理还是第一次对这个女人只有敬意。

埃里克着陆后，让旋翼继续旋转着，自己跳下飞机，不慌不忙地帮他们拿行李下飞机。

卡特停了一下，对她说谢谢。

“要谢查理，”埃里克耸了耸肩说，“是他派我来的。”

“这边。”查理说道。机场向导拿起他们的一个包裹，减轻他们的负担，查理让卡特先走，然后转过身。

“明天公寓见。你今天剩下的时间就休息吧。”

“你的委托人现在已经安全了吗？”

“你知道的，他还不安全。”

“那我一会儿就回你的公寓。”埃里克说。查理还没来得及争辩，她就坐进了直升机。

查理连忙扛起行李箱，追上卡特，而埃里克正全神贯注起飞。

她直接飞回机库，下午1点30分稍过，她着陆了。

埃里克开始下降时，本尼迎了出来。起落架一碰到跑道，她就开始关闭设备。她的肩胛之间一阵疼痛，太阳穴也是一阵痛，紧张感一点也没有缓解。

她之所以这样难受，一部分原因是飞机往返飞行，中间没怎么休息，实在太紧张了；一部分原因是她想到要和查理、邓利维同处一间公寓，还要尽力工作；但最重要的原因是，她在自己和老板之间建起的那堵心墙发生了变化。

她感觉这堵心墙不像以前那么高高耸立了，她需要和他分开。

她的生活中没有感情的位置，甚至没有友谊的位置。她除了生存之外什么都不关注，因此脚踏实地要容易得多。

该死的查理·道奇。趁我不注意，他就钻进了我的心。

她现在所能做的就是保持正常的距离。愿望和伤心的共同优点就是，它们都是隐形的。

她下了飞机，舒展疲劳的肌肉，猛吸一口德克萨斯州的空气。尽管这里离城市很远，她闻不到城市的气息，但她想象出了一股淡淡的木柴烟味和烤肉的香味。

“航程愉快吗？”本尼问道。

“愉快。接送都很顺利。我一取了车就马上回去。”

“好的，女士，我会把突击队员打扫干净，保养好，然后拉回机库里。祝你进城路上平安。”

埃里克把她的东西都放进一个背包，走进机库去取她的车。几分钟后，她开出车库，加快速度，像枪弹出膛一样从着陆跑道上冲了出去。

查理和卡特坐上了一辆机场货车，货车把他们带到了查理停吉普车的地方，货车一离开，他们就开始把行李装进车里。

“你可以让我来搬。”查理说道。

“站起来走动走动的感觉真好，”卡特边说边挠了挠他戴的假发，“从这里到你家远吗？”

“我们马上就会到家。我们出发前，你需要去一下洗手间或者喝点什么吗？”

“我可以走了，但是我饿了。你饿不饿？”

查理咧嘴一笑。“我吃得下。如果你喜欢吃炸虾和黄金玉米球，或者加了墨式德州烧烤酱的碎牛胸肉三明治，回家的路上有些不错的地方可以买到快餐。”

“既然你问我，那我就选碎牛胸肉。”卡特说道。

“那你漂亮的小屁股就坐进吉普车，我们出发。”

卡特听了这话笑了。“你的埃里克是纯硝化甘油，就等待一个震动点燃她。”

“噢，她根本不是我的。有时我觉得是我在为她工作，而且我确实提醒过你。”

卡特摇了摇头。“你不能提醒别人躲开闪电。”他说着，坐进了吉普车。

查理把车开出停车场，穿过收费站，然后径直来到他最喜欢的烤肉店。查理边吃边开车，很快就吃完了碎牛胸肉三明治，他从出口下了高速公路。直到进了停车场，查理才想起他不在家时收到的被盗珠宝。他的餐厅现在成了办公室，埃里克马上就会回到她的位置上，接听电话，安排约会，在查理的电脑上编着她自己的魔法咒语，从全球网络上搜寻隐藏的信息。

“我们到了，”查理把车开进他的停车位时说道，“这儿并不像城堡那么值钱，但这是我与埃里克日常搏斗后舔伤口的地方。”

卡特再次大笑。他和查理·道奇在一起的时间越长，就越喜欢他。内心柔软的硬汉很少见。忠诚的人，更是少之又少。

查理把车上的餐饮垃圾都拿了出来，扔在门口的垃圾桶里，然后回去拿行李。他们两个人一起动手，一次就把所有东西都拿进了屋里。

查理放下行李，解除安全警报。

“卡特，暂时把这里当成你的家吧。我想我不需要告诉你，不要用你的信用卡点餐或买任何东西。如果你想吃家里没有的食物，无论何时都可以告诉埃里克，她有用于公务的信用卡。总之，这样不会引起别人对你的注意。跟我来吧，我带你去你的房间。”

卡特拿起他的行李，跟在查理后面，查理边走边开灯。

“到了，走廊尽头的最后一个房间。”查理一边说，一边打开卧室的门，把灯打开。

“你有自己的浴室。电视机的遥控器在床头柜上。衣柜里有足够的位置挂衣服，梳妆台也是空的，所以你想用多大地方就用多大地方。如果你喜欢读书，客厅里有相当不错的悬疑小说精选。我不喜欢电子阅读器，还是喜欢捧着书读。”

“这个房间很棒，查理。已经很舒适了。”

“考虑到你现在的生活一团糟，准备一个很棒的房间不算难事。埃里克一会儿就来，她决定回来完成今天的工作。我还有邮件要查阅。你在公寓里随便坐，不要拘束。冰箱里有冰镇的长颈啤酒，埃里克不喜欢我买的啤酒，所以它们肯定还在那里。”

“我有点想试试这张床，打个盹。”

查理笑着说：“别客气。”说完他就走了，随手关上了门。

在卡特脱掉鞋子的时候，查理朝他的浴室走去。他找到了埃里克为他藏起来的包裹，打开了气泡垫，一件一件仔细检查珠宝。所有被偷的东西都在这里。查理仍然无法相信这一切，他不知道为什么这种事发生在现在。现在，安妮永远不会知道了，永远不会在乎了。

也许这就是应该吸取的教训。在他生命中曾有那样一个时刻，在那个时候，失去首饰对安妮来说是悲惨的事。而现在，她失去的是对现实的把握。

查理把包裹拿到他办公的房间里，放进保险柜，然后拿出自己的行李，把行李箱收好。他穿着短袜，离开了房间，悄无声响地在房子里走动。他回到了家的氛围中，一切看起来都和原来一样，但感觉却不太一样。也许是因为他知道卡特就在走廊尽头。

然后他又经过了充当办公室的餐厅，想到他离开的这几天埃里克每天都在这里，他叹了口气。

就是这样。

女性的力量。

在他吃饭的地方。

在他睡觉的地方。

这就是催促他尽快找到新地方办公的动力。

十一

不只是查理一个人在路上停下来买午餐，虽然这午餐有点晚。埃里克在离查理住处不远的一个小店点了一份碎猪肉三明治和一大杯甜茶。幸运女神给她留了一个靠近熟食店的停车位，她走进店里取餐。

她进店时没有人注意到她。但是当她在桌子间穿梭着走到柜台时，她听到了有人在小声嘀咕，有人低声评价起她的外表。她摘下墨镜，把墨镜挂在夹克里面衬衫的领口上，这时一名服务员走到收银台前。

“我能为您做些什么，先生？”

“我是女士，我来取埃里克订的餐。”

服务员脸红了：“对不起，我的意思不是……”

“把我点的餐给我就行了。”说着，埃里克伸手去拿钱包，这时她听到椅子与木地板摩擦的声音，然后听到身后传来脚步声。她警觉起来，下意识地保护自己。但她还没反应过来，就有人抓住她的胳膊，把她猛拉到自己面前。

“你不是女人!”

服务员从厨房跑出来。“你！坐回去，别骚扰她！”他喊了起来，但那人不理他。

埃里克比那个骚扰她的男人矮约 2 英寸，但她更年轻、更矫健。

“把你的手从我身上拿开。”她说道。

“你这个娘娘腔的男人，我不喜欢……”

埃里克一拳打在他的鼻子上，鲜血喷了出来，他大叫一声，双手捂住鼻子。

埃里克平静地付了饭钱，然后拿起食品袋，开始朝门口走去。她正伸手去抓门把手时，突然听到一声怒吼。

“小心，女士！”服务员喊道。

埃里克放下食品袋，举起手臂挡住第一击，但她的速度不够快，那人举着空啤酒瓶砸第二下时，她没能挡住。瓶子砸向她的脸，她闪身躲避，但瓶子还是斜着砸在了她头上，碎开了花。

埃里克往后一个踉跄，撞到墙上，随即把手伸到背后，从夹克里面抽出一把手枪，抵在那个男人的额头正中。

“你不会是我开枪打死的第一个人。”她的语调轻柔，而那个恶棍脸色变得煞白。

“我报警了！”那位服务员说道。

“我等着。”埃里克告诉他。

仅仅过了几分钟，她就听到了警笛声，警笛声越来越响，恶棍不安地挪动了一下身子。

“你他妈的别动。”她平静地说道，把枪管更用力地往他额头上顶了顶。

他呻吟着。

警察跑着进来了，看到她正举着枪顶着一个男人额头时，他们拿出武器，命令埃里克放下枪。

她把枪放在地板上，然后举起了双手。“我有携带枪支许可证，”她说，“许可证在我钱包里。你们要看吗？”

“是的，女士。”一位警官说道。在埃里克出示证件后，他点了点头。

“这不是她的错，”那名服务员说，“她只是想取单，这时这个家伙袭击了她。她只是自卫。她一拳打在他的鼻子上后，正准备离开时，他抓住一个啤酒瓶，追着她，用啤酒瓶砸她。”

埃里克头疼得厉害，她指着那袋食物，说道：“我可以拿过来吗？这是我点的。”

一个警官把袋子捡起来，递给了她。

“你的头在流血。你应该坐下来。”他说。

她没有反驳。那名服务员拿来了一把湿纸巾和一瓶水。一个坐在后面桌子旁的女人站了起来。

“警察，我是护士，我可以帮她吗？”

“可以。”他说。

埃里克肾上腺素激增，开始发抖。护士拿起湿纸巾，开始清理血迹，查看受伤的程度，埃里克一动不动。

在场的警察正在取证词，取完证词时，他们已经清楚地知道发生了什么事。

“你们打算拿他怎么办？”埃里克问道。这时警察正把戴着手铐的袭击者送到门外守候着的救护车那里。

“他有犯罪记录，他对你的所作所为违反了假释条例。他要回监狱了。”

“我现在可以回家了吗？”她问道。

“急救医生一给出你的检查结果，你就可以回家了。”警察回答道。

“我不需要救护车。”埃里克坚持说道。

警察皱起眉头。“你的头部受到了重击，可能会脑震荡。”

“我不会有事的。”埃里克说着，伸手去拿食物，这时另一个警察走了进来。他看了她一眼，又仔细打量了她一下，然后径直朝她走去。

“天哪。上次见你时，你刚用泰瑟枪打倒了一个人。大楼爆炸了，查理现在在哪儿工作？”

“在他公寓。”

“她老板是谁？”先前进来的那名警察问道。

“查理·道奇。”他回答道。

达拉斯警局里的每个人都知道查理·道奇是谁，现在他们都盯着埃里克，好像在说：这就是他的厉害助手啊！

“我要走了。”埃里克说。她拿起食物，匆匆走出门。

她把食品袋放在副驾驶座的地上，接着启动汽车，然后看着遮阳板背后的镜子里的自己。

“我没料到会这样。”她一边开车，一边喃喃自语。悲伤的感觉深入骨髓，但是再悲伤也都会过去的。

她终于到了目的地。她驶入停车场，开车一路穿过迂回的通道，一直开到九楼，停在查理的吉普车旁。

她关掉引擎，静静坐了几分钟，心里想着刚才发生的事情，然后看着后视镜里的自己。脸上的瘀青和头上的小伤口都无法遮掩，她讨厌现实中自己的样子。她怒视着镜中的自己，然后拿起食物和背包，下车了。

工作在等着她，查理也在等着她。

埃里克走到公寓门口时，都没想到要敲敲门。查理不在时，她一直想来就来，想走就走，所以她想都没想，就用钥匙打开门，走了进去。

门打开的时候，查理正在厨房，埃里克一踏进门槛，就意识到自己做错了什么。

“抱歉，不是有意吓你的。自从这里成了办公室，你一直都不在。看来我已经忽略了这里是你家这一事实。你是想让我回到外面再进一遍门还是怎样？”

查理看着她脸上蔑视的神情。“我是不会回答这句话，给你面子的。你去工作吧，做你的事情。”

埃里克关上门，咬紧牙关，拿着食物朝厨房走去。

她知道查理已经看到了她的脸。查理想拽住她的胳膊，但她走得很快，查理没拉到她。查理呆住了。

“出了什么事？”

“没事。”

“不是没事，”他说，“你的头被割伤了，脸颊上有一块瘀青。你摔倒了吗？”

“没有。”埃里克转身背对着他，说道。

“无论出了什么事，都不是我造成的，不要假装我们刚才没有在直升机里一起度过大半天。”

查理还没讲完，他的手机就响了。埃里克正好需要这个机会走开。

“你好。”查理说。

“查理，我是达拉斯警局的戴尔警官。你的助手和你在一起吗？”

查理抬起头。“在。”

“留心看着她，确保她没有脑震荡。她头部遭受了一次重击。”

查理紧张起来。“我看见了她头上的伤，但她不说。”

戴尔叹了口气。“她在比利店取外带订单，这时一个蠢货不喜欢她的外表，骂了她好几句，然后抓住她的胳膊，猛地把她拉到他面前。她一拳打在他鼻子上，然后拿着食物要离开，但那人拿着个啤酒瓶，跟在她后面。埃里克被砸到后，就拔枪指着他，这时我们到了。”

查理既震惊，又愤怒，这时他发现埃里克正看着他。他们凝视着对方。

“我会确保她没事的，谢谢你打电话来。”查理说完，放下手机，朝埃里克走去。走到她面前时，查理停了下来。“我很难过。”他说。

埃里克感觉要溺水了，她不会让任何人救她。她一定要让查理放弃。

“这种事不新鲜，”她说，“我要吃点东西再继续工作。”

查理感觉到她强烈的拒绝，强烈得就像是在把他的身体推开。如果这就是她需要的，那他不会改变她的规则。

他转过身，沿着走廊走向卡特的房间。门半开着，卡特正斜靠在床上看电视。

卡特看见了他，按了静音键，问道："怎么了？"

查理关上卧室的门。"我要出去一会儿，要在回来工作前看看安妮。埃里克刚到。她在路上停下买了些吃的，结果有人袭击了她。"

卡特在床上坐直了身子。"搞什么，袭击了她？为什么？她还好吗？"

"这跟她的外表有关。你能在我回来前帮我照看一下她吗？我得确保她没事。有人在她头上砸碎了一个啤酒瓶。她不肯说这件事，我得知道她有没有脑震荡。我很快就会回来的。"

"噢，天哪！"卡特说道，"好的，我当然会照看她。我不会跟她说什么，但会确保她还直着身子，保持着呼吸。"

查理朝卡特竖起大拇指，然后回到埃里克工作的地方。

"卡特正在卧室看电视。他需要或想要什么东西，就用公务信用卡买。既然你来了，那我就去见安妮。"

埃里克听着，没有说话，但他说完后，她给自己拿了瓶冷饮，坐下来吃起东西。查理头也没回，就走了。

对查理来说，当他把两人之间的门关上时，感觉就像是从一个需要帮助的人身边逃开。随它去吧。安妮是他的。安妮是他应该念念不忘的人。他想起了失而复得的珠宝，希望能把这枚当作信物的金戒指重新戴在安妮手上。但既然这不可能，那他就只好满足于见到她。和往常一样，在他动身去晨曦颐养院时，他的胃里就像打了个结，距离越近，结就打得越紧。

后来，查理才意识到，自己差一点就再也见不到安妮了，因为前面与他只隔了两辆车的车辆突然出了严重事故。

他急踩刹车，猛然变道，转到多车道高速公路的路肩。为了不卷入随后发生的连环相撞事故，他使出了自己的全部驾驶技巧。

一辆车翻了，碎片四射，更多的车朝另一辆车撞了上去，因为司机们都在试图避开那辆已经翻了的车。移动的车流立刻慢了下来，查理拨打了 911 报警。

司机们纷纷停下来，下了车，奔向六辆冒着烟的汽车，这些连环相撞的车占了 I–35 高速公路的三条车道。查理停在原地，不安地看着越来越混乱的局面。

然后查理透过烟雾看到了一个画面，让他放弃了一切自我保护的本能。

一个蹒跚学步的孩子正从第一辆翻倒的车里爬出来。她浑身是血，显然什么都不明白，因为在她站起来，看到一堆冒着烟的变了形的汽车时，她开始朝这些车走去。

转瞬之间，查理就从吉普车里跑了出来，他从来没跑过这么快，心脏每一次跳动时他都在祈祷，希望不会到得太迟。

当查理迅速抱起女婴继续奔跑时，她离一辆车溢出的燃油只有三步之遥，旁边那辆车迸射出点点火花。火花最终点燃燃油时，他跑到了一辆灰狗巴士较远的那边，然后就起火了，火焰一路直接烧回到汽车残骸。随之而来的爆炸震撼着查理脚下的地面，交通事故已经变成了人间地狱。

查理低头看着怀里的小女孩，想弄明白她身上的血是她的，还是曾和她在一起的人的。

之前她没有发出任何声音，但现在她开始哭喊：“妈妈，妈妈，妈妈！”一只小手紧紧抓住他的衬衫领子。

查理把她搂在怀里，在她耳边柔声说：“我抱住你了，小姑娘。

你没事了，你没事了。”

现在他听到了警笛声，一架直升机正在靠近事发地。媒体人员匆匆赶到，就像围着新猎物盘旋的秃鹰。查理想象得出从高处看这场面会是什么样子。每辆失事的汽车都着火了，火势越来越大。

查理又低下头看着那个女婴，他已经走到了远离热浪的地方。他今天不能去看安妮了，他命中注定要在这里，守护一名女婴。他在阿富汗经历了那么多可以要他命的事故，却还是活了下来，他相信这就是他的命运，这就是天意。

查理回头了看一眼，看到后面的车辆都已经被引导到了他们刚经过的出口坡道。他松了一口气。

他往远处望去，看到消防车和救护车闪烁的灯光越来越近，还看到警车疾驰而来。

他尽快跑回自己车上，拿了一瓶水和几包湿巾。他拉下汽车的后挡板，把手伸进车里，拿出一只夹棉睡袋，打开后抱着女婴坐到上面，她渐渐意识到发生了什么，哭得越来越厉害。

查理擦去女婴手上和脸上的血，她抽抽搭搭地哭着，不停地喊着：“妈妈，妈妈。”查理把那瓶水喂到她的嘴边：“宝贝，要喝点水吗？这是水。要喝点水吗？”

女婴吸了口气，张开了嘴。查理把瓶子倾斜了一下，往她嘴里倒了一点水，然后等着看她会不会喝下去。她喝了。

她伸手去够水瓶，查理又往她嘴里倒了一点水，这个动作重复了若干次后，她推开了瓶子。他把瓶盖拧上时，女婴又发出一声呜咽，然后把脸贴在查理胸口，把小脑袋埋在了查理下巴下面。

查理就这样坐着，小心翼翼地抱着女婴，尽可能让她贴在自己怀里，等待医护人员过来。

埃里克吃完了三明治，正准备给新客户打电话预约，这时卡特从走廊跑来了。

“快开电视！快！”

埃里克跑到客厅，抓过遥控器，对着电视按了一下。

“出了什么事？哪个频道？”埃里克问道。

“随便哪个本地台！查理上电视了。”

“你不是认真的吧？”埃里克喃喃自语，调到了全国广播公司下属的 KXAS 电视台，马上就看到了 I-35 高速公路上多辆汽车燃烧的画面。

救护车在现场，消防车和救援车也在现场。新闻主播正在播报传来的最新消息。

“……而且我们刚刚收到了有关之前播放的视频的最新消息。已经确认是查理·道奇救了那个女婴，他是达拉斯地区一位著名的私家侦探。”

“就是这个！”卡特喊道，“他们又播了一遍。我要说的只是你的老板真能跑。”

埃里克感到血往脸上涌，她坐了下来以免晕倒。视频开头，查理从他的吉普车中跳了出来，一路狂奔到那名女婴身边。看到附近一辆汽车的引擎盖冒出火花和浓烟时，埃里克的心开始怦怦直跳。然后，查理一个平稳的动作，把小女孩抓了过来，抱在怀里继续跑，一步也没停下。

他们躲到一辆陷入交通堵塞的灰狗巴士后面，然后消失在了视频中，接着就发生了爆炸。埃里克跳了起来，大叫道："啊，天啊！啊，天啊！"

"还有，等一下。"卡特说道。埃里克能听到新闻主播的声音，但听不到他在说什么。她眼里只有那个把血淋淋的婴儿抱在胸前从烟雾中钻出来的男人。播放到那婴儿把头埋在男人脖颈处时，视频就结束了。

"查理有孩子吗？"卡特问。

埃里克摇摇头。

"真遗憾，"卡特说，"他是当父亲的料。"

埃里克站起来，把遥控器递给卡特，回到他们的办公室。她拿起手机，启动了定位软件，在查理去丹佛之前，她就把这个软件装在他手机里了。

查理在移动，这意味着医护人员最后肯定带走了孩子。埃里克找到了他所在的街道和开车的方向，发现他正在往回走。

她在电脑前坐下，开始拨打他的电话，然后停了下来。她知道，如果现在开口，她肯定会哭的，所以她静静地坐着，直到情绪平复下来，然后返身回去工作。

卡特走到埃里克工作的地方，递给她一瓶冰镇的百事可乐。

"不用，谢谢。我很好。"埃里克说。

"不，你不好，但我不会告诉你老板。既然我觉得自己有能力说服你在工作时喝点东西，那我建议你来点带咖啡因的，有镇定效果。"

卡特把可乐放在她旁边的杯垫上，走开了。埃里克拿起可乐，拧开盖子，然后咕咚咚往下灌。可乐顺着喉咙而下，带来了烧灼感。等到查理回来时，她已经恢复了正常。她看到查理全身都是血，眨了眨眼睛，然后把目光从他身上挪开了。

“你上了电视，你身上的血是你流的吗？”

“真的吗？真是一团糟，不，这些都不是我的血。”查理说道。

“那名女婴还好吗？”她问。

查理从她的声音中听出了难以承受的悲伤。他仔细看了看她。

“他们是这样认为的。她身上的血都是她妈妈流的。她妈妈没能活下来，”查理说，“你还好吗？”

她点了点头。

“那好吧。”他说着，沿着走廊走开了。

埃里克听见他卧室的门打开又关上了，然后周围又安静下来，就像以前她一个人在这里一样。她深吸了一口气，回复了下午剩下的邮件，然后关掉了所有的页面，离开了。

上车之前，她先检查了车上有没有追踪器，而后离开了停车场。她的头还疼，需要一个人静一静。

麦克·杜林看了那场事故的视频。他认识查理·道奇。他知道埃里克为查理工作，也知道查理的办公室就在那座爆炸的大楼里。

他突然想到查理可能暂时在外面办公，尽管他不知道查理的住处，但这让他获得了追踪埃里克的新路径。这是他期待已久的突破。他需要知道埃里克居住和工作的地方，他发现得越早，就能越早得到另一笔酬金。

邓利维城堡内气氛阴郁。嫌疑是每天的关键词，这让迪娜感到不安。现在她知道卡特还活着，安全地在某个地方躲着，她不再焦虑，而是感到不耐烦。她希望这场闹剧赶紧结束，好让他们的生活回到常轨。肯尼斯说到了结婚以后搬出这个家的事，迪娜一想到要找房子就兴奋不已。

肯尼斯选了一辆阿斯顿·马丁的浅蓝色敞篷车当自己的生日礼物，他们明天要开着它去兜风。也许他们会开车去看看在售的房子。

露丝现在是家中最警觉的，对每个出入城堡的人都怒目而视。

爱德华基本上还是老样子。他知道卡特安然无恙，就与世无争了。

可是，感到有压力的是杰森。他希望舅舅回来工作，这样就能减轻他的工作量，而这只能等到对舅舅下手的人被关进监狱之后。

仿佛这还不够让人头疼一样，米兰达就要回丹佛了。他真地、真地不能再和她约会了。还有无数的女人在等着他，而这些女人都不会争着要当他的妻子。

晚餐时间到了。他们吃完晚餐，按照家里的习惯，一起在阅览室喝个睡前小酒。

调酒的是肯尼斯。他给杰森来了杯波旁威士忌，给爱德华来了杯金汤力。迪娜要了杯马提尼。肯尼斯最后给自己调了一杯酒，然后他们坐在自己的座位上，准备为这一天画上句号。

杰森坐在爱德华身旁，听他讲他和卡特小时候的一次恶作剧。虽然听到好笑的地方杰森都会大笑起来，并催促舅舅再多讲一些，但他也在用眼角的余光瞟着母亲和肯尼斯。他们两人的关系都是单方面的，这使杰森无比恼火。肯尼斯达到目的时就会献殷勤，遇到挫败时就像个蹒跚学步的小孩一样闷闷不乐。杰森想不通母亲看中了肯尼斯什么，他猜她看中的是陪伴，陪伴胜过其他一切。杰森叹了口气，移开目光。他不愿意把母亲看作是孤独的，他也不该干涉她。

爱德华终于讲完了他的故事，坐在椅子上，小口地喝着金汤力。

杰森正想去睡觉，这时他收到了一条消息，他看了一眼手机，忍住了骂人的冲动。米兰达到机场了。这意味着，明天她的消息会像潮水一般向杰森袭来，每一条都是问他们什么时候可以见面的。这条消息杰森没有回复，但他已经做出了决定。

“真是漫长的一天。我想我要上楼了。”他说道。

“我和你一起上去。”爱德华把杯子放在一边。

“晚安，杰森，亲爱的。”迪娜说道。

“晚安，母亲。”

“你不打算跟肯尼斯也道声晚安吗？”迪娜问道。

杰森没有回答就走了，但他接着就希望自己也和肯尼斯说了声晚安，因为他听到了母亲在为他的行为不停道歉。

查理洗完澡出来时，发现埃里克不见了。他站在餐厅里，打量着临时办公室，心想他需要让埃里克离开这个空间。不论出于什么原因，她待在这里都不自在，而查理和她在一起时也感到不自在。

查理的手机响了，他把手伸到厨房柜台另一端拿起手机。

“是查理·道奇吗？”

“是的，你是谁？”他问道。

“我是达拉斯市 KDFW 电视台的杰米·乔治。我们想知道你今天可不可以发表一份说明，谈谈你在今天的连环撞车事故中惊人的救援之举。”

“不可以，感谢来电。”说完，他挂断了电话。

不到 5 分钟，电话又响了，这一次，是达拉斯市 WFAA 电视台的现场记者打来的，他也提出了同样的要求，查理同样拒绝了他。

之后他把电话转到语音信箱，整个晚上都和卡特待在一起。他们在一家意大利餐馆点了餐，餐点送达后，他们一起坐在餐桌的一端享用晚餐。

他们随意聊了起来，但没过多久，查理就开始说正事了：寻找要杀卡特的那个杀手。

“从你跟我说的那些对你的种种攻击来看，他们的手法并不专业。更像是有人在碰大运，碰到机会就整你一下。你觉得呢？”查理问道。

卡特点点头，说：“同意，要不然我也不会过了这么久才意识到这些事件不仅仅是意外。”

“我一直在琢磨你摄入的砒霜。你确定是在晚饭后摄入的吗？”查理问道。

卡特又点了点头。“如果比这更早的话，我会在饭前或吃饭时感到不适。我就是吃晚饭后才感到不舒服。”

“你还记得那天晚上是谁在倒酒吗？”查理问道。

“记不清了。”

“好吧，那你睡觉前通常喝哪种酒？别人也会喝吗？”

“我喜欢吉布森，是杜松子酒和加洋葱的苦艾酒调的，我爸喜欢这种酒，影响了我，其他人，其他人没有谁喝这种酒。我总是那个……”卡特停了一下，继续说道，“啊！腌洋葱！它们存放在吧台下面的小罐子里。除了我没人吃过。”

“不错，”查理说道，“你可能已经回答了你是如何摄入了砒霜的问题，但我们得看看这罐洋葱是不是还在吧台后面。我晚点儿会给杰森打电话。我不想让他知道你在哪儿，所以我只能对他说，我和你保持联系，因为我正在处理你的案子。”

卡特放下叉子，身体前倾，胳膊肘搭在桌子上。在自己家里，他的举止可能不会这么不受拘束。

“如果是洋葱，那很可能是个女人。除了厨师，我没有男仆人，”卡特说道，“但如果是女人，刹车油管被割就不合常理。我不知道有哪个女人能做到这一点，但是在阅览室附近也不会有哪个男人能在那罐腌洋葱里下毒。”

“所以，也许有两个人。”查理说道。

卡特叹了口气，说：“真不敢相信我们居然在讨论这些。我树敌无数，但我从来想不到会有人恨我恨到想杀了我的程度。”

“心怀不满的前女友或前妻呢？”查理问道。

“我曾经有过一段持续很久的感情，但没有结果，那是多年前的事了，我没结过婚。我觉得，工作就是我的爱人。杰森是这个家里寻欢作乐的人。他总有一两个随叫随到的女孩。”

“这些女孩，是他带回家同家人共进晚餐的那种女朋友吗？”

“不是，”卡特说，“尽管她们总是想成为这种女朋友。这一段时间他一直和一个年轻女人约会。这女人看上他了，她是约翰尼斯·多伊奇的女儿，约翰尼斯·多伊奇在丹佛创建了多伊奇香肠这个品牌。当然，现在这香肠已经卖到国外去了，她父亲凭自己的能力赚了很多钱，所以她不太可能因为杰森的钱才抓住他不放。她家很有钱。”

“之前没有人提过她。”查理说道。

“那是因为她一直在欧洲，至少已经待了2个月，差不多3个月了吧。”

“她叫什么名字？”查理问道。

“米兰达·多伊奇。”

查理记在心里，准备让埃里克也稍微调查一下她。

他们吃完饭，查理叫卡特到客厅看电视，他开始打扫房间。厨房恢复整洁后，他走进办公室给杰森打电话。这时达拉斯市已经是10点多了，但丹佛市的时间要早一个小时，还不太晚，可以打电话。杰森终于接电话时，查理正凝视着办公桌上安妮的一张相片。

“你好。”

“杰森，我是查理。”

“一切顺利吗？”

“据我所知，一切顺利，”查理说，“我打电话是要谈你舅舅的案件。我和他保持了频繁的交流，我们最近一次交流时，我问了他中毒那晚的情况，想知道是谁倒的酒，每个人喝什么酒。他突然想起，自己是唯一一个睡前喝吉布森酒的人。”

“是的，是这样。家里没有别人喜欢这种酒。怎么了？”

“我希望你能下楼到吧台，去看看那里还有没有开了封的腌洋葱。如果还有，就拿去检验它是否含有砒霜。要是酒里有毒，那全家人肯定都会中毒，但是在一罐洋葱中下毒就没问题，因为你舅舅是唯一一个吃洋葱的人。”

“洋葱！对！这就完全说得通了。家里每个人都知道只有舅舅会把洋葱加在酒里。”杰森说道。

“如果那个罐子没有开封，就别动它，然后要告诉我。第一次下毒失败了，无论是谁干的，可能已经把下过毒的罐子拿走了，我们不要泄露已经掌握的信息。”查理叮嘱道。

“我现在就下楼，然后发信息告诉你。不是这种可能就是另一种可能。”

查理放下手机，等着杰森的信息。他伸手去拿安妮的照片。他拍下这张照片时，她正看着镜头，脸上的笑容真真切切。安妮已经很久没有这样看他了。

查理的思绪回到了当初，回到了安妮这样看着他、认识他、爱着他的时候……

“我想你，”查理说，“我想念从前的我们。”

几分钟后，杰森发来了短信。

是新罐子，没有开封过。

查理回了一条短信。

他们下毒失败，就销毁了证据。不要告诉别人。

查理把手机放进口袋，去和卡特一起看电视了。

埃里克到家不超过 5 分钟，手机就响起了信息提示音。是她的股票经纪人科恩发来的。

你炒的那个股票赚了，我今天在价格最高位时卖的。只今天一天，你就赚了 2000 万美元。

埃里克叹了口气。钱是容易挣的，难的是生活。她发过去一个竖起大拇指的表情，让科恩知道自己收到信息了，然后把手机放在一边，去洗澡换衣服。这是必不可少的程序。这对她来说是一种情感暗示，暗示现在可以做真实的自己了。不用穿皮衣，不用化妆，不用撒谎。

家里才是她真实地生活着的地方，她深信“求真使你自由”这条格言。

十二

巴迪·博伊·皮尔斯拒绝了与邓利维有关的工作，感觉浑身轻松，于是想去墨西哥北部的蒂华纳玩几天。也许出游几天后，这里的事情就会有机会平息下来。

他一个多小时前就订了个比萨，正惦记着他的比萨究竟到哪里了，这时门铃终于响了。

“该死的，怎么才到。”他咕哝着，拿起钱包朝门口走去。

但那不是比萨送货员。

“你?！搞什么！我已经不干了。我已经说了。”

“但我没说。”

巴迪皱了皱眉头，然后他看到了那把枪，还有消声器。

“不，不，不，我不会……”

枪声和巴迪额前的弹孔一样小，但血液和脑浆把他身后那把轻便躺椅弄得一塌糊涂。现在巴迪躺在了地板上，枪手不见了。

几分钟后，送比萨的人开车来了，他拿起比萨盒，朝房子走去。他迈过台阶，走向门口，这时突然发现门是半开着的。

“比萨外卖！”他喊道，但没人过来。他微微推开门，刚好能瞥见里面的情形。他看见地板上有一具尸体，额前有弹孔。

那一地的血让他感到窒息，接着他开始呕吐，吐在了门廊的一边。他缓过气后，冷静下来，拨打了911。

威尔玛·肖特一瘸一拐地走到公寓门口。谢天谢地，终于回到家了。她一进去就踢掉了鞋子。她脚疼。在邓利维庄园工作一整天后，她的脚总是会受伤。露丝一直建议她买双更好的鞋，但她提的建议总是让威尔玛恼火。她的鞋子好得很。她在那该死的城堡里整天跑来跑去，才会把脚跑疼的。但是现在她回家了，对她的小公寓充满了感激之情。她要做的第一件事就是尽情泡个热水澡。

她开始放水，然后回到卧室拿了一条运动裤和一件T恤，准备洗完后穿上。

她脱衣服时，浴盆里冒出了蒸汽。她把头发夹了起来，跨进水里，在浴缸里坐下。她闭上了双眼，沉浸在兴奋中。

“噢，天啊，真舒服。”

她向后靠去，头倚着浴盆的边缘，她全身泡在热水里，连骨头缝都透着慵懒。这些天来她一直在为自己卷入的麻烦伤脑筋。她自己都不敢相信，怎么会让自己陷入这般田地，会为卡特·邓利维制造意外，然后等着意外发生。这样做是应受谴责的。最大的诱因当然就是丰厚的报酬，但她显然不擅长做这些，因为卡特不仅活着，而且已经明白了有人想要他的命。

威尔玛叹了口气。她从来没有真地想让卡特死，她只是想要更多的钱。她就这样静静地躺在热水中，任凭思绪飘荡。失败不是她的错。她完全是按照雇她的人要求做的，没有多做，也没有少做。

她几乎要在水里睡着了，这时她听到外面响了一声，觉得这可能是洗碗机改变程序的声音。

没过一分钟，她又听到了这个声音，这一次她坐了起来，慢慢爬出浴盆，裸露的身体往下滴着水。她正伸手去拿毛巾，这时门突然向内打开了。

威尔玛尖声叫道："是你！你怎么进来的？你到这里干什么？"

"我配了一把你的门钥匙，我想你见到我会很高兴。"

"噢，我不高兴！"威尔玛嚷道，"离开我的公寓！"

"你看，威尔玛，我们说好了的，我给了你很多钱，让你办一件小事，而你却没办成。我来就是告诉你，我不再需要你帮忙了。"

"很好，"威尔玛喃喃说道，"一直都是我在承担所有的风险，这事结束了，我很轻松。"

"这根本没结束。我不再需要你了，但我不会留下一个活着的证人。"

威尔玛看到刀时倒吸一口冷气。"不！你走！你走！我不会说出去的。我怎么会自己去供认有罪啊？"

"抱歉，我不能冒任何风险。"

"不！我不会说出去的！"威尔玛喊道。她想逃跑，却被一拳打中了后脑勺。她跌回浴盆里，水溅了出来，洒了一地。她被这一拳打昏了，沉入水中，就在这时，袭击者割破了她两条手腕上的主动脉。

威尔玛吸入水后，恢复了知觉，开始咳嗽和喘气。眼睛里有肥皂水，她睁不开眼睛，于是向浴缸边缘摸索，这时她感到有一只手在头顶上，摁住了她。

“你干什么?”她尖叫着，抓着，拉着那只手，然后向上抓住手腕，试图挣脱。“你他妈疯了吗?”

过了几分钟威尔玛才发现水正在变红，然后她放开袭击者，看着自己的手，顺着血流，看到了两只手腕上的伤口。

“你做了什么？为什么？为什么?”威尔玛呻吟着，抓过毛巾，想止住割开的动脉里喷射出的鲜血。

“我什么都没做。而你却因为负罪感自杀了。”

“我需要帮助。打911。”威尔玛说着开始试着爬出浴缸，但她滑了一下，又沉到了水里。这一次浮出水面时，她觉得头晕。

“帮帮我,”威尔玛哀求道,“求你了。”

“抱歉，我无能为力。不过别担心。你留了张字条，为自己做过的事情忏悔。”

“不……”威尔玛发出了微弱的反抗声，那只手现在又回到了她的头上，把她按到水中。

她还在挣扎，水面冒出了红色的泡泡。在她快失去意识时，她用指甲挖着按住她的那只手，抠破皮肤，让血滴到了水里。

打斗结束了。行凶者后退一步，看着满地的血水，发现地上也留下了脚印，于是毫不犹豫地抓起威尔玛的毛巾，把脚印往水里抹掉，然后光着脚，提着沾了血的鞋子，离开了这间公寓。

过了一会儿，威尔玛浮上水面，眼睛睁得大大的，一动不动，头发缠成一团，从没取下来的发夹上一缕缕耷拉下来。

第二天早上，管理处对整栋公寓楼的走廊和储存室进行每月一次的杀虫剂喷洒。房间内部是每三个月喷一次药，但威尔玛要求过他们今天给她的公寓喷药，因为上一次喷药后她看到了两次蟑螂。她非常清楚，出现了一只蟑螂，跟着就会有一群蟑螂。

大楼管理员胡安妮塔·法戈敲了一下门。无人应答，她就拿专用钥匙打开了门。害虫防治技术人员跟着她一起进了公寓。

“麻利点”，胡安妮塔说，“这次只有这间公寓需要喷药，之后我要回办公室一趟。”

“好的，女士。”技术人员说。

技术人员总是从公寓后面开始喷药，然后一路回到门口，于是他开始沿着走廊走到卧室，先在卧室洒药。

他刚走开几秒钟，胡安妮塔就听到一声尖叫，然后这个男人跑回到走廊，满脸惊骇，眼睛瞪得老大。

“浴缸里有具女尸！”

胡安妮塔跑过去看，但只走到浴室门口就看到了血迹和尸体。是威尔玛·肖特！

“啊，天哪。天哪！”她惊叫着跑出了公寓，那个害虫防治部的人跟在她后面。她跑到大厅后停了下来，开始拨打 911。电话里传来一个男人平静的声音。

“这里是 911。你碰到了什么紧急情况？”

“我管理的一间公寓里有具女尸。我们发现她浮在浴缸里，到处都是血。”

“我有你的地址。那间公寓房号是多少？”调度员问道。

“是 233 号公寓。”

“请在现场等警察来，不要碰任何东西。”

“好的。”胡安妮塔回答，然后看到害虫防治技术员站在几英尺外，眼里还带着惊恐。

“很抱歉让你看到这一幕，”胡安妮塔说，“别再去那间房喷药了。把公寓楼其他地方喷完药就行了。勘查犯罪现场的警察可能会把这个地方的所有东西都采样，我们不该用杀虫剂破坏任何证物。我不知道要在这里耽搁多久，但如果你完成了任务，需要我在工作表上签名，就给我发个消息，我就会去办公室。不要离开大楼。警察可能会和你谈谈。

“好的，女士。”他如释重负地走到二楼另一侧的走廊，继续喷药。

凶杀案组的警探卡尔文·布鲁纳刚要到警署上班，突然接到电话，说一间公寓里发现了尸体，于是他改变了路线，直奔现场。他到那里时，警察和救护车都在，他迅速跟着一名警察来到这间公寓。

“那位女士就是发现尸体的经理，”警察说，“她叫胡安妮塔·法戈。”

“谢谢。”卡尔文朝她走过去。

“法戈女士，我是凶杀案组的布鲁纳警探。我知道你是大楼管理员。”

“是的，”胡安妮塔说道，“太可怕了，太可怕了。威尔玛·肖特是个很好的人。她在我们这儿租房快5年了，从没惹过一点麻烦。”

“你是怎么发现尸体的？”布鲁纳问道。

“今天是这个月喷洒除虫药的日子，威尔玛希望到她公寓里喷喷药。我让技术人员进去时，发现了她的尸体。”

布鲁纳皱起眉头。“在那之前，他有没有在这间公寓的其他地方喷药？”

“没有，他总是从公寓后面开始，往前喷药。就在他穿过走廊走进她卧室时，他看到了浴缸里的尸体。他大叫一声，然后就跑了出来。他告诉我看到了什么，于是我跑去查看，但是只走到了浴室门口。我们俩都没进去，我让他去公寓楼其他地方喷药了。”

布鲁纳警探点点头，边问边做记录。

“肖特女士结婚了吗？”

“没有。”胡安妮塔回答。

“有男朋友吗？”

“据我所知，她没有男朋友。”

“你知道她的紧急联系人或者近亲的名字吗？”

“知道，她的房屋租约上有。等你结束这里的工作后，如果顺道来我办公室，我可以向你提供这些信息。”

“谢谢。”布鲁纳说。

“我现在可以走了吗？”胡安妮塔问。

“可以，但我一会儿会下楼，找你看那个租约上的信息。”

“我会准备好的。”胡安妮塔瞥了这间公寓一眼，打了个哆嗦，继续说道：“我很难过，真不敢相信会发生这种事，还发生在我们公寓楼里。”

她离开了这间公寓，以最快的速度向楼梯间走去。

布鲁纳看到一名穿制服的警官守在门口。

“有强行进入的迹象吗？”他问道。

“没有，先生，”警官说，“我们什么也没发现，只发现床上有一封遗书。”

布鲁纳把几只一次性鞋套套在鞋子上，走了进去。这间公寓很小，但干净整洁。他沿着走廊走到单人卧室，然后向浴室走去。

他一看到尸体就皱起了眉头。水是红色的。她在浴缸里失血过多，这可能是自杀，但地板上有很多水，还有一条血淋淋的毛巾。看起来就不太像是自杀了。在布鲁纳看来，好像有人之前和她一起在这儿，一边出去一边试图用毛巾擦掉足迹。

他转过身来看着床边的字条。他没有把字条拿起来，而是弯下身去看。

我不能再内疚地活下去了。告诉邓利维一家，我对不起他们，我试图伤害卡特。他对我总是那么刻薄，我只是想报复他。

布鲁纳猛地直起腰来。“妈的。卡特·邓利维！”这张字条是为自杀做证的，但他又觉得她可能是被人谋杀的。他听过杰森·邓利维在法院前发表的声明，立刻明白了这意味着什么。“真是屁话，”布鲁纳骂道，“有人想让她闭嘴。”

犯罪现场组的人到了，布鲁纳听到了他们在说话，然后他们来到了他身后。

“哇，布鲁纳。你来得真快。”

“接到电话时，我正在路上。我看这不像是自杀，地板上都是血水，还有一条血淋淋的毛巾。看起来她好像打了一架。也许我们能幸运地在那条该死的毛巾上找到带血的指纹。然而，床上的字条将这个女人和卡特·邓利维的失踪联系到了一起，所以不要错过任何蛛丝马迹。卡特·邓利维是局长的朋友，这起案子可能和想杀他的人有关。”

“我们去取证物，你去找目击者。”技术人员说。

布鲁纳点点头，然后退了出来，把现场交给他们。他在走廊里脱下鞋套，下楼去取受害者的信息，也打算和发现尸体的害虫防治人员谈谈。

露丝和彼得主厨正在厨房里，这时她的手机响了。她从口袋里掏出手机，看到来电显示，皱起了眉头。

“到底是怎么回事？”她喃喃自语。

“怎么了？”彼得问道。

“是警察局。我还是接吧。”彼得在用搅拌机，声音很响，露丝走到一边接听了电话。“喂！我是露丝·芬威。”

“芬威女士，我是凶杀案组的布鲁纳警探。资料显示你是威尔玛·肖特的紧急联系人。”

露丝的心跳停了一拍。“没错，我是邓利维家的管家，威尔玛是这里的雇员。她出什么事了吗？我们一直觉得奇怪，因为这个时候她通常都到了。”

“很遗憾，我不得不告诉你，今早有人在她的公寓里发现了她的尸体。”

露丝惊呼起来，彼得跑了过来。

“不！啊，不！”露丝说着，然后就哭了起来。

“女士，你知道她还有什么亲人吗？”

“她母亲住在养老院，但老人神志不清。你没法告诉她这样的消息。”

“不会告诉她母亲的，女士，当然不会。她是威尔玛唯一在世的亲人吗？”布鲁纳问道。

“没错。”露丝边说边接过彼得递给她的那把纸巾。

“她结过婚吗？”布鲁纳又问。

“据我所知，她没有结过婚，也从来没听她提过有男朋友。噢，天啊，我真不敢相信！”露丝哭着说。

“邓利维先生还在家里吗？”布鲁纳问。

“是的，先生。这家人随时都可能下来吃早餐。”

“请他给我回个电话，你能记一下我的号码吗？”

“可以，请稍等，我去拿笔和纸。”露丝跑回厨房，从抽屉里掏出一沓纸和一支笔。“好了，我准备好了，”她说道。

布鲁纳给了她手机号码，并重复了他的名字。

“我知道了。”露丝说道。

“谢谢你。”布鲁纳说完就挂断了电话。

露丝的手在发抖，彼得还在她身边，等着她解释。

“怎么了？”他问道。

“今早有人在威尔玛的公寓里发现了她的尸体。”

彼得倒吸一口气，说：“不！噢，我的天哪！发生什么事了？为什么？”

“警探没有说，但他要杰森先生给他打电话。”泪水又一次溢满了露丝的眼眶。“我不敢相信！这没道理啊。一点都说不通。”

彼得抱住了她。“这是个坏消息，我很难过。”

露丝点点头。“我也是。我得找到杰森先生，把消息告诉他。”

不出杰森所料，米兰达一早上把他的电话打爆了，但他比平时更专注地精心打扮。他筹备了一次会议，要与董事会成员交谈，确保他们了解有关他舅舅的情况。

但是米兰达不停地给他打电话，最后他终于明白，除非亲自和她说话，否则他不得安宁，于是米兰达又一次打来电话时，他接听了。

“我是杰森。”

“亲爱的！终于打通了！我一直在给你打电话。”

“我知道，我们得把话说清楚。卡特舅舅不在，我不是只打理一家公司。我要打理三家大公司，还有几家子公司。我很忙。所以如果我不接电话，我认为你应该明白我为什么不接电话。”

杰森听到米兰达深吸了一口气，然后，当她做出回应时，他从她的话语里感受到了愤怒。

“这是个可怕的回家欢迎仪式。这不是我想从你那里得到的。你已经放弃了我们的婚礼计划，现在你对我就像对待乞求嫖客的应召女郎一样。”

他犹豫了很久，好让米兰达在他回答之前做出选择。

“从来没存在过的东西，何谈放弃，我不想再听到任何与婚礼有关的话，明白吗？我从未向你求过婚，也从未暗示过要和你订婚。说真的，米兰达，我觉得我们应该分开了。你想从我这里得到的东西远远超过了我要回报给你的。我们在床上配合得很好，对我来说只此而已。”

电话里的尖叫声震耳欲聋，随后的咒骂声粗鄙得像是从排水沟里冒出来的。杰森龇牙咧嘴地挂断了电话。这并不美好，他也不喜欢，但让他轻松的是，这一切终于结束了。

杰森回到镜子前调整好领带，这时有人开始敲他的门。他从卧室套间走到客厅。

“请进。”他说道。

门开了，是露丝，他看得出她一直在哭。

“露丝！怎么了？”

“噢，杰森先生，凶杀案组的布鲁纳警探刚给我打了电话。今早有人发现威尔玛死在她的公寓里。布鲁纳警探说他要尽快和你谈谈，这是他的电话号码。”

“威尔玛死了？我很难过，露丝。太糟糕了！啊，等等！你说的是凶杀案组。他们认为她是被谋杀的吗？”

“我不知道。布鲁纳警探问我她有什么亲人，我当然告诉他，她的亲人只有她住在养老院里的母亲。她母亲已经认不出人了，所以没必要通知她。我猜阿内塔、路易丝和我是她最亲近的人。”

“也许布鲁纳能给我们解答更多的疑惑。如果有什么新发现，我会告诉你们的。”

“谢谢你，杰森先生。对了，早餐准备好了。”

“谢谢你，露丝。我马上就下去。”

“好的，先生。”露丝说着，匆匆离开了。

杰森低头看了看纸上的名字和号码，然后回头去拿手机。拨号之后，电话很快就有人接了。

“我是凶杀案组的布鲁纳警探。”

“警探，我是杰森·邓利维。我们管家刚告诉我要给你打电话。你为什么要跟我谈？”

“威尔玛的床上有一张字条，内容显然是想暗示她是自杀的，但浴室里发生过打斗，而且似乎有人离开时擦掉了带血的足迹。”

“你是说她是被杀的吗？”

“看起来像这样。不管怎样，这都会影响到我们手上你舅舅卡特·邓利维的那桩案子。”

“天哪，一想到威尔玛当时的恐惧我就觉得难过，但为什么这和卡特舅舅的案件有关？”

“公寓没有强行进入的迹象，因此我们认为是熟人作案，所以我要和你谈谈。留下的字条上写得清清楚楚，威尔玛承认自己是一直在你舅舅生活中制造意外的人。”

杰森惊愕地退了一步，然后一屁股坐在了床上。

“什么？不！为什么啊？她说了原因吗？”

“说卡特总是对她很刻薄，她厌倦了，想杀了卡特。”

“噢，这不是真的。我实话实说，在这里工作的人都是卡特舅舅亲自挑选的。我们很感激他们，总是关心他们，尊重他们，对待他们很友善。”

“好的，但我和克里斯托瓦尔警探谈过了，是这位侦探写的失踪人员报告。所有的人都同意你舅舅的观点，就是他生活中的意外事故一定有内部的人参与其中。可能威尔玛只是部分参与，有人对她失手感到不满，所以就除掉了她，免得暴露自己的身份。”

“我真不敢相信，”杰森说道，“我会联系查理·道奇，也把这个消息告诉他。卡特舅舅雇了他来查清这一切的背后主谋究竟是谁。”

“克里斯托瓦尔提过他。”布鲁纳说道。

“那么，我们要做什么？”杰森问道，“威尔玛的尸体怎么处理？”

“尸体会在法医工作室进行尸检。说这些都还早，但是因为有这张字条，我们需要先告知你。无论如何我都不相信你舅舅面临的危险已经消失了。”

“谢谢你通知我们，”杰森说道，“一有新消息就请告诉我们。卡特舅舅的生命安全就靠我们知道的这些消息了。”

“好的，明白，”布鲁纳说，“我们保持联系。”

杰森挂断了电话，然后坐在那里凝视着地板，不愿相信发生的事。他们知道威尔玛是独生女，母亲在养老院里生活，她工作一直很认真，但是除此之外，他们对她到底了解多少呢？

杰森摇摇头，把手机装进口袋，下楼去吃早餐。必须告诉家人，仆人也需要知道警察的看法。他连杯咖啡都还没有喝，这一天就已经越来越糟了。

肯尼斯和迪娜是第一批到早餐室的，但他们都没有注意露丝安静得不同寻常，也没有注意到她红红的眼圈。在他们眼里，她只是仆人，无足轻重。

接着爱德华到了，他白色的手杖在地面敲着探路，露丝匆匆朝他走过去。

“早上好，爱德华先生。需要我陪您到您的座位那儿吗？”

他没有像往常一样答应，他停住了。

“露丝，我听出了你语气里的悲伤。”

“是的，先生，”露丝说道，“先生，这边。”她领着爱德华到他的椅子边。“今天早上想吃鸡蛋还是薄饼？”她问道。

爱德华坐了下来，但他不想让露丝掩饰情绪。

“请给我涂着彼得牌蓝莓酱的薄饼，还要一片培根，”然后他又说，“无论你为什么伤心，我都很难过。”

“让露丝伤心的事会让我们大家都伤心，”杰森这时匆匆走进早餐室，接着爱德华的话说道，“大家早上好。露丝今天早上收到令人伤心的消息了。我们一位仆人昨晚去世了。”

迪娜倒吸一口气。“噢，天哪！是谁？”

“是威尔玛，”杰森回答道，“通知露丝的那位警探给我留了条消息。让我给他打电话，我刚这么做了。”

露丝把食物拿给了爱德华。“您的煎饼在碟子中间。按您要求，煎饼涂上了黄油和蓝莓酱，切成了块。我在碟子上放了两片培根，它们在9点钟方向。两片您都要吃掉。”

爱德华露出微笑。“好的，女士。”他说着，小心翼翼摸索着碟子，确定碟子是怎么摆放的。闻见露丝倒咖啡的清香时，他深深吸了一口气。

肯尼斯站起身，为迪娜准备一碟食物。杰森依然站着，等着时机讲话。

“威尔玛死亡有什么大疑团？”肯尼斯问道。

“她不是简单地死了。警察认为她是被杀害的，”杰森说道，“据侦探描述，床上留有一张自杀遗书，但他们并不相信这封遗书。”

迪娜皱了皱眉头。“真是的，杰森！我们正在这里吃饭呢。”

杰森拍着桌子，晶质玻璃制品哐当作响。“去他妈的早餐！我们认识的一个女人被杀了，布鲁纳警探认为威尔玛和卡特舅舅遭遇的意外有关。就像我说的，那里有一张自杀遗书，但警方排除了这种情况。布鲁纳怀疑，是收买威尔玛除掉卡特舅舅的人因为没能让卡特死在那些事故中而感到不满，所以她被杀是为了封口。

露丝难以置信地捂住她的胸口，倒在盛放早餐的餐具柜后面，晕了过去。

杰森低声叹息。他不该这么无情地脱口而出。他抱起露丝，把她抱出早餐室，带到员工休息室。

彼得转过身去看是谁进来了，然后朝他们跑去。

“露丝！噢，不！发生什么了，杰森先生？”

“她晕倒了。恐怕还有更多关于威尔玛去世的坏消息。威尔玛可能是家中对我舅舅下手的人，有人为了封她的口，就杀了她。至少警察是这么认为的。”

彼得显然惊呆了，但还没等他开口，露丝就呻吟起来，她要醒过来了。

“她需要一个地方躺下。”杰森说道。

“我们休息室里有一张躺椅。”彼得提议道。

“好的！”杰森把露丝抱到躺椅那里。

杰森把她放在躺椅上，这时路易斯走进休息室，冲到床边。

“露丝怎么了？”

“她晕过去了，”彼得说，“杰森先生，交给我们吧。谢谢您把她带过来。”

他们围着床转来转去照顾露丝，杰森往后退了退。就这样走开不太妥当，但他能感受到他们不太自在，因为他们习惯的是照顾他，而不是被他照顾。

“这个早晨真是太糟糕了。如果需要救护车就告诉我。”说完，杰森走回早餐室去拿手机。

他正要离开早餐室时，母亲喊道：“杰森！等等！你不吃早餐吗？”

“我没胃口了。”他说着，走进办公室，给查理·道奇打电话。卡特舅舅需要知道这件事，只能通过查理找他。

十三

查理正在做火腿芝士煎蛋卷，这时门铃响了。他把锅从炉子上移开了一会儿，走过去开门。

是埃里克。她头上的伤口已经结痂了，脸颊上的瘀青颜色也更深了。但是眼眸闪闪发亮，扬起的下巴是无声的警告，警告他不要提别的事。她需要一个拥抱，但她肯定不会接受，所以查理反而觉得有必要冒犯她一下。

“下次用你那该死的钥匙。”他说着又跑回去，赶在煎蛋卷糊锅之前救下它。

卡特走进厨房，看着查理和埃里克两人脸上那冷漠的表情，不禁好奇他们怎么会配合得如此默契。

“早上好，埃里克。”卡特说。

“早上好。”她转身脱下配有黑色辫状饰带的绿松石色短夹克，搭在她的椅子背上。她用金色眼线笔勾勒过的绿松石色眼影十分醒目，金色的唇膏闪闪发亮。她的齐膝长裤和短夹克很搭，两条腿的外侧裤缝垂下了同样的黑色辫状饰带。她穿的黑色及膝长靴的鞋跟有

3英寸高。如果再有一件红色披肩和一击致命的剑，她简直就是个斗牛士了。她的夹克衫里套了件白色半透明的衬衫。她之所以穿这件衬衫，可能是因为透过这布料能很明显地看到她整个前胸的龙文身，从而产生震撼效果。查理怀疑埃里克是故意让他们心神不宁，这样才好让他们离她远点。

她在键盘上看到了查理写的字条，就拿了起来。

“米兰达·多伊奇是谁?”她问道。

查理把煎蛋卷盛到碟子上，然后抬起头来看着她。“是杰森的女朋友，几个月前就出国了。我之前不知道她的存在，我不希望以任何方式忽视与这个家族有关系的任何人。只要搜索基本背景信息就行。”

埃里克想在工作前喝杯咖啡，但是厨房里的工作空间很小，她等着卡特和查理让地方。

这两个男人把碟子端到餐桌的另一头吃，他们一让开地方，埃里克就把咖啡杯倒满了。

查理早就知道埃里克胸前有文身，因为他经常会看到零星的图案。至于看到什么图案，完全取决于她穿什么衣服。但是现在，透过这件衣服，查理能看到整个文身、他深受震撼。龙的色彩美得惊人，但它象征着危险、权力和愤怒。

就像战争。

他了解战争。

他坐了下来，不再看她。

卡特看到了文身，心里非常好奇，却没忘记之前称赞她时被她教训了一番。他认为沉默才是更好的选择，于是拿起叉子，享受地闻了闻他的煎蛋卷。

“卖相不错，闻起来也很香。”卡特说道。

查理耸了耸肩。“我会基本的厨房技能，我更擅长烧烤。安妮和我还在一起的时候，我每周至少要烤两次，但现在不烤了。住在公寓，只能这样了。”

卡特咬了一口，边嚼边点头称赞：“真好吃。谢谢你。”

“不客气。”查理说。

埃里克倒了一杯咖啡，然后开始工作。

几分钟里，屋内只有快速敲键盘的声音，以及餐具偶尔碰在盘子上发出的叮当声。

查理吃完了煎蛋卷，站起来给他们加咖啡。

“嘿，埃里克，还要倒满吗?”他问道。“不用了。”她简短地回答。

查理把玻璃杯放回到桌子上，正要去收拾空碟子时，他的电话响了。他瞟了一眼。

“是杰森，”他说道，“卡特，记住，不要说话。”

查理接电话时，卡特朝他竖起了大拇指。

“你好。”

“查理，我是杰森·邓利维。你有空吗?我们这边发生了一些事，让卡特舅舅的处境变得更加复杂了。”

“等等，我要开免提，这样我的助手也能听到。”

查理把电话切换到免提模式，埃里克停止打字，侧耳倾听。

“好了，我们准备好了。发生了什么?”

“你还记得你第一次来我们家时询问的那些仆人吗?”

“记得，你的管家露丝，主厨彼得，还有三个女仆，路易斯，阿内塔还有威尔达……不，是威尔玛。”查理说道。

“没错，我们今早接到电话说威尔玛死在了她的公寓里。警方认为这表面上是一起自杀事件，但是现场留下的证据显示有人袭击她，所以不能证实留下的字条上的信息。”

卡特显然惊呆了。

查理再一次示意他保持安静，卡特点了点头。

“什么字条，写着什么？”查理问。

“基本上是承认，卡特舅舅生活里的所有意外都是她设计的。说卡特总是很刻薄，对她很不好，说她终于受够了。这借口肯定说不通。我们立刻就知道这是谎言，犯罪现场的一些迹象也表明这字条有问题。”杰森说道。

“听起来就像是，卡特平安逃脱了，幕后指使者无论是谁都会感到不悦，所以把唯一能指认他的人灭口了。”查理说道。

“这也是负责调查的警官的设想。我需要你告诉卡特舅舅这个案子的最新情况。现在警察有了一条侦查的新线索。威尔玛有个上了年纪的母亲住在养老院。她母亲谁都不认识了，需要 24 小时护理。我个人认为，如果这种情况属实，那么威尔玛很可能是为了支付她母亲的护理费用，才同意对卡特舅舅下手。这里每个人都很伤心，你能想象得到。”

“你有威尔玛的个人信息吗，比如她的社会保险号码和出生日期？我会让我助理马上去查，看看我们从这个方面会有什么发现。”

“当然有。我现在给我的会计打电话，让他把信息发给你。”

“谢谢。”查理说。

电话一结束，卡特就爆发了。“我真他妈的不敢相信！”然后他转向埃里克。“原谅我说出这种话。这太让人惊讶了。”

“没什么需要原谅的，”埃里克说道，“你想让我继续调查米兰达，还是集中精力调查谋杀案的受害者？”

“肯定是调查威尔玛。”查理回答。杰森的短信发过来后，他把威尔玛的个人信息给了埃里克。埃里克活动了一下手指，开始建立名为威尔玛·肖特的全新文档。

米兰达·多伊奇的电话被杰森挂断后，她继续骂骂咧咧，内心的愤怒转为震惊，而后转为怀疑，接着是愤怒中夹杂着失望。她看着镜中的自己，想知道自己身上哪点不讨男人喜欢。她知道自己很完美。她金粉色的头发和五官都像她母亲，但她个子更高挑。她身材匀称，智商足够应付任何社交聚会。

在她从阁楼上翻出母亲的一本旧日记之前，米兰达一直都非常快乐，她没有不快乐的理由。然而，在日记中读到关于她母亲的社交生活、女性朋友、大胆出轨却从未被发现的内容时，米兰达难免感到沮丧。

她母亲订过一次婚，然后婚约就取消了。取消婚约几个月后，约翰尼斯向她母亲求婚了。想到这些，米兰达叹了口气，奇怪那个沉默寡言、骨瘦如柴的屠夫到底有什么魅力，能吸引她母亲这样活泼的女人。母亲红颜薄命，但生命中的每一天都没浪费。米兰达没有闺蜜圈，没有前男友，现在甚至连新男友也没有了。除了父亲，她不属于任何人，她想要得到更多的东西。

她气急败坏地抓过钱包和车钥匙，和谁都没有讲话，就冲出了家门。她不敢相信这种事竟然发生了。她和杰森之间没有出一点差错，或者说她之前是这样认为的。然而，现在她发现这是自己一个人的恋爱，感觉好像脸上挨了一记耳光。

米兰达的手机响了，是她父亲打来的。她正从入口匝道驶入高速公路，电话转到了语音信箱。一直开下去的想法很强烈，但这就成了逃兵，父亲不赞成当逃兵，米兰达也不想当逃兵。父亲为自己想要的东西奋斗过，米兰达也要为自己想要的奋斗。尽管现在她的计划和幻想都泡汤了……带着叛逆的冲动，她摇下所有车窗，调到了天狼星广播电台，找了份最老的歌曲播放列表，把油门一脚踩到底。《地狱公路》的歌声震耳欲聋，她的车速达到了每小时100英里。

雷伊·加尔扎在公寓的厨房里，一边吃着水果馅饼，喝着早餐咖啡，一边看新闻节目，这时手机响了。他低头看了一眼来电显示，扬起了眉毛，然后接了电话。

“喂？”

“为了10万美元，你会做出什么事？”

他皱起眉头。“你在开玩笑吗？”

“没有。”

“噢。你的意思是你要某人的命。”他说道。

“没错。”

“嗯，那么，为了10万美元，我可能会杀了我的亲生母亲，不过她已经死了。这是你想听到的吗？”

“是的。我要杰森·邓利维死。马上去庄园。他出发去上班时盯着他，跟在后面。等你找到合适的时间，就干掉他，然后消失在车流中。之后我们直接在樱桃溪水库见面，我给你现金。”

“他开的是什么车？”雷伊问。

“一辆红色的菲亚特。”

“我总是提前拿到酬金。”雷伊说。

“没时间了，我给你20万。”

“成交，”雷伊说，“但你如果不付钱，我会找到你的。明白吗？”

电话挂断了。

雷伊喝下最后一口咖啡，跑进卧室拿枪，他把枪塞在牛仔裤的腰带里，离开房子。他开车冲出公寓楼群，朝格林伍德村驶去。他不止一次开车经过那座城堡，所以知道它在哪里。丹佛所有的人可能都曾开车经过那座城堡，哪怕只是为了看看它。

雷伊以破纪录的速度到了格林伍德村，他不知道杰森是否已经去上班了，他只能坐下来干等。所以他把车停在了街边，让自己能清楚地看到出车道的情况。

令他意想不到的是，他并没有等很久。几分钟后，一辆红色的菲亚特牌汽车从车道里驶出，然后左转。

雷伊发动了汽车，跟在后面，他保持了足够远的车距，以免杰森注意到他。他跟着杰森行驶在高速公路上，从同一个出口下高速，向市中心的邓利维大楼开去。时间不多了，交通状况很糟。但是现在雷伊知道杰森要去哪里了，他凭直觉提前转过几个街区，开进了一条小巷，然后又转了一个弯，希望能和杰森的车出现在同一个红绿灯下，而他正好在交叉路口上。

然后，他会随机应变。

4小时后，米兰达回到家里。她的双眼哭得红肿，头发乱蓬蓬的。

约翰尼斯在走廊里撞见了她，抓住了她的胳膊。

“你去哪儿了？我很担心。电话我打了一遍又一遍，你都不接。我还以为你出事了呢。”

“我确实出事了，父亲。杰森甩了我。显然，我床上功夫很好，但没好到能结婚的程度。”

她父亲先是让她吓了一跳，然后就生气了。无论他变得多么富有，总会有更有钱的人看不起一个卖香肠的。

约翰尼斯不擅长表露情绪，他听女儿随口谈着性爱，显然感到不自在，但米兰达知道他因为她伤心而感到伤心。约翰尼斯把她抱在怀里，拍着她的背，就像她是婴儿时那样。但那时只要拍几下背，她打个嗝，就没事了。约翰尼斯不知道成年女性流泪时应该做点什么。

“别哭。如果他是那种人，那你现在发现了更好。”

米兰达抽泣着。

约翰尼斯把自己的手帕递给她。

她拭去眼泪，然后擦了擦鼻子，把头靠在他的胸口上。

“我爱过他。我感觉遭到了背叛。我不知道我哪里不好，为什么找不到一个爱我的男人。我真希望我从没来过这个世界。”

“好了，好了，亲爱的。你的宾尼过来了，让她送你回床上吧。我去给医生打电话。”

米兰达朝管家转过身。她失去了母亲之后，管家宾尼就成了她母亲的替身，顺着管家安慰的话语，她回到自己的房间，躺到床上。

约翰尼斯匆匆赶到办公室，给他们的私人医生打电话，告诉医生发生的事情。医生同意给米兰达开张处方，说会把药送过来。

“谢谢你。”约翰尼斯挂断了电话。

他要想想自己能为米兰达做点什么。他能给她买点什么东西，才会让她摆脱这种情绪呢？他在办公室待了差不多一个小时，然后也没回去看她。他不知道该和她说什么。

没过多久，药店就送来了处方药。约翰尼斯打开袋子，发现是安定药，他皱了皱眉头，叫宾尼过来。

“先生，您需要我做什么？”宾尼问道。

“这是米兰达的处方药。请拿给她，按剂量给她服用，看着她把药吃了，然后把药瓶拿回来。”

“好的，先生。”宾尼匆匆离开了。

但约翰尼斯不知道的是，在失落之后，米兰达由于成为家人关注的焦点，情绪已经恢复过来了。管家走过来递给她两粒安定药时，她高高兴兴地把药吃了，然后就晕晕沉沉地睡着了。

第一次从米兰达口中得知她在和杰森·邓利维约会时，约翰尼斯预想的完全是另外一种结局。几个月后，她宣布要去欧洲买嫁妆时，他真是说不出有多高兴。她终于快要结婚了，她都快30岁了。终于，一场婚礼指日可待。

他想象过女儿嫁入美国最富有的家族之一是多么幸福。现在却是这种情况。他花了那么多钱，事情却并非他想象的那样。

杰森在邓利维大楼附近的路口遇到了红灯。董事会的会议时间就要到了，他不想迟到，所以交通灯刚变绿，他就立刻开始加速。但加速的一瞬间，他向右瞥了一眼，看到一辆汽车闯了红灯，而且迅速穿过十字路口。

“混蛋！”杰森喊道。他猛踩刹车，公文包眼看就要滑到地上了，他不假思索地倾斜身体，靠在中控台上抓住了公文包。

就在此时，他的挡风玻璃爆炸了。他举起双臂护住脸，而后车猛地停住了。他吓得心怦怦直跳，他慢慢坐起来时，开始感到脸上的刺痛。

“刚出了什么事?”他嘀咕着，然后看着后视镜里的自己，他脸上到处都是流血的伤口，显然是碎玻璃造成的小擦伤。

然后他看见司机们纷纷下车，朝他跑来。第一个到他旁边的是个穿医院工作服的女人。

“我是护士!”她说道，“你还好吗? 哪里受伤了?”

“什么? 受伤了? 不知道，我没撞上那辆车。我不知道发生了什么。”

“那辆车冲过十字路口时，车里有人向你开了两枪。至少有一颗子弹击碎了你的挡风玻璃，也许是两颗子弹。我看到了。”

杰森头晕。护士把手伸进车里，抓住他的胳膊时，他紧紧抓住方向盘，让自己的身体保持平稳。

“哎哟!”他喊着，痛苦地缩回胳膊。

“你中枪了。”护士告诉他。

她这样说时，杰森开始感到灼痛。

警报声越来越近，杰森眼前的一切都开始变得模糊不清。

“头越来越晕。”杰森喃喃说道。

护士一只手搭在他的肩上。“我就在这里，先生。我会陪着你一直到救护车来。”

“我叫杰森·邓利维，让警察给查理·道奇打电话。号码在我手机里。”话音一落，他就昏了过去。

迪娜有点生肯尼斯的气。他们今天早上本来要开着他的新车去兜风，但他坚持要先和俱乐部的网球教练一起上课。所以她只能在这里，坐在他们院子旁边的露天看台上，看肯尼斯打球。他的击球动作有长进，这样想时，她听到有人叫自己的名字。她朝房子那边转过身，然后皱起了眉头。露丝朝着她这边跑来，大喊着："迪娜女士！迪娜女士！"

迪娜听出了露丝声音里的慌张。她从座位上起身，向露丝走去。

露丝大睁着眼睛，上气不接下气地跑到她面前。

"迪娜小姐！警察刚打电话来了。杰森先生中枪了！他被送到圣约瑟夫医院去了。"

迪娜尖叫起来。

肯尼斯听见她的尖叫声，扔下球拍就跑过来。迪娜倒在他怀里，歇斯底里地哭着。

"露丝，我的天！现在究竟发生了什么事？"

"杰森先生中枪了。布鲁纳警探刚又打电话告诉我们情况。他们带他去圣约瑟夫医院做手术。我只知道这些。"

"爱德华知道吗？"肯尼斯问。

"不知道，先生。"

"他不会愿意自己留在这里的，"肯尼斯说，"我去把车开过来。请帮助爱德华做好准备，带他出门。你可以帮我们做这件事吗？"

"好的。"说完，她朝城堡跑回去。肯尼斯抓住迪娜的双肩，轻轻地摇了摇她。

"亲爱的，控制住你自己。我要换掉这条短裤，去拿车钥匙。跟我来吧。"

迪娜握着他的手，等他们回到室内时，她已经进入了母亲模式，打起了精神。肯尼斯跑上楼去换下网球装备，而迪娜则去帮露丝。

露丝正在帮爱德华脱掉拖鞋，换上便鞋，迪娜把消息告诉了爱德华。

“我不明白！我不明白！为什么我们的家庭突然受到攻击？我希望卡特在这儿！”爱德华喊道。

“我也希望卡特先生在这里，但我们依然有彼此，对吗？一个人能做的事，人更多些就可以做得更好。”露丝说道。

听到露丝这样说，爱德华似乎也振作了一些。他跟着她们从门口走到等在那里的肯尼斯的车旁。过了一会儿，他们坐上车走了，露丝目送他们离去，黯然泪下。

十四

查理决定去看安妮，他还在公寓里做着准备，这时他的电话响了。是丹佛警局打来的。他皱起眉头。

“你好，我是查理·道奇。”

“道奇先生，我是丹佛警局的布鲁纳警探。今天早上杰森·邓利维在去公司的途中，在车里中枪了。他要我们通知你。”

查理感觉自己的心都少跳了一下，他转身从自己的卧室里冲出来，寻找卡特的身影。他并没有看到卡特。

“杰森还活着吗？”查理一边问一边朝埃里克走去。

“还活着，他现在正在做手术。”

“发生了什么事？”查理边问边冲埃里克打响指让她注意到自己，然后指着手里的电话做口型：丹佛警局，杰森中枪了。

埃里克飞快地从椅子上站起来，跑去找卡特，这时布鲁纳继续解释着。

“他在十字路口停下来了。交通灯变成绿灯，他开始加速，这时另一辆车闯了红灯。杰森猛踩刹车。如果他没有侧身去接他的公文包，后果就不一样了。不管是谁开的车，都是故意的。他径直朝杰森的车开了两枪。挡风玻璃碎了，杰森的肩膀中枪了。我们还不知道这是不是同一颗子弹造成的，但据目击者说，开了两枪。”

“告诉邓利维家的人，我会尽快赶过去。”查理说道。

“你在哪儿？”布鲁纳问。

“我在达拉斯市。”

“你就是找到卡特·邓利维的那个私家侦探，对吧？”

“没错。听着，我得亲自告诉卡特，因为他还躲着。谢谢你打电话来。等我到了，我们再具体谈。”

查理挂断电话时，卡特走了进来。

“出了什么事？埃里克说有急事。”

查理极不愿意说出这件事，但他不可能粉饰事实。

“杰森今早在去上班的路上中枪了，他还在做手术。”

卡特呻吟着说：“我得回家了。我们最快什么时候到丹佛？

“我给本尼打电话。”埃里克说。

“收拾一下吧，卡特。我会送你回家，但我不会把你自己留在那里。我想你要在你们的城堡里放一张额外的床。”

“放两张床，”埃里克说，“当你需要尽快得到信息时，来回飞是在浪费时间。我和你待在一起。你在哪里，我就在哪里工作。”

埃里克跑到自己办公桌前，给她的机械师打电话。她把正在做的所有东西都下载到闪存盘上，把闪存盘扔进包里，穿上夹克，跑到大厅里，喊了起来。

“查理！”

查理从卧室出来。“什么事？”

“本尼在机库，所以他现在正在加燃油。我们途中会经过我家。我会在家里停留一下，收拾行李。你们俩到机库和我碰面。”

“好的，”查理拦住了她，“不管我有什么让你生气的地方，我们在卡特他们家里工作时能不能都先放一放？”

“可以。”

然后她就走了，“砰”的一声关上了前门。她没有像往常一样提防小心，她飞快地从大楼跑出来，进了停车场，结果却发现麦克·杜林蹲在她车前的挡泥板旁边。

“你个混蛋！”埃里克尖叫着，扔下她手里的东西，没等麦克·杜林站起来就扑到了他身上。

这一击太突然了，麦克的下巴磕到了水泥地上。他和埃里克滚到了一起，朝她挥了一拳，然后挣扎着起身。埃里克用前臂挡开了那一击，两个人都站了起来。

麦克又向她扑来，却被埃里克的靴子尖踢中了裆部。

“婊子！”他抓住裤裆，尖声骂道，然后又朝她扑过去。

他冲上来，把埃里克重重地撞在一辆货车上，她喘不过气来，但当他转身跑开时，埃里克从后面抓住他，狠狠地把他打倒了。

这就是查理和卡特从门口走进车库时，查理看到的一幕。

“搞什么鬼？”查理边喊边扔下行李跑过去。

直到查理的胳膊揽在她的腰上，把她从杜林身上拽过来时，埃里克才知道查理来了。然后查理抓住杜林的后襟，猛地把他拉起来。查理的动作太迅速，杜林的脖子发出了“啪”的一声。

杜林站起来时，查理才发现自己认识他，他也是私家侦探。

“麦克！搞什么鬼？”

麦克没说话。

埃里克眯起眼睛。“你认识他?”

“他是个接活的私家侦探，跟我一样。”查理回答。

埃里克愤怒地说:“不!他和你不一样。他是个跟踪狂。而且你也不打女人，该死的!”

查理更加用力地抓着麦克胳膊。“你打她了?”

麦克耸了耸肩。“我朝她挥了一拳，但那是条件反射，我发誓。”

查理把麦克撞到最近的一辆车上，把他按在那里，然后看着埃里克。

“跟我说，到底发生了什么?”

“好，我说，”埃里克说，“他跟踪我好几周了。他在我车上装了跟踪器。安装时我看到了，刚才我撞见他又在安装跟踪器。”

然后她戳了戳杜林的胸膛。“你在为他们工作，是不是?”她厉声说。

杜林很生气，但埃里克看得出他也很害怕。而现在，他可能说不清楚面前这两个人谁更令他害怕。

“没有个人原因，”他说道，“就只是个工作。”

“为谁工作?”查理问。回答查理的又是埃里克。

“我以前工作过的公司。如你所知，杜林，你第一次在我车上装跟踪器时，我就知道了你的车牌号。我查了下你的资料，从你上小学到被大学开除，再到你藏在开曼群岛银行里的钱，我都知道。你有两个选择。要么继续跟踪我，拿到你的酬金，要么告诉他们，你不干了。但是如果你选择继续跟踪，我就会在我的键盘上敲一下，让你那笔钱消失，它会迅速消失，速度快得甚至连上帝都不知道它去了哪里。”

“你不能这么做!”

“我能这么做，我也会这么做，而且你也没法报警，报警就会暴露你偷税这个事实。”

“你先不用纠结该怎么回答，”查理告诉他，“在这个星期，已经有一个狗娘养的伤害过她，你刚刚又让她添了一处瘀伤，她的指关节在流血。”然后查理把杜林拉过来，两人仅仅只隔一英寸远。“如果我再在达拉斯看到你这张可怜的驴脸，我就会把你打到只剩一口气。”

麦克叹着气。“我不跟踪了。我选择那笔钱，日落前我会离开这里。这样够了吗?”

“你知道出去的路。在我报警、吊销你的执照之前，赶紧从出口滚。”查理愤怒地说。

杜林跑走了。

埃里克不愿承认自己在发抖，她把发抖归咎于肾上腺素。但当查理把她的下巴扳过来，查看她脸上的擦伤时，埃里克特别想靠到查理强壮的身体上，这渴望强烈得让她害怕。她把查理推开了。

“我没事。他是个讨厌的家伙，但没有什么情况是我以前没碰见过的。过去10年里，我一直在躲着像他这样的人。”

“为什么?”查理问道，“这家公司老板是谁，他们为什么要找你?”

她很紧张，所以最终放下了戒备。

“通用原理公司，Universal Theorem，简称UT。我在那里工作过。我得癌症时，他们以为我要死了，以为我不会再有价值了，就抛弃了我。我活下来后，他们希望我回去。就是这样。”

查理从来没听说过这伙人，不过有人雇他找卡特·邓利维之前他也没听说过卡特·邓利维。他得多跟外界接触一下。

卡特一直保持沉默，直到她提起通用原理公司。

“你那么厉害吗？”卡特问道。

埃里克愣住了。查理对通用原理公司一无所知，但卡特这么问，说明他显然知道这个公司。

她轻描淡写地说：“当然。不过，我们得把这话题留到下次再说。”

她把掉在地上的东西捡了起来，放进车里，然后在车旁边跪下来。她找到了麦克放在前轮槽下的跟踪装置，又在后轮槽下找到了一个，在前保险杠下面找到了一个。她把它们扔在水泥地上猛踩，直到踩得粉碎。

“我在机库等你们。”话音一落，她就跳上奔驰车，迅速离开了。

查理一直看着埃里克，直到她消失在视野中。查理走回去拿他们的行李，把行李装上吉普车。直到驶出停车场，回到城市的街道上，他才开口说话。

“嘿，卡特。”

“嗯？”

“通用原理是什么公司？”

“他们展现在公众面前的形象，是世界上一些最聪明的人组成的智囊团。”卡特回答道。

查理想到了在办公室里目睹过的埃里克的能力，心下暗忖她是不是还隐藏了一些令人惊奇的秘密。

“那么在公众形象背后是什么呢？”查理一边问，一边驶入另一条车道，准备从下一条坡道上高速。

“噢，总是有些传闻，但是没有人知道确切的情况，不过我可以肯定，埃里克知道。”

“什么样的传闻？”查理问。

卡特沉默了片刻。“关于医学实验的传闻。关于基因拼接和DNA操控，大部分与之相关的活动仍属非法。但是，你知道，如果你有足够的金钱和权力，就可以逾越法律。几年前曾有传言说，他们会钻法律的空子，用老鼠之类的动物做实验，会在人类胚胎上做实验。”

查理沉默不语，暗想埃里克怎么会和这一切联系在一起，也开始明白她为什么不想再跟他们有任何联系了。他们让她等死，看她没死成，就又想让她这个天才回去。

“真冷血，”查理终于开口说道，“而且彻头彻尾都不对。”

卡特耸耸肩。“但那都是些猜测和传闻。”

查理点了点头。

卡特挠了挠头发。“对于你们俩为我所做的一切，我无法用言语来表达我的感激。我知道我要付你们酬金，这些年来我给成千上万的人付过酬金，让他们为我干活，但他们没有人会像你们这样，查理·道奇，我不会忘记你们的。”

米兰达一直在哭，感觉好像哭了几个小时，直到她对如此受伤的自己感到厌恶，才不哭了。她不丑，她不蠢。她可以找别人。

她爬下床，走进浴室洗脸，看到镜中人的样子，她不禁噘着嘴，皱起了眉头。她的眼睛又红又肿，睫毛膏哭花了，眼圈周围都是黑晕，脸颊哭肿了，脸上满是泪痕。她开始梳洗。卸了妆后，她觉得自己看起来就像旧时的欧洲农妇，粉嘟嘟的面颊，脸色红润。她对着自己做了个鬼脸，然后回到起居室。她得吃点东西，不然就又要睡着了。她叫厨师过来，要了汤和一块三明治，然后打开电视，等着她的餐点。

她频繁地更换频道看节目，但她平时从不看日间电视节目，不知道这种节目怎么样。所以她调到了一个本地台，来看看丹佛市发生了什么。

仿佛命运的安排，她看到的第一个画面就是杰森的面部特写，他那张脸占据了一大半屏幕，然后是一些更新的信息。

尽管她很生气，但还是想知道发生了什么，当她听到“中枪了，送去做手术”时，她从沙发上跳了起来，边跑边叫。

她父亲在外面的温室里，正在修饰他的一棵盆景树。这项爱好已经养成很多年了，现在他的温室里到处都是盆景树。

手机响的时候，他刚在一棵小型云杉较低的一根枝条上剪了最后一刀。

“喂？”然后他听到了私人助理的声音。

“先生，很抱歉打扰您，您女儿和我在办公室里，她很不开心，打电话找您。”

约翰尼斯能听到电话里传来的尖叫声，他觉得“不开心”不足以形容他此刻听到的声音。

“我马上就来。”他说道。在匆匆忙忙进屋之前，他对自己具有美感和宁静风格的作品投去了遗憾的一瞥。

他在大厅里遇到了米兰达，她抽泣着，扑进他的怀里。

“父亲！父亲！刚刚上新闻了。杰森中枪了！他在车里被枪击中了！他被送进了手术室，我得去找他。”

约翰尼斯把她的胳膊从脖子上拿开，然后抓住她的肩膀，摇晃着她。

“不行！他抛弃了你，他利用你，然后甩了你。他把你当垃圾一样丢弃了。他不配再多活一分钟。我的女儿不会爬回到一个做出这种事的男人身边！我的女儿不会求饶。永远不会！你明白我的话吗？”

米兰达吓了一跳，忍住泪水，打了个嗝，然后盯着他看。

“如果他死了呢？”她轻声说。

“那又怎样？”约翰尼斯厉声说道。

“可是，父亲……”

约翰尼斯又摇晃了她一下。“没有可是。就这一次，你的行为要带着尊严。我们不是乞丐。我们不需要借用邓利维的名字在这个世界上发挥影响力。我是香肠之王，对我来说这就够了。你是我女儿，对你来说这就够了。去吧，不要再在我们家提那个名字了！你明白我的意思吗？”

米兰达点了点头。

“让你自己体面点！今晚我带你出去吃饭。我们要穿上最好看的衣服，吃最好的美食。其他男人会看到你，会渴望得到你。你不要追在任何人身后。要让他们来找你，米兰达！让他们来找你。”

米兰达回到自己的房间时，肩膀依然因为父亲抓得太紧而感到刺痛。她很震惊。父亲从来没有这样跟她说过话。他从未提过任何与她的生活方式有关的事，但他显然不赞同她的生活方式。这是个令人清醒的时刻，她不再幻想疯狂冲进杰森的病房，扮演把他从死亡线上拉回来的天使。

她的餐点现在应该送到她房间了。她要喝点汤，然后好好泡个澡，放松一下。之后，她会和她父亲一起去吃饭。她仍然相信奇迹。也许奇迹今晚就会发生。

埃里克就像是从地狱里飞出来的一只蝙蝠，一路飞车回到她的公寓。她一进屋子，就换上了网球鞋，不再穿3英寸的高跟鞋，换上了牛仔裤，不再穿蓝绿色的裤子。她把博莱罗的夹克换成了棕色的皮夹克，把白色衬衫换成了白色的T恤衫，然后她开始往一只行李箱里扔衣服、鞋子和化妆品。

她拿了两台笔记本电脑，一些闪存盘，还有一部苹果平板电脑，另一部手机，以及这些设备的充电线，然后把它们放在另一个行李箱里。她不知道他们会去多久，于是打开冰箱，看看有什么东西会坏掉。她把黄油放进冰箱，把一小盒奶油倒进水槽里。没有会坏的了，这在一定程度上说明她大部分时间都在吃外卖。她把行李装上车，给梅林发了条短信，告诉他自己要出城几天，然后开车回到大街上，朝机库驶去。

查理到了私人机场，把车直接开到了埃里克存放“突击队员”直升机的机库那里。查理停车时，本尼出来迎接他们。

“你好，道奇先生。你要把吉普车停在机库里吗？杰德小姐不用直升机时机库就锁起来了。她总是把车停在里面，不会有事的。”本尼说道。

可恶，他叫她杰德。可她都不让我承认我知道这是她的名字。“机库主人不会介意吗？”查理问。

“这是她的。这是她的私人机库。我已经把直升机拖出来了，你可以把行李放在后座上面。女老板会在飞行前检查飞机，但是行李并不会妨碍检查。”

查理把车开到直升机那里时，依然无法让自己接受机库归埃里克所有这个事实。

“坐好，卡特，我要卸下行李。”

卡特只是点了点头，查理知道他被杰森的事吓到了，无法集中注意力。

查理卸下他们的行李，然后把车开进机库停好。

本尼从办公室走出来，说道：“如果你想喝点冷饮，办公室的冰箱里有瓶装水和一些糖果。她开飞机时喜欢吃甜食。”

“你为她工作多久了？”查理问。

本尼耸了耸肩。“可能有3年。有一天，她驾驶那架漂亮的喷气式直升机降落在这里，问我能不能租到地方。那是贝尔牌206远程喷气突击队员直升机，你知道的。然后她一直租着，直到建了自己的机库。

卡特看着查理的脸。认识查理和埃里克的时间越久，他对他们就越好奇。这两个人一起工作时就像瓶子里的闪电，总能产生惊人的效果。然后他想到了查理的妻子，不禁又一次庆幸自己从来没有那样深地坠入爱河，庆幸自己从来没有步入婚姻的殿堂。查理失去爱人的痛苦无疑很难承受。

“嘿，卡特，要不要来瓶水？”查理问。

“当然要。”卡特说道。然后他看到一个门上标着洗手间，于是在登机之前走进去洗手。

他洗完手出来时，查理递给他一瓶水，还没等他拧开盖子，埃里克就来了。她把车停在直升机旁，卸下行李，然后把车开进机库，停在查理的吉普车旁边。

“谢谢你，本尼。”她说道。

“不客气，杰德小姐。”

埃里克瞪了查理一眼，默默地警告他，不要那样称呼她。

查理也递给她一瓶水。

她接过水，不置可否地走开了。查理和卡特跟在后面。

查理护送卡特上了直升机，扶他到后排座位坐下。卡特再次选择了靠窗的座位，但这一次，他往后一靠，闭上了双眼。

查理坐到副驾驶的座位上，像卡特一样往后一靠，也闭上了双眼。

抱歉，安妮。我本来要去看你的。我已经准备去看你了。本来不该是现在这种情况。

几分钟后，埃里克在驾驶员座位坐好，关上了舱门。她启动发动机时，卡特和查理似乎都睡着了。旋翼开始缓缓旋转，然后越来越快。她戴上耳机，耳机蹭到了啤酒瓶砸到的地方，她的脸抽搐了一下，然后拍了拍查理的胳膊。

查理一惊，坐起来摇醒了卡特。“系好安全带。”他说道。

卡特伸手去拉安全带。

查理系好安全带，伸手去拿耳机。他戴上耳机后，埃里克就开始说话了。

我在来的路上租了辆越野车，车会送到丹佛市外的一个小机场，也就是我们要降落的地方。我会把突击队员停在那里，直到我们准备回来。我们到的时候车就会在那里等着了。

“你做这些事情，不影响开车吗？”

“免提电话，我的平板电脑上有各种各样便捷的应用程序。”说完，她回头看了看。卡特也戴着耳机，卡特看到她回头，露出了微笑，对她竖起了大拇指。

埃里克忍住了对他回以微笑的冲动。用不了多久，卡特·邓利维就能以自己的方式得到她的青睐。

起飞后，她在机场上空盘旋了半圈，接着朝正北方向飞去。

* * *

邓利维一家在候诊室里已经待了1个小时。他们等得越久，气氛就越紧张。对迪娜来说，时间已经变得和心跳一样慢了。

“这些都是谁对我们干的？”她哀声问道。

肯尼斯抱着她，这不是她第一次问这个问题了。

“警方还没查到，但我肯定，他们会查到的。”

“他们都没能找到卡特，”迪娜说道，“是那个私家侦探找到卡特的。”

她把头靠在肯尼斯的肩上，闭上了双眼。爱德华坐在她旁边，不安地用拐杖在地上敲着。他们沉默地坐着，直到一个穿着手术服的人走进了候诊室。

“你们是邓利维家的人吗？”他问道。

迪娜猛地站了起来。“杰森是我儿子。”

“我是瓦格纳医生，是他的外科医生。杰森手术做得很成功。子弹打穿了他的锁骨，卡在他的肩关节附近。还有骨头碎片。但他还年轻，也很健康。我认为他能完全康复，除非有并发症。”

“感谢上帝！我们什么时候能过去看他？”迪娜问。

“他还在术后室，我们把他送到病房后，护士会来通知你们的。”

爱德华站起来，伸出了手。“谢谢，先生，谢谢您照顾我外甥。”

医生发现爱德华是盲人，就紧紧抓住了他的手。“您太客气了。

今晚我离开医院前会再去看看他。”说完，他离开了候诊室。

爱德华摸索着找他的椅子，然后又坐了下来。“不用坐在这里担心最坏的情况了，真是松了一口气。”

迪娜吻了吻她哥哥的脸颊。“没错，亲爱的，这让人松了一口气。”然后她走到窗边俯瞰停车场，低着头，流下了感激的泪水。

肯尼斯走到她身后，抱住了她。

“再等一等，很快你就能见到他了。”他说道。

“我很爱我的儿子，而我也如此爱你。我最在乎的两个人合不来，这让我很伤心。”迪娜低声说。

肯尼斯叹了口气。“我很抱歉。我很早就感觉到他不喜欢我，我本来应该更理解他，而不是他说一句我就回击一句。我保证以后会做得更好，好吗？”

迪娜靠在他身上。

等待还没有结束。

起飞后不到 15 分钟，卡特就又睡着了。埃里克一心一意地操纵飞机，一路沉默不语，这让查理有充分的时间进行思考。

在这一切开始之前，埃里克从来不会给他带来持久的困扰，因为他们在一天结束时就各走各的路了。可是现在，她在他家里从清早待到傍晚，她走后留下的气息让他心烦意乱。

今天，他们之间的关系有了更多的变化。他从大楼里出来，走进停车场时，看到她飞扑过去撞倒那个混蛋，他真是吓了一跳。那一瞬间他惊慌失措，紧接着就冲上去把她拉开。也许他当时体会到的只是责任感。

查理不知道该如何看待埃里克之前展现出的既往经历的点点滴滴，但他今天早上对她的了解，超过了她在他手下工作这些年里他对她的全部了解。现在他至少明白她为什么一直搬家了。

查理很想上网搜索通用原理公司，看看是什么样的公司会跟踪前雇员。这是骚扰，十足的骚扰，但他猜埃里克永远不会因为这件事找他们。他瞥了埃里克一眼。她看起来就像是刚在酒吧打了一架。他把头转了回去。该死的麦克·杜林。调查别人是一回事，这是私家侦探工作的一部分。但查理自己绝对不曾尾随或袭击过任何人。

埃里克碰了碰他肩膀，这时他又开始考虑该把新的办公地点设在哪里了。

“我们马上就到机场了。”她说。然后她通过无线电通知了塔台。

查理把手伸到埃里克座位后面，拍了拍卡特的膝盖。

“什么？我们到了吗？”卡特迷迷糊糊地眨着眼睛，问道。

查理点了点头，然后指了指下面。

卡特往窗外看去，看到远处的群山，他叹了口气。他还没到家，但已经有回家的感觉了。现在他想要的只是杰森康复。他为离开家而感到内疚，不论接下来发生什么，他都不会再离开了。

直升机进入着陆模式时，卡特把目光从窗口移开。看着大地迎面扑来，会让他感到不安。飞机高度在下降，起落架轻轻触到地面，他们着陆了。

“我们直接去圣约瑟夫医院，对吗？”卡特问。

“没错，我们租了辆车，”埃里克说，“我们马上就能到那儿。我只需要把突击队员停进机库，然后我们就可以出发了。”

租来的车正在停车场等着他们。查理和卡特一下飞机，就把行李搬过围栏，找到了站在埃里克租的那辆车旁边的男人，把行李装到车上。

查理回头去看埃里克的进展，突击队员正被拖进机库，他看到埃里克在一旁监督。埃里克跟着进了机库，几分钟后，拿着她的包出来了。

查理看着埃里克大步走来，脚上蹬着双荧光绿的网球鞋，身上穿着直筒牛仔裤和棕色飞行员夹克。查理走到门口去接她。埃里克还大摇大摆地走着，没有注意自己的步伐，她走过出口时，查理伸手去拿她的包裹。

“我可以自己拿。”她坚持说道。

“我知道你可以，”查理说，“但我没有错过你飞身撞上杜林后背那一幕。之后你应该会全身酸痛，所以我要把你那该死的包裹搬到车上，然后我们去医院，我来开车。”

埃里克没有争辩，就交出了包裹。她现在就浑身酸疼，她知道一会儿会更疼。她钻进副驾驶位，系好安全带，靠到冰冷的皮椅上，调整了一下空调出风口，让空调对着她的脸吹。

卡特碰了碰她的肩膀，然后递给她一瓶冰水。

“水就在车里。很方便拿。”

埃里克喝了一大口水，心满意足地把瓶子放到中控台的一个杯架上。

查理上了车，把座位向后调到最远的距离，然后扣上安全带。

“我搜索了医院的地址，它在我手机的定位系统里。”

“如果你愿意，我可以开车，”卡特说，“我认识路。”

“你就坐在那里吧，如果你看到我走错了方向，就告诉我。就算车窗有颜色，你也还是越不引人注意越好。”

“好吧，没错，你说的对。”卡特说道。查理挂上挡，驶出停车场，按照定位系统的导航朝圣约瑟夫医院开去。

埃里克不是个闲得住的人，她正在打电话，向医院询问杰森·邓利维的房号。

查理一停好车，他们就下车了。他们坐得太久了，站起来伸展一下身体感觉真舒服。然后，查理从背包外层口袋掏出他的德州骑警棒球帽，递给卡特。

“戴上这个，谁都别看。”他说道。

卡特把帽子戴到头上，拉下帽檐，脸上的表情很严肃。他知道又回到了自己的地盘上，然而现在，这里并不安全。

“在我们两个中间走，”查理补充道，“我搭档和我知道怎么才能看起来低调。”

听到自己被称为查理的搭档，埃里克很惊讶。助理这个词很合适，但是搭档似乎掺杂着私人关系，而她和任何人都没有私人关系，不过她答应过他不在这里争论，所以她未做任何评论。

十五

这三人走进医院大楼时，大厅里挤满了来来往往的人。卡特带路去了电梯，他们站在那里等着电梯下来。到达大厅的第一个电梯一空，埃里克就先走了进去，卡特跟在后面，查理殿后。

“几楼？”他问道。

“四楼，”埃里克说，“424 房间。”

电梯开始上升时，卡特靠在电梯后壁上，盯着查理的助理，目光带着明显的嫉妒。

“埃里克，你是公司真正的奇迹。如果有你这样的人在我的团队里，我什么都愿意付出。”

“只不过她在我的团队，”查理说，“所以不能挖墙脚。”

埃里克站在他们中间，听着他们开玩笑，暗自希望他们在得知杰森的伤情后，仍能有这样轻松快乐的时刻。电梯门开了，他们不需要再做任何猜想，马上就可以知道杰森的情况了。

他们沿着走廊走到 424 房间的门口，停了下来。

“你准备好了吗？”查理问。卡特点点头，查理敲了敲门，然后打开门。

迪娜站在杰森的床边，正在俯身拨开杰森额前那缕缕红发。

肯尼斯坐在爱德华旁边，他是第一个抬起头的人。看到走进来的人时，他露出了微笑。

迪娜听到脚步声，也转过头去看。她先看到了查理·道奇，但当查理身后的人突然摘下帽子时，她深吸了一口气。

“卡特！感谢上帝！”她大哭起来，扑进了他张开的双臂。

肯尼斯拍了拍爱德华的胳膊。“查理·道奇来了，爱德华，他把卡特带回家了！”

爱德华什么都不用说，脸上的轻松神情就说明了一切。

杰森还没醒过来，卡特径直走到他的床边。

“他怎么样？”他问道。

“医生说他应该能完全康复，子弹打断了他的锁骨，卡在肩关节附近。他们也不得不取出很多骨头碎片。”迪娜说。

卡特笑了。“这消息太好了。肯尼斯，很高兴见到你。”他说道，然后就朝爱德华走去，在他旁边坐了下来。“嘿，埃迪，你还好吗，伙计？”

爱德华咧嘴笑了。家里只有卡特还会像他小时候那样称呼他“埃迪”，爱德华喜欢这感觉。

“你回家了，我真高兴。”他说道。

“我也是，”卡特对他说，“我不会再跑了。道奇先生和他的助理都会和我待在这里，直到这场乱局平息。有他们和我的安保团队，我不会有事的。”

听他提到了助理，迪娜才注意到，还有一个人靠在门边的那面墙上。

查理一直在等着这个时刻。迪娜睁大眼睛，张开嘴，但是还没来得及说一句话，查理就开口了。

“各位，这是埃里克。她是我的女助手，也是开飞机载我们来这里的飞行员。你们得感谢她，是她让我们这么快就赶到了这里。”

当查理说“女助手”时，肯尼斯惊呆了。他看到了走在查理身后的那个人，还以为是个男人。这人脸上和头上都是瘀伤，更让他想不到会是个女人。

埃里克什么也没说。她已经打扮得够女性化了，她知道自己的相貌举止与之不相称，但她不屑一顾。

这时他们听到一声呻吟。杰森醒过来了。

卡特匆匆赶到杰森的床边。“嘿，杰森。嘿，伙计。”

杰森又呻吟了一声。他的眼睑在颤动。

“舅舅……？”

卡特笑了。“是，是我。我在这儿。”

杰森终于睁开了眼睛。他伸手去拉卡特的手，说道：“你回家了。”

卡特点点头，说：“是的，我会留在家里。什么都不用担心。好好休息养伤就行。”

杰森努力挤出一个笑容，然后又昏了过去。

查理拍了拍卡特的肩膀。“你打算留在医院吗？”

卡特摇了摇头。“在我正式宣布回来之前，我出现在这里只会引起混乱。尤其是，如果媒体发现我回来了，就会更加混乱，而杰森需要的是安静。但是，我担心这里没有安保人员。有人刚想杀了他，而此时此刻，任何人都可以进医院，完成这项任务。”

迪娜呜咽着说：“我都没有想到这点！”

“我会从我们的安保部门找人来，他们会一直在这里，直到杰森出院。”

迪娜再次抱了抱他。“谢谢你，感谢上帝，你回来了。”

“查理，既然我不再躲躲藏藏了，那我用自己的手机也就没关系了，对吧？”卡特问道。

查理点了点头。

卡特走到窗边打电话。几分钟内，他就通知了安保部门，安保人员也在来的路上了。

“他们很快就会到的，”卡特说，“我会等到他们来，然后我想我们就该走了。”

“好。”查理表示同意，但他正看着埃里克。她不仅走到爱德华坐着的地方做了自我介绍，而且两人现在正在聊天。从爱德华脸上的表情来看，埃里克对他很有吸引力。查理好奇他这种人格魅力到底是从哪里来的，然后就突然意识到，埃里克和爱德华在一起时可以无拘无束地做自己，因为爱德华看不见她，不会对她加以评判。

10 分钟后，卡特安保团队的两个人敲响了门。卡特走到走廊与他们谈话，也让查理跟了过去。

“很高兴见到您，先生。”这两名安保人员说道。

“我也很高兴能回家，”卡特说，“你们清楚这件事的严重性吗？”

两人都点点头。“当然。我们是来值第一班的。按照您的要求，一天 24 小时值守，每 8 小时轮一次班。”

“没错，完美，”卡特说，“你们要知道，只要发生意外，不管多小的意外，都要通知丹佛警局。”

“好的，先生。详细情况都已经讲给我们了，我们不会让您失望的。”

卡特和两个人分别握了握手，然后回到房间里。

“迪娜，我们要走了。如果你需要一个 24 小时值班的护士，只需要通知医生，向他提出来就可以了。”

“谢谢你，”迪娜说，“晚上吃饭时见。”

卡特看了爱德华一眼。“埃迪，你要是累了，可以和我们一起坐车回去。”

迪娜看上去如释重负。“没错，爱德华，回去吧。你知道杰森没事，就不用留在这里了。”

“我现在想回家了。”爱德华说。

埃里克碰了碰他的手。“先生，你要是愿意，可以抓住我的胳膊。”

他们离开时，查理把他的棒球帽递回给卡特。他们平安地走出医院，来到车旁，卡特和爱德华一起坐到了后座。查理钻进驾驶座，埃里克则系好安全带坐在副驾驶座上。

“您知道您要去哪儿吗？”埃里克问。

“我之前到过这儿。您知道我们要去哪儿吗？”查理反问道。

“我当然知道，我手机里有方位，你可以出发啦。”埃里克说。

查理驶出了停车场，又一次行驶在去格林伍德村的路上。

卡特一边听着爱德华说话，一边留意前座那两个人的互动。他们之间涌动的能量如此强大，强大得几乎可以看见，他也能看出埃里克清楚这一点，而查理并不清楚。

傍晚6点15分，布鲁纳警探顺便来了一趟医院，希望杰森·邓利维已经清醒，能谈谈这起枪击事件。但当他到杰森病房门口时，门外有两个人在站岗。他刚要往里走，就被这两个人拦住了。

“请出示身份证。”

布鲁纳亮出了警徽。“丹佛警局的布鲁纳警探。我正在调查这起枪击案，我想和他谈谈。”

“噢，你好，警探。他的一些家人刚走，也许他还醒着。”

“我很快就出来。”布鲁纳说着走了进去。

杰森的床头稍微抬高了一点。他闭着双眼，但当布鲁纳走近时，他睁开了眼睛。

布鲁纳立即出示了警徽。

“晚上好，杰森。我是布鲁纳警探。我们终于见面了，但我很抱歉要以这种方式见面。如你所知，我接了威尔玛·肖特的案子，这案子和你家有关。今天又有人想杀你，我们认为这两个案件可能有关联。你可以回答几个问题吗?”

“我吃了止痛药，头有点晕，所以我不知道能帮上多大的忙。”杰森说道。

“第一个问题，你看到是谁开的枪了吗?”布鲁纳问道。

“没有，我只知道，绿灯亮起时，我开始驶过十字路口。我从眼角余光瞟到有动静，一辆闯红灯的汽车一闪而过。我猛踩刹车，我的公文包本来在副驾驶座上，这时从座位上往下滑落。我把手伸过中控台接住公文包。

接下来我就发现身上一堆玻璃碴。我不知道究竟发生了什么，直到有个女人在车窗边问我还好吗。她说她是个护士。那时我还不知道自己中枪了。”

“这么说她看见枪手了？”布鲁纳问道。

“我猜她是看到了什么，”杰森说，“她说有个人朝我开了两枪。她抓住了我的肩膀。我记得非常疼，她说，‘你中枪了。’我想我说的最后一句话是让警察打电话给查理·道奇，那个电话号码在我手机里。然后我就昏过去了。”

“那个女人告诉你她的名字了吗？”布鲁纳又问。

“没有，只说了她是个护士。但她一定是把消息告诉别人了，因为查理·道奇今天就出现在这里了，就在我刚做完手术之后。”

“我不会再打扰你了，杰森。好好休息。”

布鲁纳离开医院时并没有比来医院前知道更多的真相。他一回到办公室，就查阅了事故报告中那女人的名字和证词，他发现了关于枪手的两条值得注意的信息。枪手开枪时把左臂伸出了车窗外，所以他是左撇子，而且那只手臂上有一整胳膊的文身。

雷伊·加尔扎开车走乡间公路去樱桃溪水库，这需要的时间更长。他到达拿酬金的约定地点时，那里空无一人。他对自己说，这个客户不像会骗他的样子，所以他坐在车里等着。但对雷伊来说，耐心实在难得。两辆汽车开了过去，都没有停下来，他开始坐立不安了。

终于，他又看到一辆车开了过来，减速后正好停在他旁边。司机摇下车窗时，他松了一口气，也摇下了车窗。

“嘿！”他打了个招呼，然后靠在中控台上咧嘴笑道，“把钱扔进来。”

“你没打死他。”那辆车的司机边说边朝雷伊额前开了一枪。血和脑浆溅到驾驶座一侧的车窗上。

枪声被消音器压住了，只是砰的一声轻响，然后司机就离开了。

几小时后，一对夫妇在这里徒步时发现了尸体，报了警。

查理开车穿过大门向住宅驶去时，卡特给他指路，让他沿着房子后面的一条砖铺的路开。

他指着一个长长的多车位车库，说道：“把车随便停在一个空位上就行了。”

查理照办了，停车后，他们下车卸下行李。爱德华绊了一下。埃里克扶住了他，查理看得出他累坏了。

“卡特，你先走，带爱德华进去，我帮你拿包。在今早有人想开枪打死你外甥之后，我倒宁愿你在家里了。”查理说。

“好的，”卡特指着那栋楼房，说道，“我们从厨房进去。”

“我们就跟在你后面。”查理说道。

卡特把手伸到爱德华的胳膊肘下。“埃迪，我们在铺砖路上，会直接走到厨房里面。”

“好的，卡特，谢谢你。你能回家真是太好了。”

“回家的感觉真好。”卡特说。这不是他第一次这样说了。他们开始朝房子走去，查理和埃里克跟在后面，与他们几步之遥。

埃里克不喜欢结识新朋友，他们离门口越近，她就越紧张。陌生人总是让她感觉不自在，他们脸上的表情不是震惊就是困惑，就好像他们刚走进畸形秀的表演会场，看到了蓄着胡子的女士，而且还是免费观看。

现在更好了，就像她还不够引人注目一样，她脸上又添了新的擦伤和瘀青。

露丝正在厨房剥豌豆当晚餐。门开了，她抬起头，脸上露出了喜悦的表情。她把豌豆放回碗里，站起来，手往围裙上擦了擦。

“卡特先生！你能回家真是太好了！”

“谢谢你，露丝。我也有同感，但威尔玛不在了，这让我感到难过。”

“是的，先生。”露丝说道。

“现在我要送埃迪回他房间，他今天累坏了。”卡特说道。

“我可以送他去。”露丝主动说。

卡特还没来得及回答，门又开了，查理和埃里克走了进来。

“谢谢你，露丝，但我需要你带查理和他的助手埃里克小姐去我们的客房。我想，请带他们去绿色套房吧。”卡特说。

露丝笑了。“好的，先生，道奇先生，很高兴再次见到您。”然后她看见了查理身后的埃里克。“欢迎来到邓利维城堡，女士。”露丝微笑着说道。

“谢谢你。”埃里克说。

“请你们跟我来……”

查理放下他拿着的箱包，说：“这些不是我的，是卡特的。”

“您的在哪里？”露丝问道。

“还在车里，我等会儿回去拿。”

“您可以现在去拿，我们等您。仆人可以把卡特先生的行李拿到他的房间去。您先放在边上就行了。”

“如果你确定的话。”查理说。

露丝微笑着说：“我确定，让大家的生活更轻松属于我们在这里的一部分工作。”

“我很快就回来。”查理说着，跑回车库，留下埃里克独自和管家在一起。

露丝发了一条消息，不到1分钟，两个女人就匆匆忙忙走进了厨房。她们看到埃里克的时候，多看了两眼。

“姑娘们，这是埃里克小姐。她和查理·道奇会在我们家住几天。埃里克小姐，右边这位是路易斯，左边的是阿内塔。无论何时，无论您有什么需要，吩咐一下就行了。你们房间里的电话与我们房内的通信设备相连。拿起听筒，按下星号键，或者按厨房代号9，就会有人接听。”

“很高兴见到您，女士。”她们异口同声地说。

露丝指着那些箱子，说道：“这些是卡特先生的。把它们拿到他的房间去。”

“好的，女士。”接着她们把箱子推出厨房，这时查理带着自己和埃里克的行李回来了。

“就这些。”查理说。

“那我们走吧。”露丝说。

这个房子的面积和装饰让埃里克心生敬畏，大厅里的一套旧盔甲也让她赞叹。华丽的族徽高贵雅致，暗示着邓利维家族的血统。

杰德·埃里克没有族徽，与任何人都没有匹配的DNA，与任何人都没有血缘关系。现在没有谁像她一样，以前也从不曾有像她一样的人。这个星球的任何一个角落都再也找不到像她一样的人。

他们走到大楼梯那里，但是露丝并没有迈上台阶，而是带着他们两个人走到楼梯后面去坐电梯。

她按下按钮，电梯门马上打开了。

埃里克和查理提着行李走进电梯，露丝跟在后面。露丝按下了到二楼的按钮后，开始介绍这座城堡的布局。

“有东西带上去的话，坐电梯更方便。只要愿意，可以随意坐电梯，不用走楼梯。正如面板上所显示的，下面有一层，主要用于储存，集中供暖和制冷的设备安装在这一层。邓利维酒窖也在这一层，酒窖非常大。二楼是所有家庭成员的卧室，有一侧是客房。现在很多房间都是空着的。大宴会厅在三楼，非常华丽。你们什么时候想参观一下这里，告诉我就行了。”

电梯停了下来，通向二楼走廊的门开了。

“这两间套房是挨着的，”露丝一边说一边领着他们走过走廊，进入房间，“这间是你的。”她告诉埃里克。

埃里克抬头打量房间。“太棒了。”她说道。

天花板至少有30英尺高，深绿色天鹅绒质地的窗帘垂在高高的拱形窗边。客厅里有一个巨大的石砌壁炉，长长的组合沙发上覆盖着某种深色皮革，整条沙发上散放着数十个彩色的沙发毯和枕头。扶手椅也是皮质的，呈酒红色，天花板上挂着巨大的熟铁制成的枝形吊灯，灯泡做成了蜡烛的形状。房间另一头放着一张长桌，配了六把椅子。

露丝领着他们穿过一个短短的走廊，走进卧室，里面摆着一张十分宽大的四柱床，铺着金绿色天鹅绒质地的床罩。

露丝露出了灿烂的笑容，就好像这间房这么上档次完全是她的功劳。“到你套房里的浴室要穿过这些门，梳妆台和衣柜都是空的，你需要就尽管使用。”

“这就像童话里公主的房间。”埃里克赞叹道。

埃里克放下包，走开去看浴室，查理偷偷笑了笑。他果然听到了一声惊呼，而后埃里克匆匆走回来。

“这是我见过的最大的爪足浴缸。”她说道。

“是的，夫人，”露丝点点头，说道，“这浴缸是法国货，也是古董。中世纪爱尔兰的浴缸并不像人们所说的那样又舒适又实用。这家人选择了美观优雅，而不是实用。那边的浴盐和泡泡浴都可以用。

看到埃里克开心兴奋的样子，查理扬了扬眉毛。埃里克对查理怒目而视，结果却看到查理做出口型：你答应过了的。埃里克预感到自己会后悔答应他不在这里和他闹别扭。

“道奇先生，你的套房就在这扇门后面。”露丝说着，领着他们走进一间同样的房间，房间的装饰与埃里克的那间一模一样。“你们会发现，你们之间隔着的那扇门两边都有固定插闩，所以如果两边的主人没有同时打开自己这边的插栓，就不能进到另一个房间。隐私第一。”露丝说。

“我感觉有点像回到了过去，”查理说，“真的令人印象深刻。”

露丝又笑了。“如果有什么需要就打电话。记得吧，按星号键或数字9，就能联系上仆人。”露丝告诉他们，然后就离开了。

“我现在要打开行李。”埃里克说。

她之前一直在对米兰达·多伊奇和威尔玛·肖特展开新的调查，她想继续调查，但是应该先做的事就要先做。

她把衣服挂起来，然后拿起装着电脑的包走到客厅，把电脑放在长桌上。

电脑开机运行后，她找到了需要的文件，正要开始工作时，她的手机收到了一条短信。看到短信是梅林发来的，她皱起了眉头。

今晚有两个人到我门前找你。我告诉他们，你来这里短暂停留过，但你已经走了。如果你有兴趣的话，我有他们跟我说话的监控录像。

“狗娘养的!”她把手机摔到桌子上，接着向后靠在椅子上，尽量先不去想这些事，好让自己平静下来，平息怒气。

几秒钟后，她听到了脚步声。查理肯定听到了她的骂声。她没有转身，只是举起双手，喊道：“我没事!”

脚步声停了。她希望查理离开。他离开后，埃里克拿起手机，回了一条短信。

我有兴趣看。坚持一下，等我回来。我很抱歉发生这种事。我不该去你家的。我回来就搬出去。

大约 3 分钟后，梅林回短信了。

我会假装你没说过这番话。他们不会回来了。我在屋顶上装了探照灯。我在他们开车出去时甚至开了闪光模式，那可真壮观，让这地方看起来就像犯人逃跑时的监狱院子。他们离开时我还用遥控器把铁门紧贴着车尾关上了。

埃里克勉强露出了笑容，心里渐渐不那么紧张了。

她回了最后一条短信。

我欠你一个人情。

她深吸了一口气，然后站了起来，转过身。这时她发现柜台上多出了一个冰桶和一只玻璃杯，旁边还有一罐未开封的百事可乐。

查理拿来的。

她往玻璃杯里装了半杯冰块，倒了点百事可乐，然后拿着杯子走到窗前，拉开窗帘。她喝了一口冰可乐，望着庄园前面。她想，能够如此忠于自己的民族，乃至在这里仿建一座爱尔兰城堡，以此标示自己是凯尔特人的后裔，这该是什么样的情感啊。

她想象了一下可以建什么样的房子与自己的身份和所来之处相匹配，然后意识到那里除了实验室，什么都没有。她余下的记忆都与现实相去甚远，几乎就是张全息图。

我是个怪人。是个实验品。我没有家人。我不属于任何人，不属于任何地方。

她身后突然响起查理的声音。她猛地转过身，他居然能从身边冒出来，真是吓了她一跳，然后她才发现他脚上只穿着袜子。

“我在这里有危险吗？或者，我可以说话吗？”他问。

埃里克眯起眼睛。“你脱了鞋子。”

“没错。不穿鞋子是我的小癖好之一。别转移话题了，发生了什么事？”

“我收到房东的消息，他们又找到我了。”

查理皱起眉头。“这是不是意味着你必须再次搬家？”

“我需要继续调查威尔玛的档案。”她并没有回答，只是说道。

查理没再问第二个问题。很好，不用与他分享信息了，埃里克心想。

她拿着百事可乐，坐在电脑前，很快就沉浸到背景调查之中。

查理盯着她看了很久。他对她的私人生活产生了浓厚兴趣，这让他感到不安。然后他又回到自己的笔记本电脑边，开始调出所有能找到的有关杰森·邓利维的资料。家人和警方都不知道杰森遭袭是否与卡特遭遇的意外有关。这些事件很可能相互关联，但他们要以事实为本。

十六

米兰达·多伊奇穿上了一袭黑衣，准备与父亲共进晚餐，以此表达对分手之痛的哀悼。这可不是普通的黑色连衣裙，买这件衣服本来也是要做嫁妆的。她以为第一个看到自己穿上它的人会是杰森，但这个人不是杰森，而是她父亲，这似乎倒也合适。

约翰尼斯是米兰达永远的后盾，是她的试金石。他有时和她并肩作战，有时挺身为她而战，从来不对她加以评判。约翰尼斯总是支持她，对此她习以为常。可如今，他不再毫无保留地支持她了。他告诉她，她不能再当关系中主动的那一方。从现在开始，要么男人来找她，要么没有男人。

米兰达对着镜子看了最后一眼，给自己抛了一个飞吻，然后把一支唇膏扔进镶着珠宝的珠迪丝·雷伯晚宴包。包的形状是一只约克犬，那是父亲去年送给她的圣诞节礼物。

约翰尼斯站在窗前俯瞰着花园，有那么一会儿，米兰达觉得他看起来很忧伤。

“我准备好了。”米兰达说，但当约翰尼斯转身时，他灿烂的笑容证明他并不忧伤。

“米兰达！你真漂亮！要是你妈妈能活着，看着你长大就好了。她会很骄傲的。”

他很少会提到她母亲，因此她喜欢听他这样讲。

“谢谢你，父亲。”

约翰尼斯挽过她的胳膊。“车在外面等着我们。我们将一起度过一个美好的夜晚，我估计你饿了。”

“我要饿死了。”她说。

他面带微笑地说：“那我们就该好好吃一顿了！”

再过不到一个小时太阳就要落山了。他们走出房子，司机正站在车外。

“我们要坐豪华轿车吗？”米兰达问道。

“只给我女儿最大的、最好的。”约翰尼斯说道。

司机为他们打开了车门。

“晚上好，先生。晚上好，米兰达小姐。”

“晚上好，珀金斯，我们今晚要去莫顿餐厅。”约翰尼斯说。

米兰达迈进豪华轿车，然后坐在后座中间。

约翰尼斯钻进车，坐到她身边，珀金斯关上了车门。

“我相信这家牛排餐厅会合你胃口的。”司机上车时，约翰尼斯说道，这时司机坐进了驾驶位。

“父亲，是莫顿啊！五星级服务和牛排太吸引人了，它当然很对我胃口。”她说。

“我只想给你最好的，你开心，我就开心。”

他们坐车离开时，米兰达靠在父亲肩膀上。豪华轿车开得越来越快，路边的房屋变得模糊不清，米兰达想象着自己把破碎的梦的残片扔出窗外，亲眼看着它们被风吹走。

卡特回家后很开心，尽管他的处境并没有改善，他仍然不知道是谁在追杀他，而现在杰森也成了袭击的目标。

他正在房间里为晚餐做准备，这时他突然想到，他应该提醒查理和埃里克有关用餐的事情，于是迅速拨打了查理住的套间的电话。

查理正在调查园艺和维修人员的背景，这时房里的电话响了。他把手从笔记本电脑上伸过去拿起电话。

"你好。"

"查理，我很抱歉。我完全没想起来要告诉你吃饭时间。我们早上 8 点吃早餐，中午 12 点吃午饭，晚上 7 点吃晚餐。"

查理看了一眼时间。"还有 20 分钟。"

"我知道。你能替我转告埃里克，并为我迟到的提醒向她道歉吗？"

"当然可以，但这房子很大，餐厅在哪里？"

卡特笑着说："实际上，这里有三个餐厅。我 7 点到楼梯口等你，陪你一起去餐厅。"

"好的。待会儿见。"查理说完，合上了笔记本电脑。

套间的隔门还开着，查理走到门槛，往埃里克的房间里看了看。埃里克就在电脑前。查理之前也见过她这样专注的神情。他没有闯进去吓埃里克一跳，而是敲了敲门。

"进来。"她头也不抬地说。

“卡特刚打电话来了，7点吃晚饭，我们和他在楼梯口会合。他会陪我们一起去餐厅，他对临时告知表示歉意。”

埃里克终于抬起头来。“我们自己就找不到餐厅吗？”

查理耸了耸肩。“他说这里有三个餐厅。”

埃里克点了保存键，合上了一直使用的笔记本电脑，站起身。

“我要换衣服。你出去时把门关上。”

“好的，女士。”查理说着，关上了门。

埃里克径直走进卧室，从衣橱里选了一套衣服，然后走到浴室化妆。正常情况下，她只化眼妆就需要20分钟，可今晚她赶时间，不过这也不成问题。

* * *

20分钟后，查理敲了敲隔门。埃里克打开门时，查理有一瞬间忘记了呼吸。

她打扮得引人遐想。在金色和绿色眼影的共同衬托下，她那双黑眼睛显得大大的，每眨一下眼睛，睫毛上的金色亮点都会熠熠生辉。查理以前从来没见她穿过裙子，但这件裙子和她上班时穿过的其他衣服一样夸张。那布料，至少一部分布料是金色的，紧紧贴着她的身体，非常合身。裙子的下摆停留在膝盖以上足足4英寸的地方，裙下露出一双修长的腿，脚下踏着一双3英寸高的金色高跟鞋。裙子深深的V字领，正好露出喷火龙文身的整个头部，同时也会让人注意到她空荡荡的胸部。

他们离开房间时，查理喃喃地说：“真让我尴尬。”

“不知道你在说什么。”埃里克没理他，但她在心里早就朝查理·道奇的着装风格竖起过大拇指，今晚也不例外。

查理穿着灰色休闲裤，浅蓝色衬衫，衬衫领口没有扣上，外面套着一件灰蓝相间的运动外套。尽管埃里克的高跟鞋有3英寸高，但查理仍然比她高很多。

就像说好的那样，卡特正等着他们。卡特满眼欣赏地静静看着他们走下楼梯。埃里克太令人惊叹了。

“埃里克小姐，查理，晚上好。再次为临时通知你们感到抱歉。我想你们都饿了。主厨彼得很高兴能为客人展示厨艺，从这美妙的香味看，我想我们会美餐一顿的。”

他们走进餐厅，看到其他人都已经坐好了。

“晚上好，家人们。查理和埃里克小姐和我在一起，这些天他们都将和我们一起用餐，直到他们完成在这里的任务。”

“再次打个招呼。”爱德华笑着说。

埃里克回以微笑。“就叫我埃里克吧。”

“欢迎和我们一起进餐。”迪娜说，但她一直盯着埃里克的龙头文身，肯尼斯惊愕得说不出话来。

卡特忍住笑，安排埃里克坐下，然后让查理在旁边的椅子上坐下。他还从没见过让他妹妹不知道该说些什么的时候，不过她没多久就讲了起来：“小姐……我是说，埃里克，你的文身……”

“不同寻常！”肯尼斯插嘴说。

“嗯……是，是不同寻常，”迪娜附和着，“嗯……我的意思是，文完……很疼吗？”

“没有切除乳房那么疼。”埃里克说道，然后笑了。

迪娜脸红了。“哦，我的天哪。对不起。我真是太粗心了。我想我被它的力量震撼到了，所以才失礼了。你是个美丽的女人。我就是这个意思。”

埃里克知道从这个女人嘴里说出这样的话很了不得，所以她大方地接受了这句赞美。

查理还是有点震惊。他以前从没见过埃里克在社交场合的样子，她不仅很自在，而且还能占据主导地位。

开始用餐后，埃里克友好地活跃着餐桌气氛，让每个人都松了一口气。

晚餐后，邓利维一家按惯例去了阅览室，喝点睡前小酒。埃里克又坐在了爱德华身边，展现出了查理从未见过的另一面。她手里拿着自己要的冰苏打水，但是一口也没喝，只是在他们交谈时双手捧住杯子，慢慢把杯子捂热。

查理还在喝着他的波旁酒，而卡特选了啤酒。卡特不是特别喜欢喝啤酒，但这是保险之选，因为打开啤酒瓶盖的是他自己。

几分钟后，埃里克引起了查理的注意。从埃里克的表情中，查理看出她准备退出聚会，所以查理把自己的酒放在一边。

“埃里克和我想感谢你们准备的丰盛晚餐和美好陪伴。明早见。卡特，如果你不介意，早餐后我要跟杰森谈谈。”

“当然不介意，”卡特回答道，“好好休息。”

埃里克碰了碰爱德华的肩膀。“晚安。”

“也祝你晚安。”他说。

“哦，我忘了告诉你，麦克·杜林离开达拉斯市了。”两人走回自己的房间时，查理对埃里克说。

“你怎么知道的？”埃里克问。

“不相信那个混蛋，所以我派人跟踪了他。”

“为什么？”她在门外停了下来，问道。

“因为他惹我生气了。如果你有什么需要就敲门，不然我就睡了。”说完，查理走进他的套间，关上了门。

埃里克锁上自己房间的门，然后把查理锁在隔门外。每天晚上沐浴卸妆，就像退去她在公众面前的皮肤。到她上床时，她就又是杰德了。她想着自己想抛下的东西，下意识地在脑海中回放一幕幕的画面，就像翻阅一本书的书页一样。她在心里把它们一页接一页地抛掉了。她记忆中的最后一页是关于查理的，他怒不可遏地把她从麦克·杜林身上拉开。这一页她会留存。她把被子拉到下巴下面，几秒钟后，就沉入了深度的治愈性睡眠中。

埃里克睡觉时，查理正在看一封电子邮件。点开安妮的医生发来的邮件之后，他皱起了眉头。

查理：

我们今天对安妮做了一项评估，因为工作人员一直在报告她的行为变化。我想告诉你，她的认知水平比以前更低了。她对刺激没有反应，她吃东西时我们要让一名工作人员和她坐在一起，确保她吃到足够的食物。

没错，这种情况我们之前已经讨论过好几次了，所以我知道这不会让人感到意外。但它出现得比我估计的要快。我明白这不是一个好消息。我很抱歉。

与此同时，安妮正得到精心照料，如果你有任何问题，请随时打电话给我。

泰德

查理呆呆地盯着这些字。安妮退步得比预期的快得多。他一直认定自己会有更多的时间和她在一起。他们还可以把一些碎片拼在她的拼图上，但她饱受折磨。他不想失去她，然而，当他想到他们之间的关系时，他不得不承认他们已经没有亲密关系了。安妮还活着，但已经不是那个明艳靓丽的女人了，这种情况下想着她依然存在的肉体，实在太自私了。她还在呼吸，但这一点无法掩盖她已经被这该死的疾病折磨埋葬的事实。

他给泰德发了回信。他心里因为没有陪在安妮身边而感到内疚，但真正的安妮也不在那里了。这个消息让他惊愕。退出电脑系统后，他还是感到难以接受。然后他去洗澡了。

没过多久他就从淋浴间里出来了，他掀开被子，头发湿漉漉地钻进被窝。可是，闭上眼睛时，他眼前全都是安妮。他看到安妮仰头大笑的样子；看见他最终从阿富汗回来时，安妮等在门口的画面；看见他们一起度假；看见他们得知她流产的那天；看见医生诊断她得了阿尔茨海默病时，她脸上的神情。

“这比患癌症更糟糕。”安妮这样说道。回家时，她一路沉默不语。

他们的美好生活在那一天消逝了。

这封邮件带来的消息，是安妮人生之旅中的又一个里程碑。他不得不接受。

查理睡着了，梦到了安妮消失的碎片，他相信，如果找到了所有的碎片，他就可以把安妮重新拼起来。

天刚亮，米兰达就醒了。她平时不习惯早起，但是，既然她已经翻开了人生新的一页，她觉得最好不要把整个上午都睡过去。

与父亲外出用餐的夜晚很有趣。正是她需要得到的激励。她的心依然是破碎的，她依然是受到伤害的那一个。但她的世界并未毁灭，昨晚就证明了这一点。

米兰达走下楼梯，心里想着要喝咖啡，想着今天早上要选什么早餐，然后正好看见她父亲从办公室出来。

"早上好，亲爱的。你睡得好吗?"

"嗯，睡得不错。"

她父亲揽着她的肩膀，朝早餐室走去。

"我就是想告诉你，你伤心，我也感到很难受。如果有什么我能帮你的，你就告诉我，好吗?"

米兰达点点头，说道："我知道你也很伤心。你期待抱外孙。这还是会来的。我向你保证，有一天你也会有自己的外孙的。希望你能像溺爱我一样溺爱他们。"

他们走进早餐室，约翰尼斯皱着眉回答："我没有溺爱你。我只是把每个父亲都会给自己女儿的东西全都给你了。"

"什么是每个父亲都会给自己女儿的?"米兰达问道。

"这个世界。我想把这个世界给你。如果不能把钱花在所爱的人身上，那钱有什么用? 现在我们坐下来吧，让我们吃一天中最重要的一顿饭，早餐!"

米兰达咧开嘴笑了。"如果没有美味的多伊奇香肠，这顿饭就不完整。这是我今早想吃的，香肠和鸡蛋。"

埃里克打算开始工作，所以他们下楼吃早餐时，她穿得就像要去办公室一样。

今天早上她穿的是一件亮黄色的皮夹克和铅笔裤，夹克里套了一件蓝绿色的丝绸背心，及踝靴的深紫色像熟透了的李子。

她画了紫色眼影，黄色眼线，嘴唇涂了两道浓浓的深紫色。

她打开了他们套房之间的隔门，敲了一下，然后听到查理叫她进来。她打开门，却没见到查理。她提高嗓门喊道："现在差 3 分就 8 点了。"

"我准备好了。"查理从房间里拐出来，说道。然后他看了埃里克一眼，掉了个头，又回房间了。

埃里克皱了皱眉头，但几秒钟后，他就戴着太阳镜再次出现了。

"我们先去吃早餐。"她说。

"我知道，但你穿得太亮了，所以我得戴……"

"赶紧把太阳镜摘下来。"她说。

埃里克转身朝门口走去，查理把太阳镜放进夹克口袋。跟在她后面出门时，他咧着嘴笑开了，但他有种预感，这一天结束以前她肯定会报复他。

卡特的蝙蝠侠和罗宾[*]走进餐厅时，卡特已经坐在桌旁了，他和爱德华两个人都在笑。

迪娜也已坐下来，等着肯尼斯为她把食物盛在碟子里。看到埃里克时，她瞪大了眼睛，但什么也没说。

"早上好！你们都休息好了吗？"卡特问。

埃里克点点头。"休息好了。早上好，爱德华。"

---

* 蝙蝠侠是美国漫画中的超级英雄，罗宾是超级英雄蝙蝠侠的搭档及助手。——译者注

爱德华微笑着说："早上好，亲爱的女士。"

"住宿条件非常好。"查理说道。

"早餐是自助式的，但如果你们想吃点别的，露丝会告诉主厨的。"卡特说道。

查理盯着满满当当的餐具柜。"考虑到我早餐通常吃一碗冷麦片，我就不需要提要求了。这是一场盛宴。"然后他后退一步让埃里克先来。"您先请。"他说。

埃里克从他身边走过去拿自助餐时，眼睛眯了起来，以示警告，然后她看到了华夫饼。

"我喜欢华夫饼。"她自顾自地说道，然后拿起一个热碟子。她先拿了培根，然后是一大块比利时华夫饼，加了黄油，在华夫饼上抹上热糖浆。她给自己倒了一杯咖啡，回到座位上。

查理拿了炒蛋、培根，两片涂了黄油的吐司和咖啡，然后坐在埃里克旁边。

几分钟里，每个人都取了食物，开始吃早饭。聊了一会儿天后，卡特开始说正事。

"查理，今早你还想跟杰森聊聊吗？"

"想，如果他可以的话。"

"我已经和楼层护士谈过了，"迪娜说，"他睡了个好觉，今天早上他们把他叫起来过。"

"好消息！"卡特说，"我们用完餐后，我会通知安保部门派出一名陪同人员和我们往返医院。"

"谢谢你。"查理说。

埃里克站了起来，到自助餐台去拿了更多的培根，又倒了杯咖啡。

她回到桌边，查理抬起头来，说：“培根不错，是不是？”

“闭嘴。”埃里克说，然后显然想起来他们应该停战。

卡特突然大笑起来。“我喜欢看女人吃得津津有味。”他说道。

“真嫉妒你，”迪娜对埃里克说，“你这么高，人又瘦。你的基因一定不错。”

“哦，我嘴里塞满了各种基因。”埃里克说着，把盘中的最后一片培根塞进了嘴里。

听到她的语调，查理脸上的微笑消失不见了。他知道痛苦的语调听起来是什么样，知道愤怒的声音听起来是什么样。他听出了她的痛苦和愤怒。这让他很想知道，她为通用原理公司工作期间，究竟碰到了什么事。

十七

吃完早餐后，埃里克回到她的套房，准备调查威尔玛·肖特的档案，希望能找到收买她，让她伤害卡特·邓利维的人的线索。

卡特的司机开了一辆公司用车，查理和卡特坐在车里离开了庄园，后面跟着一个保安，前面还有一个保安。

他们到了医院，两名保安陪着他们进了医院，上楼走到杰森的房间。卡特安保团队的另外两名成员就在杰森房间外面守卫着。

“一切都顺利吗？”卡特问道。

“顺利，先生。”其中一个人点了点头，回答道。

卡特敲了敲门，而后打开门走了进去

电视是开着的。杰森显然睡得迷迷糊糊，但是听到门开了时，他清醒过来，看着舅舅，露出了微笑。

“卡特舅舅，见到你真好。你是来救我出去的吗？”

卡特笑了。“还不行，孩子。你能讲话吗？查理还有一些问题想问你。”

“当然可以，”杰森说，“问吧。”

“我长话短说，”查理说，“我们不可能认为，有人想杀你与有人想害卡特之间没关系，那样就太草率了。我需要问几个问题。”

“好的，我准备好了。”杰森说。

“你曾因个人或商业原因与人结下怨仇吗？”

“跟卡特舅舅的对手很像。在大学里有几个人对我恨之入骨，但那是在耶鲁大学的事了，而且过去很多年了。”

“我知道你现在和米兰达·多伊奇约会。你过去的女友中有没有谁对你怀恨在心？”

“我从未和任何人认真交往过，从来没到快订婚的时候，从来没带任何一个人回家见我的家人。她们只是社交活动的临时伴侣。嗯……我也不会再见米兰达了。”

“你和她是什么时候结束的？”查理问。

“昨天早上。”

“是友好分手吗？”

“不完全是。”

“‘不完全是’，是什么意思？你们吵架了吗？”

“我没有吵架。我只是告诉她，我觉得我们应该分开一段时间。她像泼妇一样骂我，然后开始朝我大喊大叫。我挂了电话。”

查理皱起眉头，继续问道：“好吧，我们要把事情弄清楚，你们这次对话与你中枪之间隔了多长时间？”

“我想，两个小时左右吧。”

卡特不再沉默，开口问道：“查理，你是什么意思？”

“再忍我一下，卡特，只要再问几个问题，我就让杰森休息。”查理说道。

“我没事。”杰森说。

“所以，如果我没记错的话，如果你舅舅被杀，那家里每个人都会得到相同数量的股份，对吧？我是说，如果发生这种情况，没有人会得到更多的好处。”

“对。”杰森回答。

“而你是被培养来接替卡特的职位的，所以你也不可能期望得到任何新的好处，对吗？”

“对。”卡特说。

“是的，这是家族多年来约定好的。”杰森说。

“好，最后一个问题。家族外有人知道这件事吗？”

“董事会的人当然知道，”杰森说，“这不是什么秘密，但我不知道是否还有其他人知道。”

“卡特，你呢？”查理问道，“你的生意伙伴都知道这个约定吗？”

“任何与我们做生意的人都知道杰森是这个职位的继任者，在我躲起来的这段时间，他也证明了自己有充分的能力。但是从遗产的角度来说，我怀疑没有其他人知道。”卡特回答道。

“你的女伴们呢？米兰达·多伊奇知道吗？”查理问道。

杰森微微皱起眉毛，说：“我弄不清，但我们在一起时从来没讨论过工作或者家事。”

“好吧，这涵盖了我需要知道的所有信息。我会把这些告诉埃里克，看看她能查到些什么。有时她只需要一点点信息，就能为我解开案情。”

“你的助理真不错。”杰森说道。

卡特笑着说：“你不知道她有多令人惊叹。”

“而且有时候能气死人。”查理补充道。

他们的交谈在笑声中结束了。

他们互相道别。在回庄园的路上，查理的思绪飘散开来。他现在能看到拼图的碎片，但这些碎片一块都拼不起来。在他调查过的大部分案件中，总会有那么一块需要找寻的碎片，一旦他们找到了这片消失不见的碎片，通常就能把其他碎片拼凑到一起。

在这个案件中，这片碎片还没被发现。

丹佛警局仿佛处在高压锅中。邓利维家族有两名成员遭遇袭击，而他们尚未找到一条与袭击者或袭击原因有关的线索。

他们所知道的就是，威尔玛·肖特被害了。尸检发现，她头部后面有一块巨大的瘀青，她指甲下的 DNA 不是她的，也与数据库里的数据都对不上。

关于卡特遭遇的袭击，他们所知道的都是卡特告诉他们的，还有医院实验室的检测报告，证明卡特体内发现了砒霜。此外，还有一份卡特下山时汽车刹车失灵的检查报告，他们发现刹车油管被割了个小洞。

福赛斯局长个人不会追究罗姆·德尔加多协助卡特躲藏的不当行为了，卡特也已经补偿了丹佛警局在寻找他的两周中的开销。但是他们还没有找到幕后黑手。

丹佛市每个警局都已经收到了中心警局有关杰森·邓利维枪击案的通缉令。由于有交通摄像头，他们知道了那辆车的型号和样式，但是不知道车牌号，因为车牌上全是泥。

从杰森肩膀里取出的子弹让警察知道了枪手使用的枪支型号，

他们还从一个目击证人的描述中得知了枪手胳膊上的文身特征。

像查理·道奇一样，警方也只需要一个突破口。

* * *

伍顿博士是两天前对巴迪·博伊·皮尔斯进行初步尸检的病理学家，昨天，他的停尸桌上又出现了雷伊·加尔扎的尸体。尸检后，伍顿测量了弹孔与两侧眉毛之间的距离，他意识到这与在巴迪·皮尔斯尸体上测量的结果是一样的。两人都是双眼中间中枪，中枪地方是一样的，相差不到一毫米，这太不同寻常了。伍顿感到奇怪，所以第二天早上他检查了两颗子弹表面的擦痕，确定了这两个人死于同一把枪下。

于是，伍顿打电话给负责这两桩案件的警探，请他们到停尸房来一趟。

两名警探都到了，他们一起被带进停尸房时，才知道对方也被找来了。

"里德警探，斯皮克警探，我是伍顿博士，谢谢你们能来。这可能没什么意义，不过，这些尸体可能与你们正在调查的其他悬而未决的类似案件有关。"

"怎么了，博士?"里德警探问。

"让我先给你们看一下，然后我们再谈，"伍顿说着，把他们领到冷柜前，拉开了两个不同的抽屉。

"这是巴迪·皮尔斯，我负责他的案件。"里德警探说。

"这是雷伊·加尔扎，我负责他的案件。"斯皮克警探说。然后里德与斯皮克对视了一眼，耸了耸肩。

"同样完美的弹孔，出现在两眼间的同一位置，子弹口径相同，"

伍顿博士说，“我有从皮尔斯身体里取出的子弹，还有从加尔扎身体里取出的子弹。在我看来，两颗子弹上的擦痕是一样的。找到那把枪，你们很可能就会找到杀害这两个人的凶手。”

两位侦探离开停尸房时，比到那里之前更感困惑。现在他们必须调查这两个人的背景，看看他们有什么共同点。肯定有蹊跷，因为杀死他们的是同一把枪。

斯皮克警探到达警局时，有一些报告等着他添加到工作文件中，他桌子上像往常一样，放着几份报告和一些通缉令。

其中一份是伍顿博士对加尔扎的初步尸检报告。斯皮克随便看了看，注意到他提到了胳膊上的文身和随附的照片。

他把报告放在案卷里，然后翻阅通缉令。看通缉令时，他发现有一份与杰森·邓利维的案子有关。他们要找的枪手左臂上有一整臂文身，从目击者对文身的描述来看，像是某个帮派的人。

他抽出了刚放进去的雷伊·加尔扎的尸检报告，重新研究了那些照片。看起来与帮派有关，照片虽然是远景拍摄，但还是值得通知布鲁纳警探。斯皮克伸手去拿手机。

布鲁纳正在写报告，这时电话响了。他在电脑上点了保存键，然后拿起了听筒。

“布鲁纳侦探，凶杀案组。”

“布鲁纳警探，我是斯皮克警探。我正在调查一个在樱桃溪水库外的车里被杀的人。我在看你的枪击杰森·邓利维的枪手通缉令，我调查的受害者左臂上有一臂文身，看起来像帮派标志。他也是左撇子，与通缉令上的信息一致。他叫雷伊·加尔扎。”

布鲁纳伸手去拿纸笔时，脉搏变快了。

“你有文身的照片吗？”布鲁纳问。

“有，在档案里。我们还在加尔扎车里发现了一把枪，和你在邓利维枪击案中要找的那把型号一样。我无法证明枪支信息都是吻合的，但表面上看起来一样。”斯皮克说。

布鲁纳用笔在纸上敲了一下，说道：“我需要对那把枪做弹道测试，还要把文身的照片拿给我的证人看。”

“我可以让法医处把照片给你，并帮你做个弹道测试。”斯皮克说。

“福赛斯局长一直紧盯着我们破这个案子，”布鲁纳说，“谢谢你提供信息，你一拿到弹道测试报告结果就马上通知我吧。”

“没问题，”斯皮克说，“还有一件事。法医把我和另一个警区的里德警探同时叫到停尸房，因为他发现我的受害者与他检验过的另一具尸体有个不寻常的共同点。他们都死在同一种型号的手枪下，这不算太奇怪，但他们两眼之间的弹孔引起了他的注意。他说杀死两名受害者的那一枪击中了他们脸上的同一位置。至多相差一毫米。弹孔正好在两眼之间，与两条眉毛的距离是一样的。之后他查看了从受害者身上取出的子弹上的擦痕，发现它们是同一把枪发射出来的。

“等等！里德调查的受害者叫什么名字？”布鲁纳问道。

“巴迪·皮尔斯，但他和雷伊·加尔扎不在同一个区。

“好的，我会记下来调查的。”布鲁纳说。

收到斯皮克要来的数码照片时，布鲁纳看了一眼，然后拿起电话打给梅根·西蒙斯，她是目击了枪手朝杰森开枪的人。

梅根马上就接了电话。

“我是丹佛警局的布鲁纳警探。请让梅根·西蒙斯听电话好吗？”

“我是梅根。”

“您愿意过来辨认一组文身的照片吗？杰森·邓利维的枪击案也许有线索了。”

“我1小时内过去。”

“太好了，”布鲁纳说，“我会通知前台，让人陪您到接待室去。”

“好的，等会儿见。”梅根说。

布鲁纳挂了电话，开始挑出更多的照片。现在他需要的只是等待梅根确认雷伊·加尔扎的文身，那样他可能就已经找到朝杰森开枪的枪手了。

他准备好照片，预订好接待室，然后看了一眼时间。梅根·西蒙斯马上就要到了。他要告诉前台把证人带到哪里。

几分钟后，有人敲门，一位警官和梅根·西蒙斯一起走了进来。

“布鲁纳警探，你的证人到了。”

布鲁纳站起来，快速握了握她的手。“梅根，谢谢您能这么快赶来。您坐这里吧，”他说，“我想请您看看这些照片，看看有没有照片与您看到的特征相符。”

梅根把钱包放在一边，镇定地走上前去查看照片，她马上排除了三张照片，这给布鲁纳留下了深刻印象。

“这些都不是，”梅根说，“它们太华美了，我没看到枪手的文身有什么颜色。”说完，她伸手去拿斯皮克警探刚送来的那张照片。“这个看起来像我当时看到的。”

“您确定吗？”布鲁纳问。

她毫不犹豫地回答："我确定。我是个护士。我们受过观察训练。在病人病情变化前，有时最细微的细节会是我们得到的唯一预兆。当我目睹整件事发生的时候，从邓利维先生猛踩刹车开始，到另一辆车闯了红灯从十字路口飞驰而过，一切似乎都是慢动作。我真希望能看到枪手的脸，但当我看到那只胳膊从开着的窗户里伸出来，看到他手里拿着枪时，我的注意力就停留在那里了。"

"您帮了大忙，想象不到的大忙。请等一下，我送您出去。"

布鲁纳把这些照片收起来，放进一个马尼拉纸制成的信封里，然后送梅根走到前门。

"谢谢您，祝您平安到家。"布鲁纳说道。

"不客气。"梅根说。

查理和卡特回到庄园后，卡特去了自己的办公室，查理则带着新得到的消息上楼去了。查理发现埃里克正在全神贯注工作，他不想打断埃里克。

"我知道你在那儿，"埃里克说，"我听着呢。"

"我会等到……"

"我可以同时做两件事。你说吧。"埃里克说道，同时手指飞快地敲击着键盘。

"杰森·邓利维在遭到枪击前2个小时和米兰达·多伊奇分手了，米兰达接受不了。杰森挂电话时，米兰达对他大喊大叫，破口大骂。你调查她的背景时，整合一下零碎的信息，看看能不能把她和卡特，还有杰森的案子联系起来。"

"如果她和杰森在约会，那她为什么想要卡特消失？"埃里克问道，打字的手却没停下。

她运指如飞，查理看得入了迷，几乎忘了回答。

“哦，嗯，这是我的想法。”

“为了嫁给一个富有的人，到了要杀死这个家庭里另一个有钱人的程度？如果你问我的话，我觉得这就是有精神病，不过也值得充分注意，”埃里克喃喃说道，“关于威尔玛·肖特，我倒有所发现。”

查理拉过一把椅子，在桌旁坐下。“你发现了什么？”他问道。

“4 个月前，她母亲的银行账户里存入了一大笔钱。在这笔存款之前，这个账户里唯一收到的钱是她母亲的社保金，社保金被用来支付她母亲每月的一部分照料费用。在有了那笔存款之后，威尔玛开始用这笔钱支付她母亲的所有医疗费用。”埃尔克回答。

“存了多少钱？”查理问。

“50 万美元，”埃里克答道，“但是没办法追踪这笔钱的来源。它是以现金形式存入的，而且我还无法将取这么大一笔钱与我们认识的人联系起来。”

“干得好，”查理说，“这足以证明她就是庄园里的内应。但至少还有一个人要为在高速公路上对卡特下手负责，这个人该知道怎么剪刹车油管。”

“我去查米兰达，看能有什么发现，”埃里克说道，“现在，你去一边待着吧。我需要思考。”

“你说你可以同时做两件事的。”查理一边说，一边站了起来。

“我是可以，但你拖慢了进程。”

查理看着她眉毛间微微皱起的眉头，还有她穿的亮黄色皮衣，纳闷她为什么要费心在卡特家里打扮成这样。

“你怎么还在这儿？”埃里克头也不抬地问道。

“能同时想两件事的人不仅是你。”查理嘟囔着站起来，走出了房间。

他脱掉鞋子，自己从吧台里拿了一杯冷饮，然后开始在网上浏览邮件和支付账单。他虽不在家，但家里的事情不会因为他不在就停止发生。

布鲁纳警探一直盯着巴迪·皮尔斯和雷伊·加尔扎的名字看，他从梅根·西蒙斯那里得到了有用的指认，她证明加尔扎就是凶手。布鲁纳已经把这两个人的犯罪记录都调了出来，记录很长，他们都曾多次被人指控。现在布鲁纳想知道卡特和杰森认不认识这些人。他知道杰森在医院的房间号。他打电话过去，然后数着电话蜂音，直到杰森接了电话。

“你好。”

“杰森，我是布鲁纳警探。我有新消息。我可以去看你几分钟吗？”

“可以，没问题。”杰森说道。

“我也想和你舅舅谈谈。你有能联系上他的号码吗？”

“打他的手机。这样就不必通过管家找他了，管家通常会接家里的电话。”

“谢谢，”布鲁纳迅速写下了杰森给他的号码，“等会儿见。”

布鲁纳打电话给卡特确定他也有空。电话响了两声后，卡特接了电话。

“是邓利维先生吗？”

“是的。”

“我是布鲁纳警探。你今天可以和我见面吗？”

“可以，我一整天都在家。”卡特说。

“我正在去见杰森的路上，这边事情结束我就会告诉你。”布鲁纳警探说道。

“期待你的到来。”卡特说。

布鲁纳抄起文件夹，离开了警局。很快他就到了医院，走出了电梯，来到杰森的房间。两名保安迎上来，他马上亮出了他的警徽。

“杰森在等我。”他说。

“请稍等，先生。他今天早上不舒服。让我问问。”保安说道。

保安打开门，走进房间，问道：“邓利维先生，布鲁纳警探来了。你准备好接待访客了吗？”

“我没事，丹尼。止痛药起效了。”杰森说着把床升起来，变成坐卧模式，这时布鲁纳进来了。

“抱歉，我不知道你今天不方便接待访客。我打电话的时候你应该告诉我的。”布鲁纳说。

杰森摇了摇头。“只是疼。但他们给我的药开始起效了。跟我说说新发现的线索吧！”他说道。

布鲁纳从他带来的文件夹里拿出一张照片。

“你的证人梅根·西蒙斯刚指认出了这个文身，这是她在枪手手臂上看到的文身。不幸的是，这是法医对他的尸体开始进行尸检之前拍摄的。”

“你是说这个人死了？”杰森问。

“是的。他叫雷伊·加尔扎。你认识叫这个名字的人吗？”

“这名字不耳熟，但是成千上万的职员在我们的不同机构工作，你有照片吗?”杰森问。

“我在他的犯罪记录里找到了一张照片。”布鲁纳从文件夹里拿出照片，递了过去。

杰森仔细看了看那张脸，然后摇了摇头，说:“不认识，抱歉。我对他一点也不熟悉。”

接着布鲁纳把巴迪·皮尔斯的犯罪记录拿了出来。“那这个男人呢？他叫巴迪·皮尔斯。”

杰森也看了看那份文件，而后又摇了摇头。“不认识，也不认识他。这两个人之间有什么联系吗?”

“法医认为这两个人很有可能是由同一把枪击毙的。我们正试着找到两人之间的联系，希望能引导我们找到这一切的幕后黑手。”布鲁纳说道。

“卡特舅舅是怎么说的?”

“他还不知道这些，但我接下来就要去他那里。如果你突然想起了什么，就给我打电话。这是我的名片。”

“好的。”杰森接过名片放在一边。

“谢谢你抽出时间。希望你能好起来。”说完，布鲁纳就离开了房间。

他要去卡特那座城堡。

查理正在回邮件，调查几个新客户的背景，这时有人敲了敲他的门。

“进来。”查理说道。是卡特。

“查理，你有时间吗?”卡特问。

查理合上手提电脑。“当然有时间。怎么了？”

“布鲁纳警探很快就会带些新的信息过来，你和埃里克可以旁听吗？”

“当然，你知道是哪方面的信息吗？”查理问。

卡特摇了摇头，说道：“不知道，但也许他有新线索。”

“告诉你，我们也有些新线索，既然布鲁纳正在调查威尔玛·肖特的谋杀案，那我也会把我们的新线索告诉他。埃里克在威尔玛母亲的银行账户里发现了一笔50万美元的现金存款。在过去的四个月里，威尔玛一直在用这笔钱支付她母亲每月的照料费用。但这是一笔现金存款，所以还无法把威尔玛与你的任何一位家人或员工联系起来。”

卡特瞪大眼睛看着他。“花50万美元杀我？究竟谁这么恨我？”

“我们会查清楚的，”查理说，“也许布鲁纳的信息会是个好线索。”

“也许。”卡特说道，然后他口袋里的手机响了。他低头瞥了一眼短信。“布鲁纳警探在阅览室等我们。”卡特说道。

“我去叫埃里克。”查理说。他走进埃里克的套间，她正在办公。

“你能先停一下吗？卡特想要我们下楼。布鲁纳警探带来了一些新信息。”

埃里克点了点头，又打了两个字，然后点了保存键，默不作声地与他们一起下楼了。

十八

布鲁纳坐在一张靠背椅里，在手机上编辑着信息。看到卡特他们进来，他立即把手机放在一边，站了起来。

“警探，按要求，我们到了，”卡特说，“我想你还没见过埃里克小姐。她是道奇先生的助理。埃里克，这位是布鲁纳警探。”

布鲁纳甚至都没朝这位穿着黄色皮衣的古希腊式女战士眨一眨眼。“女士。”他打了声招呼，然后就将注意力转到了卡特·邓利维身上。“我们找到了朝杰森开枪的人。他叫雷伊·加尔扎，但你们先不用庆祝这一发现。在我们找到他时，他已经死了。看到杰森被枪击的目击者已经指认他了。加尔扎车里的枪与打伤杰森的那把枪型号吻合。我们正在对加尔扎的枪进行弹道测试，以确定擦痕是否与手术中从杰森体内取出的子弹擦痕一样。

“这和威尔玛的死有关吗？”卡特皱起眉头，问道。

“我们正在研究这种可能性。”布鲁纳说。

“他叫什么名字？”查理问。

“雷伊·加尔扎。”

查理知道埃里克已经在心里记下了这个名字，准备进一步调查。

“这还不是全部，”布鲁纳说，“法医发现加尔扎的尸体和他检验的另一具尸体有着奇怪的相似之处，那个人叫巴迪·皮尔斯。这两个人都中枪了，法医说，两个中枪的位置都正好在两眼之间，到鼻子的距离相同，并且正好在两个人双眉的正中间。法医从他们身上取出的子弹也是同一把枪射出的。”

“等等，你是说，这个巴迪·皮尔斯可能也和邓利维家的两桩案子有关？”查理问道。

“这是我们正在论证的一个假设。”布鲁纳耸了耸肩，回答。

“在我找到卡特，了解到他所遭受的各种攻击后，他提到过，参与其中的人可能不止一个。”查理说道。

“为什么会这样想？”布鲁纳问。

“主厨不住在这里，除了他之外，每天在家里工作的只有女仆人，这可以解释一些意外的发生。但卡特的刹车油管也被人动了手脚，在高速公路上他曾有两次险些被突然冲过来的一辆汽车撞毁。”

“两次撞你的是同一辆车吗？”布鲁纳警探转向卡特，问道。

“是的，是一辆深红色的新款福特翼虎车。”卡特回答。

布鲁纳记了下来。“我会调查这两个死者的车的款式。”

“如果皮尔斯开的车符合这一描述，那就可以把他的遇害和威尔玛·肖特、雷伊·加尔扎联系起来。”查理说道。

埃里克转身走出了阅览室。

布鲁纳看起来有点吃惊。

查理马上解释道：“这无关私事。她是个寡言少语的女人，但很擅长自己的工作。迁就一下吧，她大约 5 分钟后就可以找到答案，包括她上楼的时间。”

查理注意到布鲁纳未做任何回应，这意味着布鲁纳并不相信他刚说的话。查理也知道埃里克很快就会改变布鲁纳的想法。他看着布鲁纳拿出两个遇害者的照片，递给了卡特。

“这是这两个人的犯罪记录。你之前见过这两个人中的任何一个吗?”他问道。

卡特仔细看了看两个人的照片，然后递了回去。

“没见过。我之前从未见过这两张面孔，但是为邓利维公司和所有子公司工作的人太多了，我不能断言说这两个人都不是我们的雇员。”

布鲁纳耸了耸肩。“这和杰森说得差不多。”

查理的手机收到了一条短信。“是埃里克发来的，”他说着，然后大声读道，“巴迪·皮尔斯有一辆 2016 款福特翼虎车，红色车身，红石峡谷的颜色。”

“真不敢相信，”布鲁纳说道，“好吧，道奇，关于皮尔斯参与了袭击卡特的猜测，你可能是对的，这意味着有人不仅想杀卡特和杰森，而且还杀了会让他暴露的人。”

“这意味着他是个连环杀手吗?”卡特问道。

“不，因为他只有一个目标，那就是杀了你和杰森，”查理回答道，“他现在所做的一切就是除去他雇来的帮手，这样他们就不会说话了。”

“这是对的，这让他变成了一个非常危险的人。”布鲁纳补充道。

“或者是个女人。”查理加了一句。

“你为什么会这样说?”布鲁纳问道。

查理耸了耸肩："杰森和一个一直约会的女人分手了，分手两小时后他就中枪了。我问他，分手时那女人是什么反应，杰森说她一直在大喊大叫，破口大骂，然后杰森就挂了电话。"

"但这并不能把她和卡特联系起来，因为卡特遭遇的所有袭击早在他们分手前就发生了。"

"我有个猜想，"查理说道，"如果这个猜想是正确的，我会告诉你的。"

"噢，那女人叫什么？"

"米兰达·多伊奇。"

布鲁纳停止记录，抬起头。"是约翰尼斯·多伊奇的女儿？"

"没错。"查理说。

布鲁纳警探叹了口气，说道："让我们都希望你的猜想落空吧。无论要伤害卡特的是谁，局长都已经下令要我们抓到这个人，我可不想告诉他，丹佛市第二富有的家族中有人成了我们主要的怀疑对象。"

查理的手机又收到了另一条短信。"是埃里克发来的。她说雷伊·加尔扎和米兰达·多伊奇读的是同一所高中，在同一个毕业班。"

布鲁纳目瞪口呆。"我真的敬畏你的助理。"他说

查理的手机再次响了起来。"埃里克还说，巴迪·皮尔斯曾与威尔玛·肖特结过婚，但威尔玛的母亲宣告婚姻无效，因为威尔玛未到法定年龄。"

布鲁纳摇了摇头。

"怎么了？"卡特问道。

"我只是在等着你的助理说出杀手的名字。"布鲁纳说道。

查理爽朗地笑了。“这花的时间可能要长一点。然而，正如我说的那样，她的确发现有一笔50万美元的存款存入了威尔玛·肖特母亲的账户，她母亲住在失智者护理机构。这笔钱是4个月前存入的，正好在卡特遭遇各种袭击之前。威尔玛一直在用这笔钱支付母亲的照料费用。”

布鲁纳又站了起来。“真让我太震撼了。她怎么会这么快就想到从这个角度调查？”

“我前一段时间已经让她调查威尔玛·肖特和米兰达·多伊奇了，但我不知道她怎么会想到从这个角度调查。”

“我已经把来这里要讲的话都讲完了，”布鲁纳说道，“谢谢你补充的信息。我想你应该会和我保持联系吧？”

“当然。”查理回答。

“我送你出去。”卡特说。他把警探送到大厅，查理上楼去找正在工作的埃里克。

“你颠覆了布鲁纳警探的世界。我不会问你怎么想到去查高中记录。对了，提醒我给你加薪。”查理说。

埃里克没理他。“新发现真的把矛头指向了这个叫多伊奇的女人。”

“嗯，现在看看你能不能找到她和其他三名遇害者之间的支付记录。如果能找到，就把她与卡特和杰森的案子联系起来了。”

“我会着手调查资金记录的。”埃里克点点头，说道。

米兰达·多伊奇在她的私人办公室里，仔细检查她平常一直锁着的一个抽屉，把发票和支付收据塞进碎纸机。她纳闷自己当初究竟为什么要留下这些东西。在与杰森分手之后，摆脱与杰森最后的联系，让她感觉很好。

她隐约听到走廊里有脚步声，于是停了下来，但脚步声消失了，所以她继续把单据一张接一张地粉碎掉。如果摆脱回忆也能这样容易就好了，可是覆水难收，发生的已经发生了。

她刚把最后一份单据塞进碎纸机，就有人来敲门了。然后她听到了父亲的声音。

“米兰达，是我。”

她跳了起来，从办公室跑到会客区。“进来！”她说。

约翰尼斯打开门，但没有进去。“我要去开会，不会回来吃晚饭。我想亲自过来告诉你。你一个人能行吗？”他问。

“当然行，我想说，你看起来很英俊。”

约翰尼斯笑了。“谢谢你，我的宝贝。记住，如果你有急事，我会随时接你的电话。”

她赤着脚走过地毯，伸展身体，在他的脸颊上亲了一下。

“我知道。你是最好的父亲。现在你去忙你的吧。我今晚没有安排，会一直在家。我会在床上边吃爆米花，边看一部我最喜欢的电影。你知道的，我很喜欢这样。”

“就像你妈妈一样，”约翰尼斯说，“我可能会晚点回来，所以我们明早见。”

“到时见。”米兰达说。她走到走廊上，知道约翰尼斯会回头看她。当他回头看时，米兰达又向他挥了挥手，然后他就走了。

米兰达回到自己的房间，想着父亲的一生，想着父亲为了获得如今的成就付出了多大的努力。她是在他的肉铺后面长大的，但到她

12岁的时候，多伊奇牌香肠已经享誉全国。她不再是屠夫的女儿了。她是香肠之王约翰尼斯·多伊奇的女儿。

午餐早已结束了，埃里克换下了黄色皮衣和高跟鞋，换上了牛仔裤和几乎垂到膝盖的轻便长袖衬衫。她手里拿了杯可乐，赤脚回来工作。

查理和她坐在同一张桌子旁，接听电话，收发邮件。他刚接到布鲁纳警探的电话，确认了他们对雷伊·加尔扎车里那把枪做的弹道测试结果。正是这把枪击中了杰森·邓利维。

威尔玛与巴迪·皮尔斯熟识，而巴迪开的车与在高速公路上冲撞卡特的那辆很相似，这些将他们两人与袭击卡特联系在了一起。

仍然有理由怀疑米兰达·多伊奇是杰森枪击案的幕后黑手，但这个猜想存在很大的缺口。根据杰森和卡特两人的说法，米兰达从未进过邓利维家，也没见过这家人，所以找不到她袭击卡特的动机。这两个案件之间缺失的环节究竟是什么呢？是谁有理由希望他们两人都死掉呢？

查理还在打字，突然意识到埃里克停止了打字，周围安静得惊人。他抬起头。埃里克就坐在电脑前，盯着屏幕。

“怎么了？”查理问道。

“米兰达·多伊奇在一个寻祖认宗网站做了DNA测试。

“你为什么会去查这个？”

“只是再次调查她的花销。那是唯一一项不同寻常的支出，所以我很好奇。”

“然后呢？”

“然后，我不会告诉你我是怎么发现的，但约翰尼斯·多伊奇并不是她的亲生父亲，如果她在拿到检测结果之前还不知道这件事，那她拿到结果之后就知道了。”

查理把他的笔记本电脑推到一边，身体往前倾了倾。“好吧，这是件大事，毫无疑问，但这与我们正在调查的这些案子有什么关系呢？”

“在她拿到检测结果后，不到一个月，她就流产了。”

“啊呀！没想到会这样。”查理喃喃自语，但他觉得拼图已经开始明朗了。

“她那时在与杰森·邓利维约会吗？”

“对。”埃里克的视线越过笔记本电脑，投向查理。“为什么一个女人想嫁给某个男人，声称爱这个男人，却突然想要打掉他的孩子呢？”她问道。

“除非不是那个男人的孩子。”查理说。

“但是，除了为了挽救生命，或者就是不想要孩子以外，还会有什么其他的原因呢？”埃里克问道。

查理眯起眼睛，说道：“你已经知道答案了。你想引导我找到答案，这样我就会觉得是我自己想出答案的。我付你这么多钱可不是为了这个。说出来吧。”

“如果孩子的父亲和母亲是血亲呢？那怎么办？”埃里克问道。

查理的手重重地拍在桌上，弄得埃里克百事可乐杯里的冰块嘎嘎作响。

“你在耍我吗？但那会是谁呢？等等。杰森已故的父亲也是米兰达的父亲？他们是同父异母的兄妹吗？”

“不，血缘关系不在杰森的父亲那边。是在邓利维那边，因为那个 DNA 测试，她在寻祖网站上发现自己与一个以邓利维为姓氏的爱尔兰女人有血缘关系。

那个爱尔兰女人其实是米兰达上推两代的曾姑奶奶，她与迪伦·邓利维有血缘关系，迪伦·邓利维是爱德华、迪娜、卡特和泰德的父亲。所以米兰达肯定是知道了自己和他们有某种血缘关系，但她显然想了解得更确切。我开始搜索米兰达的信用卡记录，发现她付钱让一个私人实验室又做了两次 DNA 测试。一次测试她的 DNA，一次测试杰森的 DNA。”埃里克说。

“他们还在约会时，米兰达可以轻而易举地采集到杰森的 DNA 样本。你查到实验室的结果了吗？”查理问。

“他们是堂兄妹。”

“卡特？卡特·邓利维是她的生父？”

埃里克耸了耸肩。“卡特、爱德华或泰德，其中有一个是她的生父。”

“虽然我不常这么说，但我现在感觉要吐了，”查理嘟囔道，“她妈妈叫什么名字？她多大时生的米兰达？找到她与这三个人中的一个之间的联系，我们就离找到作案动机更近了。

埃里克点点头，说：“她妈妈叫维维安·莫罗，我会深入调查她的生活，但我需要甜品。”

“甜品？”

“没错，加糖的甜点和巧克力会是额外的奖励。”她说道，然后回去工作了。

查理拿起房间里的电话，给厨房打电话。

“下午好，道奇先生。你需要什么服务？”露丝问道。

“埃里克要甜食。最好是巧克力。你那里有吗？”

“当然有，你想要萨赫蛋糕，还是美味的巧克力慕斯，或者一些上好的比利时巧克力？”

“那有没有好时巧克力块这样的甜食呢？”他问道。

露丝咯咯地笑了。“我会叫个姑娘给你们拿一盒。要不要也来点咖啡？”

查理叹了口气。“有咖啡就太好了。”

“我们马上就拿上去。”露丝说道。

查理把电话放回原处。“巧克力马上就到。”他说。

埃里克显然没有注意到他刚打过电话，她停了下来，问道：“真的吗？”

“我是个私家侦探，你忘了吗？我也能找到东西。我需要埋伏在某个地方监视，或者在某个地方与某人对峙。坐在这里看电脑屏幕可能会影响我的心智。”查理咕哝道。

“好吧，暴躁的怪癖裤子先生*，我希望他们拿来的巧克力够我们俩吃。你的声音听起来也像要耗尽糖分了。”埃里克揶揄道。

查理怒目而视。“你的话听起来就像那个巧克力块广告。”

“什么巧克力块广告？”

“那个……哎，管它呢，我并不暴躁。”

埃里克站起来，说道：“抱歉。我要去洗手。他们把巧克力拿上

* 美国一个著名的卡通形象，经常说的两句话是“别烦我”和“别碰我”。——译者注

来的时候帮我开门，好吗？”

她走出去时，查理看着她那件超大号的衬衫在她周围鼓胀着飘来飘去，不禁摇了摇头。这衣服让她看起来就像在离开房间前必须扬帆起航一样。

该死的女人。

几分钟后，有人敲响了房门。

“我去开门！”查理大声喊道。他知道这样会惹恼埃里克。

路易斯推着一个小茶具台站在门口，她很快就把茶具台推了进去。“用完后不要费心。把它推进大厅，给我们打个电话就行了。我们会帮你移走的。”

“谢谢你，路易斯。一切看起来都非常不错。请向主厨转达我的谢意。”

她露出了微笑。“我会的。”

查理关上门，仔细看了看各种甜食，把手指插进其中一块甜点后，才给自己倒了一杯咖啡。

埃里克扬着帆，驶回房间。“我闻到了咖啡的清香。”

“还有各式各样的巧克力甜点。”

埃里克靠在手推车上，欣赏着这一堆甜点，然后看见一块巧克力慕斯的中间正好有一个洞。她看了看那个洞，又看了看他。

“你把手指伸进这块慕斯了吗？”

“小时候，我和兄弟们就是这样宣示主权的。所以，这慕斯是我的。”

查理看着埃里克，她睁大了眼睛，接着把头往后一仰，大笑起来。这之后她继续咧嘴笑着，靠在手推车上，把手指伸进萨赫蛋糕切片，又倒了一杯咖啡，拿起蛋糕和叉子，带回卧室。

“喂！别光站在那里，拿上你的慕斯和勺子过来坐着。你站着的样子很吓人哟。”

查理在慕斯上插了一把勺子，然后走过去和她坐到一起，但是查理只要看着她，就无法抑制住她的笑声在他心里引起的反应。他不想看到她笑成那样。他需要看到脾气暴躁易怒的那个她。

“米兰达今年多大了？”查理问道，然后舀了一勺慕斯送进嘴里。

“29岁。”埃里克一边说，一边舔着叉子上的巧克力。

就在她舔叉子的时候，查理抬起头看了看她，然后立刻看向别处。“我需要知道她母亲的详细情况。我们都有什么发现？”

埃里克又给自己切了一口蛋糕。“我们没有什么发现，但我有发现。我之前说了，在嫁给约翰尼斯·多伊奇之前，她叫维维安·莫罗。她那时才20岁。如果她还活着，现在要50岁了。还有，为了防备你接下来要问这个问题，我先说明，她和约翰尼斯结婚时一定已经怀孕了，因为婚礼过后8个半月，米兰达出生了。”

“30年前，邓利维兄弟们多大？”

“等一下。”埃里克站起身，回来时拿着笔记本和一支笔，“让我想想，卡特现在50岁了，所以他当时是25岁，爱德华现在60岁，所以他当时应该有30岁，而泰德现在46岁，所以他当时才16岁。这三个人中有一个是她的父亲。”

“即使她知道，或者她认为，卡特是她父亲，那她为什么想要他死呢？”查理问道。

埃里克在回答之前又咬了一口蛋糕，嚼了嚼，咽了下去。“也许因为和堂亲有了孩子把她吓坏了。也有可能她认为生父因为母亲怀孕而抛弃了母亲，当然这也算抛弃了她。”埃里克叹了口气，然后在空中挥了挥叉子，继续说道，“我们猜测得太多了。我得查出她母亲的背景，看能不能发现她和三兄弟中的哪一个有关系。吃你的布丁吧。”

“这是慕斯，不是布丁，而且很好吃，”查理说道，“除了米兰达和雷伊·加尔扎一起毕业外，我们还要找出他俩在其他方面的联系。”

“为什么？”埃里克问。

查理对埃里克问的为什么感到诧异。“这个年级有上百人，完全有可能一起读完高中，然后再也不见面。”

“真的吗？”埃里克问道。

查理皱起眉头。“你怎么会不知道这个？”

“因为我从来没上过学。”她回答说。

“哦，在家自学呀。”查理说。

“5岁以后，我就没家了，也没在家上学。我在通用原理公司长大，由技术人员照顾。”

现在查理已经不只是好奇了。“你到底是怎么学会你会做的那些事呢？”

埃里克往别的地方看了一会儿，然后又回头看着查理，迎着他凝视的目光。

“我从来不需要学任何东西，我生来就知道。我需要休息一下，我去后花园了。”

她起身离开，查理一时间不知道该说什么。他站起身，把空了的甜点盘放在手推车上，然后回他的套房去了。

有时候埃里克几乎让他感到害怕，有时候他认为她是个天才，但他百分百地确定，自己并不了解埃里克这个人，也不了解她的生活。

但是，他的的确确清楚他自己是怎么生活的，他要重新与自己的生活接轨，所以他做的第一件事就是打电话给晨曦颐养院，问问安妮的情况。

“晨曦颐养院，我是平克。”

“我是查理·道奇。邓利维医生在吗？”

“不在，先生，他现在不在。你想和一位护士聊聊吗？”

“想，请帮我接通。”

“我会帮你接通。”平克说。

电话直接转到了音乐铃声，查理·道奇很不喜欢这样，不过那地方的一切事物都让他不安。一切事物，除了安妮。电话终于接通时，他还在沉思。

“我是马蒂。”

查理的脑海里立刻就浮现出了这位中年妇女的样子。她一头金发，满脸笑容，个子不高。

“马蒂，我是查理·道奇，我出差去了别的州，现在只是想问问安妮怎么样了。邓利维医生已经告诉过我，她的认知水平下降了。您能告诉我她的最新情况吗？”

“她很好，道奇先生。我们喂她，她就会吃东西，吃得不多，但足够了。如果有人握住她的手，陪她散步，她会四处走走，锻炼一下。”

查理尝试着想象这个场景，但他想象不出来。他的安妮是会大笑着跑开的。

“拼图呢，她还会试着把拼图拼到一起吗？”他问道。

“最近没有，”马蒂说，“很抱歉，我没有更好的消息。”

“她身上一点儿也不疼，是吗？”

“噢，不疼！一点也不疼。她一点都不烦躁。”

"好的，谢谢。"查理说完就挂了电话。他把手机放回口袋，然后站起来，走到楼下的阅览室，站在窗边，直到瞥见埃里克沿着花园的一条小径往前走。没人看她的时候，她的整个身体仿佛都在休息。她在一个修剪成龙形的灌木丛边停下脚步。查理看着她把双手放在这棵灌木丛上，就像在和人打招呼一样。几秒钟后，她走上了一条两侧开着紫色石楠花的小径。

埃里克说要去花园，她现在就在花园里，也很安全，查理放心了。他上楼去拿自己的笔记本电脑，回到套间查看邮件。他为安妮无法阻止的病情恶化感到心痛，工作是消除心痛的另一种方法。他只知道自己感到不对劲。这个案子该结束了，它已经很复杂了，但必然会有一个结局。他需要回家，按部就班地重新经营自己的生活。

埃里克一直走着，直到自己差不多又忘了自己存在的真相，才走进屋里，回到楼上。

他们两个套房之间的隔门还开着，但查理不在那里了。这样很好，她想。然后她开始调出能找到的关于维维安·莫罗·多伊奇的所有信息。

十九

快到正餐时间，埃里克才退出操作系统，开始换衣服。她换下牛仔裤和宽大的衬衣，穿上黑色的长袖连衫裤。领子模仿的是牧师的衣领，领口处也装饰着一小块白色。连体裤后部是挖空的，露出了她的腰。

她穿上了红色的鲁布托牌高跟鞋，颜色与她的红唇搭配得恰到好处，这就会让人更注意她的双唇，而不是光秃秃的头。

她正要离开卧室时，有人敲了敲她外面的门。

“门没锁。”她说道。

查理走进来，然后停住了。天哪!

埃里克抬头看了查理好一会儿，任由自己沉浸在对他的幻想中，那是她对他的诸多幻想之一，然后她皱了皱眉，因为查理还在盯着她看。

“怎么了?”

查理眨了眨眼。“我在想我应该现在就坦白我的罪过还是待会儿再坦白。”

“我才不理你呢。你要下去吃饭吗？”

查理点点头。当她慢悠悠向他走去时，他瞥见了一双红鞋。牧师领的纯白，压在脚上的魅惑红。她从他身边走出去时，他清清楚楚地看到了她裸露的后背，还看到了那个龙文身的另外一部分，这次映入眼帘的是一只爬上她身体的龙爪。

虔诚与诱惑的反差太强烈了，让人无法不为之注目。查理什么也没说，只是“砰”的一声关上门，那一瞬间埃里克感到心满意足，因为她又一次惹得他直冒火。

他们沉默着走下楼梯，沉默着进入餐厅，但他们一走进餐厅，埃里克就调整好情绪，与查理一起亲切地向这家人问好。

“晚上好！”卡特的声音在餐厅回响着。

迪娜身穿一件淡黄色的夏装，做装饰的施华洛世奇水晶饰品数量多得令人眼花缭乱，一枚订婚戒指终于戴在了她手上。

埃里克立刻就发现了戒指。她笑着说道：“看来今晚该恭喜你了。祝福你们俩。”

“我错过了什么吗？”查理问。

“发生了什么事？”爱德华在桌子的另一端大声问道。

卡特走进房间时正好听到了爱德华问的问题。

“迪娜和肯尼斯正式订婚了，”他回答道，“肯尼斯要我祝福他们，这并非必不可少，但他想得非常周到，当然，我代表全家人祝福了他们。”

“太棒了！”爱德华拍着手说，“我们应该为此干一杯，恭喜迪娜和肯尼斯。我为你们俩感到高兴。”

迪娜眼里闪着泪花，对埃里克微笑示意，感谢她注意到了戒指，肯尼斯则是一脸灿烂的笑容。

“我也向杰森祈求了祝福，他祝福了我们，”肯尼斯说道，“我们对迪娜的希望是一样的，那就是看到她幸福。”

卡特坐了下来。露丝这时走进了房间。

“露丝，我们要一瓶最好的香槟酒来祝酒。”

“好的，先生。”露丝说完就去拿香槟酒了。

几分钟后，她拿来了一瓶加冰的唐·佩里侬香槟王。卡特看着标签，点了点头。

“2004 年的酒！选得好，露丝。”

“谢谢您。”露丝说，然后熟练地打开瓶盖。这时阿内塔端着一托盘香槟杯，匆匆走了进来，在每个人面前放了一只香槟杯。

“我事先不知道有特别的事情要庆祝，否则让您的侍酒师来就好了。”露丝一脸关切地说。

“不用，”卡特说，“这是家庭聚会，我们还是等到办大型聚会时再请他来吧。”

露丝斟满酒杯，在卡特站起来举起酒杯时悄悄走出了房间。

“敬迪娜和肯尼斯，还有他们的爱情。我们祝你们的婚姻长长久久，幸福甜蜜。”

“听着听着！”爱德华喊道。

迪娜满面笑容。

对从未拥有过的东西的渴望，让埃里克的心一阵刺痛。她把香槟酒杯举到嘴边，然后慢慢抿了一口，体会着酒的味道和气泡，就不觉得心痛了。

查理笑得恰到好处，有人讲的笑话逗乐了他。他尽量不去想，当袭击真相公之于众时，这家人会是什么反应。

庆祝一结束，就开始用餐了。

他们吃完了前两道小菜，等着上主菜时，他们的话题又变成了年轻时的爱恋。

卡特是第一个提到自己恋爱故事的人，他的家人显然对这个故事很熟悉，因为每次他想往下讲时，迪娜都会打断他，并且纠正他对这个故事的说法。终于，卡特举起了手。

“迪娜！这是我的女朋友，不是你的女朋友。”

“但我认识她。”迪娜嘟囔了一句。

“我也认识，但是，跟她并排坐在汽车后座上的不是你，是我！”卡特说道。这话把所有人都逗笑了，包括迪娜。“迪娜和肯尼斯刚刚正式订婚，我认为我们不需要从他们那里了解他们的旧日恋情了，”他看着查理说，“你呢，牛仔？”

听到卡特用牛仔指代德克萨斯人，大家都笑了，查理也笑了。

“我的生活就像本打开的书，毫无秘密。我妻子是我的初恋，一直都是。”查理说道。

卡特瞥了一眼埃里克，她一言不发地瞪了回去。卡特迅速看向爱德华。

“埃迪，坦白吧！你比我大 5 岁，所以你肯定有过我们谁都不知道的风流事。”

爱德华笑了。“我年轻时，参加过一些社交活动，但唯一停留在我记忆中的女孩是在我失明之后出现的。”话音一落，房间里立刻安静下来，每个人都在听爱德华的故事。“那是元旦前夜，朋友们说服我和他们一起参加一个聚会。我有些犹豫，但他们发誓说来宾都是我认识的人，所以我妥协了。我喝着烈性酒，听着派对的哄闹声，虽然没有真正参与其中，但我感觉还不错。然后我耳边响起了一个女孩的声音，她问我愿不愿意和她共舞，一直跳到新年的钟声响起。”

“噢，爱德华，这听起来真浪漫。”迪娜说。

爱德华勉强笑了笑，笑得龇牙咧嘴。他显然沉浸在自己的回忆之中。

“我告诉她，我很荣幸受到邀请，但因为我看不见，所以我很有可能会把每个人的脚趾都踩一遍。她说我们去大厅对面的阅览室，在那里我们只会撞到家具上。她说我们在那里也还能听到大厅传出的音乐声，而且她保证会小心地看护自己的脚，她把我逗笑了，所以我就去了。”

他停顿了一下，沉默了一会儿，回忆着，然后叹了口气，继续往下说。“这是我失明后第一次触碰女孩子，也是我最后一次和女孩跳舞。那晚……那晚……她……她很特别，这是我最美好的回忆。”

埃里克身体往前倾了倾。这个动作几乎看不出来，只有查理发现了，因为她的手抓住了他的前臂，查理觉得埃里克甚至都没意识到自己的动作。

“她叫什么名字，爱德华？”埃里克问。

“维维，她叫自己维维。我不知道她的姓，这也不重要。”

查理对这个回答和它将对爱德华造成的影响感到悲伤。埃里克没有看他，但他感觉到她把他的胳膊捏得更紧了。

“这是个美丽的故事，”埃里克说，“谢谢你和我们分享。”

“这件事我一点儿都不知道，埃迪。你这个家伙真是了不起，你是我最喜欢的兄弟，但这句话别告诉泰德。”卡特说道。

每个人都大笑起来，主菜端上来的时候，气氛变得更加愉快了。

晚餐终于结束了，大家起身去阅览室喝睡前小酒时，注意到了埃里克的连衫裤背面，或者说注意到了埃里克的连衫裤背面是裸露的，于是又引发了一个小高潮。

“埃里克，我想冒着被砍掉双脚的危险再次坦言，我想说你露出来的显眼的文身充满魅惑。我们石楠花园里就有一丛修剪成龙形的灌木。”卡特说道。

“我看见过。”埃里克说。她跟着查理走到吧台。

“要喝什么，搭档？”查理一边问，一边在吧台后面晃悠。

“加柠檬汁的气泡水。”埃里克告诉他。

几分钟后，查理把饮料递给了她，然后他为卡特倒了白兰地酒。爱德华又喝了点酒，之后不久就决定去睡觉。这个决定为这个夜晚画上了句号。

查理和埃里克默默爬上楼梯，什么都没说，直到进了埃里克的房间。他们一关上身后的门，就难以置信地望着对方，然后查理开始说话了。

“你敢相信刚刚发生的事情吗？晚餐时大家东拉西扯，然后突然之间，拼图的另一块碎片从天而降。”

埃里克面无表情，但她的语调并不冰冷。“维维安和爱德华做梦都不会想到，那个晚上会带来什么结局。爱德华失明了，年纪又比维维安大那么多，我觉得米兰达自然而然就把他排除掉了。她做出了大胆的猜测，既然泰德当时年纪太小了，那就只剩下了卡特。但她猜错了。”埃里克说道。

查理点了点头。“我们不能确定她为什么想置卡特于死地，但现在看来她可能就是幕后的指使者。”

“如果我能找到她给三个不同的人付款的一连串记录，我们就能抓住她了。”埃里克提议。

“明天早上，”查理说，“我们明天早上再调查。”

“同意。我准备关闭思考开关了。”埃里克说。

查理做了个鬼脸，说道：“如果能这样就好了。”

“是呀，能这样就好了。”埃里克附和道。

她不打算告诉查理她知道怎么停止思考，她只要想停止思考，随时都可以。她已经透露了很多关于自己的事，她本来不想这样的。住在老板的隔壁不利于她保持心灵的平静，只会让她放松警惕。

“明早见，然后投入伟大的事业。”说完，查理走进他的房间，关上了隔门。

埃里克把自己反锁在房里，花了几分钟做睡觉前的准备。最后，她钻进被子，就像退出电脑一样，退出了她的思考。

布鲁纳侦探开始认为米兰达·多伊奇是他们最好的线索，尽管他还没发现能有什么作案动机，把米兰达与卡特和杰森·邓利维的案子联系起来。他必须万分小心，注意查证的方式，以免警局里有人向媒体走漏风声。在没有证据的情况下指责像她这样的人从事犯罪活动，会导致雇员失业，警察局也会遭到起诉。

他需要找到的是作案动机，以及米兰达与威尔玛、雷伊和巴迪的资金往来记录。他已经让警局最优秀的职员之一参与调查，现在他们唯一能做的就是等着看到底能调查出什么，该询问的人都已经问过了。

天色已晚，布鲁纳厌倦了今天处理的谋杀案和诈骗案。他离开警局时，太阳正徐徐下沉。他一路向西，一轮美丽的落日为他指引着回家的方向。

查理起来叫埃里克去吃早餐时，埃里克已经开始工作了，她坐在桌边，寻找资金往来的线索。查理走近埃里克时，发现她头上的伤口已经愈合了，瘀青也变淡了，淡得他都要忘了这里之前有过瘀青。

“我们需要在更多的人遇害之前解决这个问题，这种时候，我不会盛装出场，坐下来聊上一个小时或更久。”她说道。

“如果我有要追踪的人，我也不会下去吃饭，”查理说，“我可以让露丝给你拿点咖啡和丹麦酥吗？”

“可以。”

查理翻了个白眼。“不客气。”他说，然后轻轻关上了门，没发出一点声响。

埃里克没理睬查理。她已经在调查米兰达·多伊奇了。

看到只有查理一个人出现时，大家还以为埃里克病了。

“埃里克还好吗？”卡特问，“如果她不舒服，我可以叫我们的医生来。”

“她很好，”查理说，“她正忙着工作，不想放下手头的事情。”

“我们可以给她送点吃的，”迪娜说，“有时我会在套房里吃早餐，尤其是状态不好的时候。”

这时露丝拿着一篮刚出炉的饼干走进来，把篮子放到了餐具柜上，她无意中听到了迪娜的话。

“我去给她拿一盘吃的，”露丝说，“她要什么？”

“咖啡和丹麦酥，或者任意一种甜甜圈。”查理说道。

“我会马上送上去的。”露丝微笑着说。

“谢谢你。”查理说着走到餐具柜前，给自己拿早餐。那些热腾腾的饼干在召唤着他。

大家吃着早餐，查理越发沉默。他不禁想起他们已经知道但邓利维一家还不知道的事情。这和遭到了某个人的背叛还不一样，事情给爱德华和杰森造成的影响是最大的，其中一个人有一个他从不知道的女儿存在，另一个在不知情的情况下当了一个已经流产的孩子的父亲。

卡特注意到了查理的沉默，查理抬起头，看到卡特在盯着他，然后卡特说话了。

“怎么了，查理·道奇？”

查理摆出一副扑克脸，面无表情。“没什么。我只是把我们到目前为止所知道的全部信息都在脑海里过了一遍，想把事情弄明白。正如你从布鲁纳警探的来访中了解到的那样，情况比我们最初料想的要复杂得多。恐怕我的社交礼仪还处于封存状态，自从安妮不得不离开我们的家，我就把社交礼仪束之高阁了。

“没必要表示歉意，但你如果有什么需要，请尽管说出来。”卡特说。

“我会的。如果你们不介意的话，我也该去工作了。如果有进展，我会第一个告诉你们。”

埃里克正在舔着手指上的糖，看着一个运行中的搜索程序整理数据，她知道，只要存在与米兰达·多伊奇的钱有关的数据，这款应用就会帮她找到结果。这个程序是她编写的，它非常有效，但也违犯了大部分的隐私法。

她在牛仔裤上擦了擦手指，准备去拿咖啡，这时电脑程序突然传出了一声提示音：“哈利路亚！”

一个新的页面出现在屏幕上，埃里克开心地笑了。那是米兰达·多伊奇的信托基金的财务数据，直到四个月前还没有提取过任何资金。然后，第一次提款50万美元。不到一个星期，又取了一笔钱，金额为5万美元，另外还取了一笔钱，金额为20万，就在那一天，杰森·邓利维中枪了。第二天又有同样金额的钱存入基金账户。

就在这时，查理走了进来。

埃里克跳起来，指着屏幕。

看着她发亮的眼睛，查理知道她有了发现。

埃里克开始噼里啪啦地讲着自己的最新发现。“首先，我发现有一把手枪是以米兰达·多伊奇的名字登记的，这把手枪与杀死巴迪·皮尔斯和雷伊·加尔扎的枪是一个型号。然后我就发现了这个!”

查理俯过身，看着屏幕。

“这看起来像一张银行对账单，但又不是银行对账单。我现在看的是什么?”查理问道。

“是从米兰达·多伊奇的信托基金中提取现金的记录。这里有我们在找的那50万美元。不久后又取了5万美元，这可能是给巴迪·皮尔斯的。这是第三次取款，发生在杰森中枪那天，但第二天这笔钱又回到账户里了。那么，为什么……”

查理咧嘴笑了。“你成功了！天啊，姑娘，你成功了！你还不明白吗？杰森和米兰达的分手是意料之外的事，杰森之前从未成为她的袭击目标，所以她不可能提前付钱。这笔钱应该是完成任务后的酬金。可是加尔扎没杀死杰森，她就杀了加尔扎，把钱又存了回去。”

“就是这样！”埃里克说完又摇了摇头，“各种各样的事我都知道怎么做，我也能赚大钱，但还是不懂人类的情感。”

查理皱了皱眉头。“为什么不懂？”

“噢，我的意思是，因为我不和普通人交往接触，所以我很孤僻。”

“噢，没错，我看得出来，”查理说，“那一瞬间，我还以为你想让我觉得你是个外星人呢，我正要说整件事都是扯淡。”

埃里克笑了。“我让很多人都以为我是个外星人，但我是个地球人。现在，我们该怎么做？我不能告诉你的警探我是怎么发现这些的。那我们能不能告诉他数据就摆在那里，他会通过合适的渠道得到同样的信息？”

“可以，当然可以。”查理说道。

“那你还等什么呢？”她说道，“我真不明白，为什么她想杀了她的亲生父亲，或者她以为是亲生父亲的那个男人，还有那个她自认为深爱着的男人的孩子。这只能等到米兰达开口了，我们才能弄清楚。”

“布鲁纳需要作案动机，所以我们要说出 DNA 和堕胎的事了。她支付堕胎费用的记录是我们能合法获得的吗？”查理问。

埃里克笑了笑，说道：“实际上，她是用信用卡付的钱，我猜，他们可能有个不质疑开销就付账单的会计。她可能认为只要不走保险程序，就没有人会知道这件事。让我来打印我们已经找到的文件吧。”

“在电话里谈这事太复杂了。你愿意去市中心的警察局吗？”查理问。

“去。”

但是查理犹豫了。“这不会让你有任何麻烦吧？如果这会给你带来麻烦，我们还是找别的方法……”

“我会不露踪迹的。”

查理欣慰地笑了。“那我给布鲁纳打电话，你把鞋穿好。”

布鲁纳警探正在去往福赛斯局长办公室的路上。局长叫他过去，让他感到很紧张。局长想知道他们调查到哪一步了，如果局长知道另有三起谋杀案与卡特和杰森遇袭有关，肯定会不悦的。

布鲁纳正在停车场停车，这时手机响了。他打算让电话转到语音信箱，接着就发现是查理·道奇打来的。

“上帝啊，请保佑这电话传来的是好消息吧。”布鲁纳一边喃喃自语一边接了电话，“布鲁纳警探。”

“我是查理。我们有了新的发现。虽然这情况很复杂，但我们掌握了逮捕米兰达·多伊奇需要的所有证据。问题是你要通过恰当的渠道再次找到这些证据，保证寻获证据的合法性。”

“我的天啊！我没听错吧。我最可怕的噩梦成真了。”布鲁纳呻吟着说。

“我们能不能找个私密的地方聊聊，把我们知道的都告诉你？之后，如何去验证同样的信息，就取决于你了。”

“好，我可以做到，”他说，“我正要去见福赛斯局长。我赶快先去见他吧。我想这不会花很长时间，只是我们尚未侦破案件时的每周闲谈会。等你们到了警局，我就会回到办公室了。”

“我会和埃里克一起去。”

“那是在帮我。”

“那我们回头见。”查理说着，挂了电话。

埃里克迅速换上了长裤和蓝白条纹背心，穿上了白色及膝长靴。

埃里克换好衣服回来时，查理正和卡特通电话。

“埃里克和我约了布鲁纳警探。我们现在就要走了，但回来后会告诉你的。”

“新发现？”卡特问。

“是的。”

“顺便说一句，”卡特说，“迪娜和肯尼斯刚刚出门。杰森要出院了。全家再次团圆真是太好了。”

“很高兴听到这个消息，”查理说，“那我们就可以把消息同时告诉所有的人了。现在家里还有保安吗？”

“有，他们在这里。”

“让他们守在房子附近。”说完，查理挂了电话。

二十

布鲁纳警探回到办公室后，赶紧去查看有没有空会议室。既然道奇和他的助理要告诉他的信息这样具有争议性，那他需要在绝对不会受到干扰的地方与他们会面。他一订好会议室，就跑下楼去大厅等查理他们。

布鲁纳到大厅没多久，查理和埃里克就到了。即使还隔着一段距离，他也不会认错这两个人。查理走路像军人，身旁的女人也一样英气逼人。

布鲁纳迎上去，与他们一一握手问候。

“我已经订好了一间会议室。”他说。他们沉默地坐上电梯，然后同样沉默地走进会议室。一进会议室，布鲁纳就放松下来，但埃里克显然没有放松。

她在房间里从一个角落走到另一个角落，检查有没有摄像头。

“有可能被偷听吗？”她问道。

“没可能，”布鲁纳回答道，“相信我，在所需的一切全部就绪，可以发出逮捕令之前，我同样不希望走漏消息。

查理坐了下来。“我打算让埃里克为你解释我们的大部分发现，因为是她破了这个案子。我们都没想到真相会是这样，所以当我说‘我们理解你的感受’时，你要相信我。”

“请坐吧。”埃里克说。

“有那么糟吗？”布鲁纳问道。

“实在疯狂。”查理耸了耸肩，说道。

布鲁纳坐了下来，这时埃里克从一个马尼拉信封里拿出了几页纸。

“这就是我们确切知道的信息。”她说。接着她开始打钩标出要点，然后把相应的文件放在布鲁纳面前。

“米兰达有一把手枪，与杀死巴迪·皮尔斯和雷伊·加尔扎的那把枪是同一个型号。她利用这些人时，曾从信托基金中取钱给他们付报酬。这里有取款记录，与之相应的是付钱给三个不同的人。查理会解释最后一次取款记录。”

查理接着讲道：“第三次取款发生在杰森·邓利维中枪的那天，这笔钱第二天又存入了账户，因为杰森没死，这也是她枪杀加尔扎的原因。和其他人一样，加尔扎也让她的计划失败了。”

“她为什么要追杀卡特？”布鲁纳问。

埃里克又拿出一页纸，放在他的面前。

“答案就从这里开始。我发现了她花在DNA试剂盒上的一笔奇怪的支出，我很好奇，就跟进调查了一下。长话短说吧，约翰尼斯·多伊奇并不是她的生父。通过寻祖网站，她在爱尔兰找到了一位远亲，这位远亲把她和美国一位名叫迪伦·邓利维的男子联系到了一起，而这个男子是爱德华、迪娜、卡特和泰德的父亲。

这时米兰达又买了两个DNA试剂盒，从杰森那里采集了一份样本，从自己身上采集了一份样本，然后送到了一个私人实验室，结果证实杰森是她堂兄。她发现这件事后就堕胎了，但她仍然不知道邓利维三兄弟中哪一个是她的生父。”

布鲁纳举起一只手。“停！等等！什么地方我没搞明白？她与她想下手的家庭有关系？她打掉了她想嫁的男人的孩子？我不明白。”

“我还没说完，”查理说，“我们认为，她根据她母亲当时的年龄猜测过邓利维三兄弟中哪个是她的亲生父亲。那时爱德华30岁，卡特25岁，泰德16岁，而她母亲20岁，所以她认为卡特合乎逻辑，但她错了。那天晚餐时，在无意的聊天中，我们发现爱德华是她的生父。他当年已经失明了，在元旦前夜的晚会上有过一夜情。他只知道那女孩叫维维。维维的真名是维维安·莫罗，此后不久，她就嫁给了约翰尼斯·多伊奇。8个半月后，米兰达出生了，就是这样。你知道，发现的这些事情，我们还一个字都没有告诉邓利维家族。我们想等到可以把一切都移交给警察处理时再告诉他们。他们会很难接受的。”

布鲁纳用手搓了搓脸。“他们会很难接受？我自己内心都在挣扎。我的个人看法吗？米兰达·多伊奇有精神病。”

埃里克指着那份文件说：“这是所有资料的打印件，可以印证我的话，米兰达用自己的信用卡支付了堕胎费用，这听起来很蠢。我也愿意打赌，她是用自己的笔迹写下威尔玛的遗书的。不管她是谁，她都是个愚蠢的罪犯。”

“现在由你裁定吧，我希望一点也不要暴露埃里克。”查理斜靠着桌子，对布鲁纳说。

埃里克冲查理皱了皱眉头，说道：“我已经告诉过你了，我会不露踪迹的。”

布鲁纳站了起来。“谢谢你，女士。你真是个奇才。谢谢你，查理·道奇，我们在卡特失踪案中办案不力，谢谢你替我们收拾了烂摊子。我会让我的手下处理文件，我们逮捕她时会通知你们的。”

“抓紧时间，”查理说，“在卡特安全之前我会一直留在这里。这是我和他的约定，但我们已经做好了回达拉斯市的准备。”

布鲁纳点点头，说：“明白了。现在，我先把这些都收拾好，然后送你们出去。”

几分钟后，查理和埃里克坐在车里，等着车内凉快起来。

“那我们是自己吃午饭，还是回那座房子？”查理问道。

“我们自己吃午饭，”埃里克答道，“尽管庄园里的食物卖相和口感都无可挑剔，但我还是想吃汉堡和薯条。”

查理咧嘴笑着说：“你看透了我的心。”然后他收起笑容，皱着眉头，继续说道：“你不会真能这么做吧？我是说，读心术。”

“我就假装你没问过我这么蠢的问题，开车吧。”

查理开车从停车场驶出，回到了马路上。

埃里克静静地坐在他旁边，这种安静让人觉得舒服。查理发现了一家红罗宾餐厅，拐弯停车时，埃里克露出了微笑。

“史上最美味的汉堡！”她说，“至少在我看来是这样。”

“同意。”

他们下了车，当他们走进去时，埃里克开始紧张起来。她并不喜欢来公共场所，但她非常想吃这里的汉堡，所以尽量不去注意盯着她看的目光。

查理立刻意识到了食客们看见她时的反应。有些人在笑，有些人只是盯着她看。查理看到埃里克紧张的表情，心里为她感到愤怒，而他唯一能做的事就是不做出反应。他下了决心，要让这顿饭带给埃里克不同以往的体验，所以他们坐好后，他斜靠在桌子上，压低了声音。

“嗯，大家关注着我们的一举一动，我也没办法。无论我走到哪里，人们都会盯着我看。我真不知道这是因为我长得太英俊，还是因为我的穿着太潇洒，但是像我这样的家伙，真的让人很难忽视。”

怎么办啊？他又在体贴我了。埃里克心里这样想着，嘴上却说：“你就是满嘴胡说八道，我没事。这种生活我已经过了10年。”

“你怀疑我？从来没人怀疑过我啊！”说完，查理伸手拿起菜单，递给埃里克一份。

埃里克拿起菜单时，看见查理瞪着坐在邻近餐桌旁的一个男人，埃里克想哭。她不知道该如何看待支持她的人，但他值得她感激。

“查理·道奇，你是个好人，虽然我不会承认我说过这话。”

“我不只是好，我还很了不起，”查理嘟囔着说。

埃里克咧嘴笑了。

过了一会儿，一位侍者来取他们的饮品订单。等到端来他们要的饮品时，侍者问他们选没选好要点的餐。

“我选好了，”埃里克说，“我要一份牛排汉堡配薯条，再加些蛋黄酱。”

“我要一个燃爱汉堡配洋葱圈。”查理说。

服务员走了，埃里克脸上闪过一丝俏皮的笑。

他们沉默了一会儿。

“你打算什么时候告诉邓利维一家？”埃里克问道。

“我想，等我们回去吧。卡特会想知道我们在警察局做了什么，而且杰森也回家了，”查理说，“我们完成了来这里要做的事。他们要度过一段艰难的适应期，但好的一面是，他们都还活着。”

“没人能料到会发生这种事。”

查理点点头，他们又陷入了沉默。几分钟后，他们的食物到了。查理拿起一只洋葱圈，咬了一大口。埃里克把她的汉堡拆开，把蛋黄酱涂在面包两面，然后又把面包放回去。之后，他们默默地吃完了汉堡，没有吃甜点。

埃里克去洗手，查理买了单，然后他们开车回到庄园。这顿饭是他们在一起做过的最正常的事情，路上两人都有点不知所措，不知道该如何面对这样安宁的气氛。

终于能出院了，杰森很开心，所以一直讲个不停。回家的路让他感觉有点艰难漫长，不过等到他坐上轮椅，被人推进宅院前门时，他就安心了。

家里的房子太大了，杰森的医生坚持让他坐轮椅回家。散步益于康复，但在走廊上待太长时间，每天来来回回走上几英里，就会有害无益了。因为有电梯，所以杰森上楼下楼回他的房间不会有问题。

一家人吃午餐时，都注意到了查理和埃里克不在。得知查理有要分享的消息，正与布鲁纳警探见面，他们就更兴奋了。查理和埃里克进门时，他们依然坐在桌边一起喝咖啡。

“嘿，杰森！见到你真好！”查理说道。

杰森露出了笑容。“回到家感觉真好。我听说你有新消息，我们都迫不及待地想听了。”

查理看了埃里克一眼。她又变得毫无表情，但左眼角轻微地抽搐了一下。他知道埃里克感到焦虑，他也是。他担心杰森的身体受不了。

“杰森，你现在做好听这个消息的准备了吗？如果你需要休息一会儿，我就先不说了，因为我说出这个消息时，需要你们都在场。”

“我一点也不累，”杰森说，“听你说完我再回房间休息。”

“那我们去阅览室怎么样？那里更安静，不会有人来打扰我们。”查理提议道。

邓利维一家人闲聊着走出餐厅，说到杰森要尽快康复，这样就能陪他母亲走上红地毯了。

埃里克不愿揭开真相，她很喜欢爱德华，也格外担心爱德华无法承受。“我讨厌即将发生的事。”她低声说。

“没事，我能搞定。”查理说道。

他们走进阅览室，埃里克紧张起来，查理能体会到她此时的感受。他们就要在这个家庭投下一颗炸弹，一颗将永远改变他们的炸弹。

卡特让爱德华坐在沙发上，然后在爱德华旁边坐下了。

肯尼斯把杰森的轮椅推到自己和迪娜坐的两把靠背椅之间。

现在他们都看着站在面前的查理。

审问已经结束，该宣判了。查理觉得自己就像一名法官，明明知道眼前的人是无辜受到牵连，却还要宣告他们有罪。

“我要请你们听我说完，先不要问太多的问题。如果我忘了任何细节，埃里克会帮我补充。在我开始前，我还要告诉你们一件事：你们听完我所说的之后，不需要有任何负疚之心，因为你们中没有一个人该被怪罪。”

“你吓到我了。”迪娜说。

“嗯，太太，对不起。我几乎不知道该从何说起，但我想，最好先告诉你们，警方已经掌握了我们收集到的所有资料，并以他们自己的方式记录在案，这样这些资料就不会在法庭上公之于众。现在，我要告诉你们的是，不要在任何地方、和任何人谈论此事，因为还没有展开抓捕。只不过，卡特和杰森遇袭的幕后指使者是米兰达·多伊奇。”

“什么鬼话?”杰森大声喊道。其他几人也开始议论起来。

“你确定吗?”卡特问。

“确定无疑，”查理说，“我们只是不确定她这么做的原因。现在我们知道的是，几个月前，米兰达从一个寻祖网站购买了一个DNA试剂盒。我发现她是杰森的女朋友时，就已经让埃里克调查了她的背景，但是杰森中枪正好发生在他们刚刚分手之后，这太蹊跷了，蹊跷得不容忽视。所以我让埃里克去深入调查米兰达。埃里克先是觉得米兰达买试剂盒很奇怪，然后跟进调查，但事情就在这里变得棘手了。米兰达发现约翰尼斯不是她的亲生父亲。她追随寻祖网站的DNA认证结果，发现自己与爱尔兰一位老妇人有血缘关系，这位老妇人是她的远亲。然后她发现了与老妇人有血缘关系的人，发现她与一个叫迪伦·邓利维的人血缘关系更近。

“噢，天啊!那是父亲!”卡特叫道。

查理点点头。“这时她买了两个DNA试剂盒，交给一个私人机构检测。一份是她的DNA，一份是杰森的DNA。”

迪娜倒吸一口气。“为什么要……”

“检测结果显示她和杰森是堂兄妹。”查理说道。

“我难受。”杰森呻吟着，捂住了脸。

查理停了片刻，继续说道：“而且她一发现这件事——我真不愿说出这件事，杰森——她就把怀着的孩子打掉了。”

“她打掉了我们的孩子？在我们分手之前？”杰森哽咽着问道。

“几个月前，”查理接着说，“卡特，你之所以成为目标，只是误伤。她不知道迪伦的哪个儿子是她的生父，但因为你和她母亲年龄最相仿，所以你就被盯上了。”

卡特皱了皱眉头。“我甚至都不知道她母亲是谁。”

杰森浑身都在发抖，但他还是咬牙回答道：“她母亲叫维维安·莫罗。”

卡特耸耸肩。“我还是不知道……”

查理摇摇头。“不是你，卡特。是爱德华。他昨晚吃饭时亲口告诉我们的。维维，也就是维维安。就在那时，埃里克和我知道了，爱德华是她的生父。”

爱德华脸色变得煞白，他呆住了，一动不动。

卡特伸手去拉他哥哥的手。“这不是你的错，埃迪。这一切疯狂的事都不是我们的错。”

泪水顺着爱德华的脸滑落下来，但他喉咙哽咽，什么话都说不出。

“我很抱歉，”查理说，“这是我们办过的最糟糕的案子，也是我们第一次遇到精神分裂式的凶手。无法解释这种人是怎么想的，而且要把他们的行为合理化也没意义。但当我们得知这一切后，埃里克就开始寻找途径，想找到米兰达与她所杀的人，也就是行动失手的那些人之间，有什么联系。在袭击杰森的枪手的尸体被发现后，我们就知道了枪手是谁。他叫雷伊·加尔扎。他的车和车里的枪与证人的证词相符，也与警方已掌握的证据相符。”

“法医在给加尔扎的尸体验尸时，又有了另外的发现。他把加尔扎的尸体和另一个叫巴迪·皮尔斯的被害人联系到了一起。他们的伤口完全相同，法医从他们尸体上取出的子弹来自同一把枪。”

“巴迪·皮尔斯和威尔玛·肖特年轻时就结婚了。巴迪就是一直想在高速公路上袭击卡特的人，米兰达和加尔扎一起上的高中。米兰达用信托基金里的钱支付袭击所需的报酬。总之，卡特，一旦她被捕，你的危险就解除了。”

卡特情绪激动，说不出话来。他想说声谢谢，却只是张了张嘴，发不出任何声音。

“我再次提醒你们每一个人，不要告诉任何人。你们不会希望她在被捕前出国的。”查理叮嘱道。

卡特伸出双臂搂着埃迪，拥抱着他。

杰森显然伤心欲绝，他身体还很虚弱，更无法接受这个新的现实。

“我建议现在把杰森带回他的房间，如果医院给了止痛药，就给他用止痛药。”埃里克说。

迪娜和肯尼斯迅速把他推了出去，一边走一边安慰他。

“我带埃迪上楼，陪他入睡。”卡特说。

“抱歉。”查理喃喃地说。

卡特摇了摇头。“不用感到抱歉！永远不要因为发现真相而感到抱歉。这一切听起来太让人痛苦了，但多亏了你们，我们才都能活着看到新的一天。如果没有真相大白，她早晚会把我们一个一个都干掉，然后，如果她摆脱了嫌疑，那么根据我们家族财产的设置规则，她就可以作为唯一幸存的成员站出来，继承所有财产。”

“就是这样！这就是我们想不明白的！”埃里克叫了起来，“她已经很富有了，财产又有什么重要的呢？”

“她快30岁了，没结过婚，甚至还没有订过婚。她以屠夫女儿的身份长大——的确，这是一个变成富有企业家的屠夫——但是，成为邓利维家族财产的继承人，住在一座城堡里，完全会是另一回事。”查理说道。

“这场混乱中还有一个受害者，”卡特用平静的口吻说，“这会毁了约翰尼斯。”

两天后，丹佛警方带着搜查令来到了多伊奇宅邸，还带来了米兰达·多伊奇的逮捕令。6辆闪着灯的警车迅速封锁了车道和街道两端。媒体肯定事先得到了消息，因为他们一直跟在警察后面。媒体记者在一个街区之外被拦住了，警察已经在那里设置了路障。他们无法再靠近，就从电视台的车中蜂拥而出，用摄像机对准宅邸，准备进行现场直播。

布鲁纳警探发出了他要发送的消息，然后把手机丢进口袋，拿着搜查令和逮捕令走下警车。他和6名警官朝门口走去，两支搜索队已经准备就绪。他回头看了一眼，确定每个人都已到位，然后转身按响了门铃。

过了一会儿，一个女人出来开门，她看到这么多警察，不禁倒抽了一口冷气。

布鲁纳警探和他的手下挤进了门厅。

“女士，我们有搜查令，还有米兰达·多伊奇的逮捕令。她在哪里？”

女人盯着他说：“很抱歉，但一定有什么误……”

布鲁纳警探打断了她，提高嗓门说道：“女士，米兰达·多伊奇在哪儿？”

“她和她父亲在早餐室。”女人指着身后说。

“带路吧。”布鲁纳说。

她领着他们径直走进早餐室。

“对不起，先生。我很抱歉。是他们逼我带他们进来的。”说完，她用围裙裹住脸跑开了。

约翰尼斯猛地站了起来。“这是什么意思？你怎么敢冲进我家，没有……”

“我是凶杀案组的布鲁纳警探，我们有搜查这座房子的搜查令，还有逮捕米兰达·多伊奇的逮捕令。”他宣布道，并把搜查令和逮捕令放到约翰尼斯手里。

米兰达从椅子上一跃而起，显然是想逃跑，但很快就被制服，铐上了手铐。

“停，停。你们弄错了！”她喊道，然后开始哭泣，“父亲，做点什么吧！”

但是约翰尼斯仍然呆站在那里，盯着手里的搜查令，所以她流着泪对警探说：“先生，求你了！放了我吧，放了我吧。我没有做任何错事，你要相信我。”

布鲁纳甚至都懒得回答她，这时她哭叫道：“爸爸，看在上帝的分儿上，做点什么吧！”

约翰尼斯错愕不已。“米兰达，我不明白，上面说你杀了三个人。这是怎么回事？他们为什么这么说？”

“她因为涉嫌谋杀威尔玛·肖特、巴迪·皮尔斯和雷伊·加尔扎而被拘捕，”布鲁纳说道，并开始宣读米兰达的权利，“你有权保持沉默。你对警察说的每句话都将成为你的证供。你有权请律师。如果你付不起律师费，将免费为你提供律师……”

“这些人是谁？”约翰尼斯问，“我们甚至都不认识这些人，你为什么说是她干的？”

“米兰达认识他们。她雇他们来杀卡特·邓利维，然后又对杰森·邓利维下手。他们失手了，她就杀了他们，让他们闭嘴。”

米兰达心脏怦怦狂跳。他们都知道？但他们是怎么知道的呢？她惊慌失措。这不可能。“不是我干的！”米兰达尖声叫道，“你抓错人了。”

“那你为什么要跑呢？”布鲁纳问。

米兰达发出一声暴怒的尖叫，把他们都吓了一跳。

“这就是抚养我长大的父亲吗？你的愤怒在哪里？你自称爱我，你对我的爱在哪里？你就只会说空话吗，香肠大王？现在，在我最需要的时候，你却让我失望？滚你的吧！没关系！你甚至连我父亲都不是。我父亲是卡特·邓利维。”

“不，卡特不是你父亲，爱德华才是。你猜错了。”

米兰达一下子就不哭了。“那个瞎子，是那个瞎子？她为什么会去搞一个瞎子啊？”

约翰尼斯倒吸一口冷气，他突然看到了她一直示人的面具下狰狞残忍的样子。

“把她带出去。”布鲁纳说。

米兰达垂头走着，耷拉着双肩，完全没注意到父亲就跟在她身后。他仍然处于震惊之中，仍然在乞求答案。

查理刚洗完澡要从浴室出来，这时他的手机提示收到了消息。他抓起一条毛巾，像围裙一样裹到腰上，冲过去查看。是布鲁纳发来的。

我们正在执行逮捕令。媒体得到了风声，所以可能会上电视。福赛斯局长要我为结案亲自感谢你们俩。

查理跑向他和埃里克之间的隔门，敲了敲门。

“把电视打开。正在逮捕！”他大喊一声，然后在跑回去打开电视的同时，给卡特打了电话。

“早上好，查理，出什么事了？”卡特问道。

“刚收到布鲁纳的消息，他们正在执行逮捕令，他让我们看电视。”

查理开始搜索当地新闻台，卡特挂了电话。埃里克开门时，查理正在调节音量。

“你要……”埃里克正想开口，然后深吸一口气，停了下来。“看啊！”查理说道，“我们说话这会儿，他们正在逮捕。啊，该死。她父亲晕倒了！”

埃里克走到查理旁边。“你看看她。她看见他晕倒了，还只是继续走。这个冷血的混蛋，我要收拾行李了。”埃里克匆匆走出了房间。

查理愣了几秒钟，才意识到她要走了。

“收拾行李。好了，这桩案子结束了。我们可以回家了。”

同时，查理注意到自己身上只裹着毛巾。他在法律允许的赤裸程度边缘，而埃里克就在他身旁。

“哦，见鬼，”他喃喃说道，“回达拉斯市的航程应该会很有趣。”

他们带着行李走出电梯时，邓利维全家都在等着他们。

杰森坐在轮椅上。查理和埃里克停下来和他们道别，杰森伸出手，握了握查理的手。

“查理·道奇，真是上帝保佑，因为我提到了舅舅的名字，你才会给我回电话，但我永远感激你做过的事。在别人都找不到卡特舅舅时，你找到了他，你和埃里克救了我们所有人。现在我欠泰德舅舅一个人情，他是个十足的人才收集专家。”

查理笑了。“你也要感谢埃里克。我从来没听说过你的家族，也没听说过你们的生意。是她严厉警告了我的无知，是她让我给你回电话的。如果不是她，这一切就永远不会发生了。”

卡特说：“不管你们是因为什么来这里的，我们都很感激。我们不能让你们连个像样的爱尔兰式送别都没有就离开。露丝打包好了午餐，埃里克，有给你的巧克力点心，还有我们最好的爱尔兰威士忌酒，是送给查理的。”然后他从口袋里拿出一个信封。“还有这个，查理·道奇，这是从我的账户汇钱到你账户的打印单据，是你完全应得的酬金。我想让你们俩知道的是，你们已经成了我的朋友，朋友在这房子里是永远受欢迎的。”他给了查理一个拥抱，然后郑重其事地吻了吻埃里克的手背。“我也想拥抱你，但是我怕你会因为我抱你而要了我的命。”

“我是不是该说‘我再也不洗手了’？”埃里克用调侃来掩饰内心的喜悦。

每个人都笑了，查理也笑了，但正是笑声促使爱德华举起了手，好像在请求得到说话的许可。

“笑声，如此美妙的声音，我感觉我们再也不会在这房子里听到这声音了。亲爱的埃里克，谢谢你的机智聪颖。爱尔兰人推崇智慧。我也感谢你的友好，我会想念我们的闲谈的。”

埃里克突然想哭，她强忍住泪水，走了过去。她根本没料到自己会这样，就从所有人身边挤过去，用双臂搂住爱德华的脖子。

“我不希望你拥抱的最后一个女人是你不认识的人，让你心碎的人。”然后她握住爱德华的手，拉着他的手摸她的头，然后摸她的脸，让他用他能用的唯一方式“看到她”。

这时他们都安静下来。爱德华先是沿着她头部的轮廓抚摸，用双手捧着她顺滑的头顶，然后感受她脸部的轮廓。爱德华敏感的指尖顺着她眉毛的弧度摸到鼻子，从她的嘴摸到下巴尖，最后，他叹了口气。

“啊，埃里克，你真是个美人。”

查理无法挪开视线。他心里闪过一个念头，他认识她这么多年，从来没有这样亲近过她。只要他知道做什么对自己有利，他就绝对不会这么做。

这一家人领着他们走过大厅，然后穿过一条狭窄的走廊进入厨房。

“朋友从厨房来，从厨房离去，厨房在家的中央，”迪娜说，“我代表我们所有的人，感谢你们的关心，感谢你们分享我们的生活和世界，不加任何评判。肯尼斯会帮你们把食物篮搬到车上的。”

彼得主厨、露丝、阿内塔和路易丝站在桌子边，查理最初到来时，就曾与他们一起坐在这张桌子旁，一起分享过咖啡和果馅饼。

“一路平安!”露丝说。

“一路平安！”女仆们附和道。

“一路平安!”彼得说。

查理停下脚步，扫视着这一家人和仆人的面孔，想记住他们的模样。

“你们这里有不寻常的东西，你们一家人的富有程度远远超出了你们所获得的物质财富。我父亲总是说，团结在一起就会比分开更加强大，因为如果有人遇到了困难，其他人总是在那里支撑着。我就是这么看待你们的。”

埃里克抱怨道：“谁来开门？我不喜欢流泪，也不喜欢道别。”

他们伴着笑声，沿着铺了砖的小路走向车库，满载而归。几分钟后，他们开车上了回直升机那里的路。

“我们还在休战期吗？”两人离开城堡时，查理这样问道。

“我觉得没必要了。”埃里克回答。

查理一愣，随即接受了内心的失落，接着又把失落感抛到了一边。

“如果你觉得没必要，那我想休战期就结束了。”他喃喃说道，心里惦记着要去见安妮。

埃里克从查理的话中听出了些许遗憾，却没有理会。他们还要一起飞回达拉斯市，她选择了“沉默是金”这条古老的经验法则，查理似乎也不想打破沉默。在去机场的路上，他们得知约翰尼斯·多伊奇心脏病发作，米兰达被关在监狱里，由专人监管，以防她自杀。

“飞得越高，摔得越远。”查理说。

埃里克对这句话一脸的不置可否。她与查理一起把行李装进了直升机。

她完成了例行的飞行检查，然后起飞，向南飞回德克萨斯州。

查理只有两次表现出了知道她的存在。一次是递给她一瓶水，还有一次是在露丝准备的食物篮里找到了好时巧克力，分了半块给她。

他们在达拉斯市郊外的机库降落了，本尼在那里等着帮她。他们把行李搬到各自的车上，然后查理跟着埃里克到了她的车旁，把食物篮递给她。

“拿去吧。我想要的都拿了。”他拿着一瓶爱尔兰威士忌酒，说完就离开了，只留下埃里克站在原地。

查理筋疲力尽。这样应付她，让他感到心烦，没来由的怨怒，也让他感到心烦。

开车离开机库时，查理没有回头。回到家后，他没去管餐厅桌子上仍未撤掉的“办公室”。

他心里只想着一件事，就是和安妮共进晚餐。晨曦颐养院有专供家人探视用的私人房间，他给工作人员打电话订好了房间。

为了打发时间，他开始在网上寻找新的办公地点，并在他准备去颐养院前用电子书签保存了五个网页。

他快速洗完澡，刮完胡子，在衣柜里挑出了一条宽松的深蓝色长裤，一件蓝灰色的运动外套和一件白色衬衫，没有打领带。出发后，他在半路停下来买花，而后一只手稳住花瓶，另一只手单手把车开到颐养院。

与工作人员一起走进大门时，查理就开始感到紧张。他做好了心理准备，知道自己就要碰见那个哭泣的女人，还有那个寻找失去儿子的男人，男人的儿子名叫马尔蒂。查理也对第一眼见到安妮的情形做好了准备。每次看到安妮空洞迷离的眼睛，查理都觉得揪心，但他告诉自己，安妮心中的某个地方可能还感受到他的存在。

接待员平克已经做好了下班的准备。当日的探视时间很快就要结束，要锁门了，但平克接到通知，说查理要来进餐，平克在等着他。

“晚上好，道奇先生。我会告诉他们你到了。”

“谢谢你。”查理一边签到，一边说。

他在门口等着陪同人员，陪同人员几乎立刻就到了。查理不知道她的名字，但认得她的脸。

“噢，这些花真漂亮，查理。我们把你的餐厅都布置好了，他们去找安妮了。”她一边说，一边带他走进他们的私人房间。“你想要有人和你一起在这里吗？”

“不想。为什么这样问？”查理问。

“她再也不会自己吃东西了。”

“我来喂她。”查理说。

“按你的意思来。墙上有个呼叫按钮，如果你需要帮助，或者你吃完饭要走的时候，就按这个按钮，有人会来的。”

“好的，谢谢。”查理说。她走出去时，查理想到要和安妮单独在一起，有一瞬间真真切切地感到了害怕。这真是愚蠢至极，但他就是这样想的。

在铺着纯白桌布的小餐桌上，已经摆好了餐具、餐巾和酒杯。查理把花放在桌上，注意到椅子和餐具都摆放得很近，就像情侣的亲密晚餐。

几分钟后，他听到了脚步声，然后一位护理员出现了，推着安妮的轮椅。他们给安妮穿上了米色的宽松裤和一件有花边的黄色衬衫，甚至给她做了发型，涂了指甲油。她很美——而且她直视着查理。

“晚上好，道奇先生。我先把安妮安置在餐椅上再离开。”

“我能帮忙吗？”查理问。他想用双臂抱着她，再次感受她的身姿。

“我来就可以。”护理员说。

查理往后退了一步，看着护理员握住她的双手，温柔地哄她站起来，然后让她在餐椅上坐下，把餐椅推到桌子边。

“哦，你的餐食来了。”护理员说完就走了出去，这时几个服务员推来了一个小餐车，放下餐盘，斟满酒杯，把餐点摆好，然后离开了。

终于，只剩他们两个了。

查理在安妮旁边坐下，把手放在她的胳膊上。

“嗨，亲爱的，你今晚真美。是我，查理。我来和你共进晚餐。所有餐点看起来都不错。你肯定有胃口。”

他知道安妮听见他说话了，因为她把头转向他的声音传来的方向，但她并没有反应。就连他把餐巾掖在她的上衣领口，然后展开自己面前的餐巾，放在她腿上时，她也没有反应。

看着准备的饭菜，查理意识到他们现在给她吃的都是容易咀嚼容易下咽的食物，有肉馅面包，肉汁土豆泥，还有一份豌豆。甜点是小碟装的脆皮水果馅饼。饮料是凉的，没有被热咖啡烫伤的危险。

查理拿起一把叉子，然后把它放回原处，选了一把勺子，检查食物，确保不会太烫。他舀了一点土豆泥和肉汁，但是把勺子举到安妮嘴边时，安妮并没有张开嘴，查理意识到要引导她。

“安妮，张嘴。”他说。安妮照做了。他把勺子放进她嘴里，她吃了勺子上的食物。

查理吃了一口肉馅面包，等她把土豆泥咽下，然后为她舀了一小勺肉馅面包，她吃下了。然后是豌豆，她也吃了，查理却忘了吃自己的那份食物。他曾经想象过、憧憬过、计划过的一切，全都破灭了。他在安妮身体里留下的只是食物。他终于为安妮做了些事，他一边喂着安妮，一边不停地和她说着话。

“我想你，宝贝。没有你，一切都不一样了，”他一边说，一边喂她喝了一口饮料，“这种事发生在你身上，我太痛苦了，痛苦得我心都疼。我是个私家侦探。我侦破犯罪案件，为雇主找到失踪的人，然而我找不到你，我最爱的人。我已经向上帝抱怨过了，但什么都改变不了。”

然后，就在喂她甜点时，她不吃了。她不再张开嘴了，也不再喝饮品。查理俯过身，亲吻了她的脸颊。

“好吧，我懂了。我只是想告诉你，这对我有多么特殊。我爱你，安妮，我非常爱你。”

然后他按下呼叫按钮，站在安妮的餐椅后面，一只手搭在她肩膀上，等待着。他感觉有什么东西轻轻掠过他的皮肤，低头看了看，是安妮把头扭了过来，脸靠在了他手上。

查理迅速跪到安妮面前，想在她眼睛里找到哪怕一丝一毫的清明，但她面无表情，眼睛也闭上了。

“噢，安妮，亲爱的，我知道你还在。我也爱你。”

接着护理人员来了，他和安妮的短暂时光结束了。

一个女护理员把安妮推走了，另一个开始清理餐桌。

“道奇先生，你的花怎么处理？”

“花不能放在她的房间，对吗？”

“不能，抱歉。水洒在地上会让她摔倒，碎玻璃也很危险。”

查理点了点头。“我也觉得不能放在她的房间。你想怎么处理这些花就怎么处理吧，”他说，“谢谢你们安排这一切。”

“不客气。你要走了吗？”

他点了点头。

“我送你到门口。”她说道。

“我以前来颐养院时从来没有这么安静过。”他们往回走到大厅时，查理对护理员说道。

“对他们中的大多数人来说，日落是很难挨的。他们很多人都在吃缓解焦虑的药物。”说着，她刷了一张身份卡解锁，让查理回到大厅，然后带着查理走到前门，又打开了一把锁，让他出去了。

“回家路上一路平安。”她说道。

向她道谢后，查理走回他的车旁。

暮霭沉沉。夜色迅速弥漫。停车场的安全灯亮着，他已经听到了人流熙攘、汽笛作响，听到了汽车喇叭声，还听到了一辆路过的汽车播放的喧闹的音乐。这是城市的声响。

该回家了，但今晚他感到了些许快乐。那一瞬间的熟稔，让他又见到了安妮。

他的安妮。

那个记得他的安妮。

这就够了，现在该休息了。

埃里克在回达拉斯市时就有了自己的计划。她一直在观察后视镜，看有没有人跟踪她。终于把车开进梅林家的车道时，她松了一口气。梅林就坐在前廊上，喝着冷饮，戴着一副耳机。梅林喜欢听有声读物。

她放慢车速，按了按喇叭，让梅林知道她回来了。她把车开到大楼后面时，梅林挥了挥手。

她搬了两趟才把所有的东西都拿进去，然后把自己锁在屋里。

与往常一样，她要做的第一件事就是检查公寓安不安全，确保没有摄像头和监听设备。然后她从行李箱中取出衣服，留出了一堆需要送干洗店的衣物之后，开始洗衣服。

整理食物篮时，她想起了查理，心里感到有点内疚。从他们离开邓利维家的那一刻起，她就对他充满怨气，但她不知道还有什么办法能让他们保持距离。

这不是她第一次当悍妇，也不会是最后一次。查理有安妮。只要她尽职尽责，他也就不会真的在乎她的表现。

一切就绪后，埃里克走进办公室，打开了25份文件中的第一份文件。电脑的每个文件夹里都有许多文件夹，都有她写的不同程序，都属于通用原理公司。多年来，她一直知道，总有一天她会不得不与这家公司划清界限。麦克·杜林的那件事是导火索，之前她只是要等到回家再行动起来。

她看了看时间。通用原理公司的时区比这里晚一个小时。他们可能刚吃完午餐回来，或者正在开会，或者正在实验室里尝试着创造出另一个她。

她知道他们是谁。她出席过那些会议，见过他们的面孔。她明白他们真正的目的。他们所不知道的是她究竟知道了多少，她能做些什么。她保护自己的唯一方法，就是隐藏自己的能力。在通用原理公司工作时，她故意放慢做项目的速度，一次又一次地让他们失败，只完成那些对人类无害的任务。

但是，当通用原理公司让她失望时，她将之视为逃走的契机。她或者死于癌症，或者能活下来，如果能活下来，她就会逃走。她确实逃走了。

但她不会再逃了。

她不会再让他们跟踪袭击她，上次是最后一次。

她打开了第一个程序，毫不犹豫地点击了发送键。然后打开下一个程序点击发送，然后是又一个程序。在接下来的3个小时里，她一直不停地打开文件并点击发送。

里士满市这天温暖和煦、阳光明媚，不过在弗吉尼亚州，每年这个时候天气通常都很好。赛勒斯·帕克斯刚吃完一顿商务午餐，回到办公室。他正准备安排新的人手跟踪杰德。杜林失踪后，他派去的两个人都不干了，这让赛勒斯好奇她都做了什么。杰德就是杰德，让人拿不准，但他认为她不会造成大的危害，他仍然可以随心所欲。

他还没来得及行动，电脑就黑屏了，然后办公室里的灯灭了。

他拿起电话给维修部打电话，发现电话也断线了。

他摸遍了办公桌，直到找到了手机，才松了一口气。他可以把手机当手电筒用，但手机也坏了。他突然意识到这不是停电，这是一次袭击。他们和国外一家公司因为一些专利问题一直有矛盾，他立即认为是这家外国公司在搞鬼。

出于对安全和保密的考虑，这座大楼几乎没有几扇窗户，所以当他跌跌撞撞走出办公室时，走廊里一片漆黑。楼里一片混乱。人们都在摸索着找路，他听到有人在大喊，有人在尖叫，更多的则是咒骂声。

“帕克斯先生！帕克斯先生！”他听到秘书在喊他。

“这儿！我在这儿！”他喊道，“找一面墙扶着，朝着电梯走。”

“没用，先生。停电的时候，我刚出电梯。”

“你的手机能用吗？”他问道。

“不能。我很害怕。这就是让世界陷入黑暗的攻击吗？我在教堂里总听到牧师这么说。”

“我不知道这是什么，但我们得找个楼梯间，摸索着下去。”

“哦，天哪！我们在十四楼。”她哀叫道。

“嗯，我们不能守在这里等着，因为这显然是对公司的一次袭击活动。我得回家，我可以在那里工作。”

他们开始摸索着沿着墙走，一路撞到了其他人，所有的人都小心翼翼地走向楼梯间。但是这栋楼很大，光是这栋大楼就有数千名员工。楼梯间挤满了人，人群摸索着慢慢往下走。

下楼梯花了一个多小时。许多人正离开停车场。赛勒斯终于呼吸到新鲜空气时，浑身是汗，两条腿都在发抖。他摇摇晃晃地走向他的车，有点担心车子发动不起来，但它发动了。然而，他车里的电话也不能用，他开始担心回家后会出现什么样的状况。

过了一会儿，赛勒斯开车驶进了回家的车道，但是，在他用遥控器开车库门时，门毫无反应。“搞什么鬼？”他抱怨着，“谁干的？”

他用门钥匙开了锁，进入房子，却发现家里的电脑和在通用原理公司的电脑一样，死机黑屏。他打开了一台电视，对电视还在运转感到非常满意，于是他一屁股坐到了离电视最近的椅子上，调大了音量，只是为了体验还在运转的科技产品。

几分钟后，电视节目被突发新闻快报打断了，人们都在关注他所在的通用原理公司总部，讨论着公司设备为什么大范围停止运行，而且目前还没有查明原因。然后突然出现了另一则新闻快报，是关于通用原理荷兰分公司的，然后是日本大阪的分公司。这些公司都变得漆黑一片。赛勒斯目瞪口呆地坐着，接着，他们在阿拉斯加的实验室和旧金山的一个技术中心被迫关闭了，然后，一个接一个，他们正在进行的实验和开展的研究都被迫停止了。

赛勒斯已经无法想象，是什么样的组织机构，能够发起这样大规模的打击。他充满恐惧。这会是哪个国家呢？是不是不止一个国家？是不是有哪个财团下定决心要毁了他们？

第一天结束了，什么都没能得到解决。第二天仍是一场噩梦，他拼命与各个分公司的人联系。第二个夜晚过去了，赛勒斯迎来了地狱里的第三天，他意识到他们每小时在实验和资源中的损失就达数千万美元。他的手机突然收到了一条短信，手机又能用了，他真是太兴奋了，结果连发信人是谁都没看就立刻点开了短信。

过去的三天只是个警告。你他妈的离我远点，否则我会毁了你和你的一切。

还没等他反应过来，短信就消失了，但他的手机仍在运行。他跑进办公室，电脑是开着的。他知道短信是杰德·埃里克发来的，然而她怎么有能力做出这样的事情啊。她从未表现出她有能力做这样的事情。这不可能！她没有……

塞勒斯的头脑中突然闪过一个念头：如果杰德隐藏了自己的能力呢？当初他们一直对杰德隐瞒她的身世，她在发现了一些真实情况后已经生气了。杰德患了乳腺癌，6周内就从二期发展到了四期，谁都以为她活不成了，可她没有死，她接受了各种各样的鸡尾酒疗法和化疗。他们已经在怀疑，帮助杰德痊愈的，是她体内被他们改写过的DNA。

但那DNA，改变的究竟是什么？

(全书完)

出 品 人：许　永
出版统筹：海　云
责任编辑：许宗华
特邀编辑：王佩佩
封面设计：海　云
印制总监：蒋　波
发行总监：田峰峥

发　　行：北京创美汇品图书有限公司
发行热线：010-59799930
投稿信箱：cmsdbj@163.com

官方微博　微信公众号